无色界

WUSEJIE

王十月◎著

中国文史出版社

CONTENTS

目录

目录

CONTENTS

胜　利　日

胜利者一无所有。

——海明威

我是黄蝶，我是我，我是你。我是任何人。我来自〇世界。

在子世界，因为我的提醒，如是和奥克土博修改了计划，他们将时间扭曲成莫比乌斯带，我的世界和你们所处的世界，本来处于完全不同时空，现在连为一体，可以自由往返了，而我，却失去了自由，囚禁在被时间遗忘的虚拟空间，每天能做的就是做梦。

我让我的梦，附着在小说家张今我的梦中。

于是，在元世界，我是富家子弟艾杰尼，在子世界，我是小说家今我。现在，我有更大的梦。然而，我不知何时能离开这时间的囚室。

大主宰说，你要忏悔，只有真正忏悔了，才能获得自由。

我忏悔。

我坦白交代在〇世界里所犯下的一切。

在〇世界，我不能使用“今我”这个名字，不能玷污了他。虽然说子世界里的今我，和〇世界里的我是同一枚硬币，他是硬币的正面，我是硬币的反面。

我需要另一个名字，安德鲁。

我们都是原子组成的，按照比尔·盖莱森的说法，“你身上的每个原子肯定已经穿越几个恒星，曾经是上百万种生物的组成部分，然后，成了你。因此，我们都是别人转世化身而来，虽然我们很短命。我们死了，组成我们的原子就会天各一方，去寻找别的用武之地，成为一片叶子或别人的身体或一滴露水的组成部分。而原子，将永远地活下去”。从这个意义上来说，“我”，是子世界里的“今我”，也可能就是在另一个时空里看这个故事的读者“你”。

我的故事，就是你的故事。

我的故事，从两年前说起，那时，我还是自由之身，我遇上了麻烦。我还知道，凭自身的能力，我无法解决这麻烦。我想到了 Dr.梅。在子世界，我们是好朋友，在〇世界，我与 Dr.梅只有一面之缘，我们有个共同的好友朱恩。她在元世界里名叫瑞秋，在子世界里名叫如是，朱恩是她在〇世界里的名字。这样可能有些读者不好理解，我们的时间，事实上，类似于中国人所说的三生三世。在我们这一生一世里，朱恩依然是我的恋人。因朱恩介绍，知道 Dr.梅不仅是神经医学方面的专家，还是心理学领域的奇才、量子纠缠研究领域的领军人物。

找出 Dr.梅的信息源，发送过去。先自报家门。

显然，Dr.梅早忘记了我。我只能提起朱恩。

我是朱恩的朋友，安德鲁，在政府信息安全……

Dr.梅说：哦，安德鲁，“胆小怕事的胖子”，哈哈，我记得当时朱恩这样介绍你的。什么事？

我心里实在愤怒，在子世界里，我们是好朋友，如果没有我，Dr.梅也不会取得现在这样的成就。现在，我认识他，他居然不认识我，还和我打起了官腔。可是没办法，我有求于他：Dr.梅，我遇到一点麻烦，心理上的，也许，您能帮我。

Dr.梅说：对不起，我不做心理咨询。当然，可以介绍朋友给你，收费不便宜哦，你知道的。

我说：知道，但是，怎么说呢，您了解一下来龙去脉，也许会感兴趣。您不是做濒死研究吗？我曾多次死去活来。

我都能感到 Dr.梅眼睛发亮。

您知道大主宰吗？

大主宰？

一款网络 VR 游戏，很小众，玩的人不多。

然后呢？

成为玩家，可以体验到逼真的死亡。我希望您了解后，我们能见面聊。

Dr.梅说：好吧，把链接发来，等我电话。

我将游戏链接发过去。然后开始等待。

我相信 Dr.梅会联系我。这等待的一周，我足不出户。

我的麻烦，就源于这款名叫大主宰的 VR 游戏。借由游戏，我对自己有了不一样的认识。在此之前，我不知自己多贪婪，也不知自己多不堪。我战胜不了恐惧和贪婪，陷在游戏里。在游戏世界里沉迷太久了，我已分不清游戏和真实的区别。大主宰不像其他游戏里的角色与真实生活无关，大主宰是一款心理游戏，里面的人物、场景，基于强大的虚拟现实，已经等同于我们的真实生活。据游戏开发者介绍，游戏的每道关，基于大数据对玩家所有资料的分析而自动生成，其中的人物，是玩家潜意识的映射。

胜利者将成为大主宰——游戏世界至高无上的主。

成为大主宰，就可以随心所欲设计他想要的世界，凡他所想，在游戏里都将成真。只要他愿意，甚至可以按他的意愿，在虚拟的世界里幸福地度过一生。

等了六天，Dr.梅没有联系我。

第七天，我刚起床、洗漱完毕，门铃响了。从监控里见两位警察。

一黑，一白。黑警察瘦，白警察胖。

开门，白警察亮出证件，说：Dr.梅死了，死因正在调查。据目前证据显示，可能是自杀，当然，也不排除他杀。

黑警察说：一周前，你和 Dr.梅通过话，还给他发送过东西。

我请两位警察进屋坐下。

白警察沉沉地坐在茶几前的藤椅里，我听见藤椅发出一阵尖叫。

黑警察不坐，双手插在屁股后面的裤兜里，也许在听音乐，音乐应该有着极好的节奏感。他随着节奏不停地摇头耸肩，绕着我的客厅，很不礼貌地东翻翻西看看。

把我当成嫌疑人？我说。

随便看看。黑警察说。

我问白警察：茶，还是咖啡？

黑警察从酒柜上拿起一瓶酒，晃晃，转过身来说：这个，怎样？

我看出黑警察在有意挑衅我。他让我很不爽。但我不敢得罪他们，只是在心里狠狠地诅咒，如果在游戏中，我不会轻饶了他。可惜这不是游戏，这是真实生活。我不想请他喝酒。正要拒绝，黑警察将酒放回酒柜，依然摇头耸肩冲我坏笑：

和你开玩笑，看把你吓得。

白警察严肃：喝什么都成。

黑警察盯着我，指了指白警察，又指了指那瓶酒：他的意思，你明白？

我说：二位要是喜欢，那就喝酒。

我经常说违心的话。这世界上，有太多我不敢惹的人，比如眼前这两位警察。相比得罪他们的后果，一瓶酒算不了什么，一点羞辱更算不了什么。

我过去拿了刚才黑警察拿的那瓶酒，放茶几上，从厨房拿了两个厚底方形水晶玻璃杯，又从冰箱里拿出一盒冰。我说等等我去找开瓶器。等我找到开瓶器时，黑警察已经观察完毕坐下了，跷着二郎腿。

我开酒给二人倒上。

白警察说：你不喝？

我说：二位要问话。

黑警察说：心虚，怕酒后失言？

我说：不想喝，可以吗？

白警察往酒里加一小块冰，摇晃着杯子，眼睛盯着水晶玻璃杯中晃动的木红色酒液，像在欣赏艺术品。

你找 Dr.梅什么事？白警察问。

我说：心理方面的问题，找他咨询。

白警察没有继续问问题，喝一小口酒，说：好酒。哈瓦那俱乐部七年朗姆酒，朗姆酒中的精华。你平时爱喝？

我谨慎地说：累了，或者睡前喝一口，有助睡眠。

白警察说：你失眠？

我说：从前不，现在有点。

黑警察一口干了酒，拿过酒瓶倒上半杯，说：为什么失眠，干坏事了？哈哈，开玩笑，别害怕，我们不会冤枉好人，当然，也不会放过坏人。

白警察说：安德鲁先生，您别介意，他这人就这样，爱开玩笑，人不坏。平时爱喝什么酒？

我说：没什么特别爱喝的。

白警察又喝了一口，脸上泛起红。看来他的酒量不怎样。

真是好酒。这不是酒，是艺术品，是古巴大自然和朗姆酒酿造大师的结晶。你知道吗？要成为一名合格的朗姆酒酿造师，至少要学十年。十年，是一个酿造大师将毕生心血教授给年轻酿酒师的最短时间。你应该喝一口。只要一口，你就能感受到哈瓦那微风吹过甘蔗田的气息，自由，干净，狂野。当然，你还有可能感受到海明威，哈瓦那俱乐部朗姆酒怎么离得开海明威？！喜欢海明威吗？你应该喜欢，不然家里怎么会珍藏哈瓦那俱乐部朗姆酒。我们花了两年学会说话，却要花上八十年来学会闭嘴……

我给白警察续上酒，他自己加冰。

我说：您很懂酒。也懂海明威。

白警察说：你和Dr.梅，怎么认识的？

我说：在上辈子。不，在子世界里。算了，说这些你们也不懂的。我们算是朋友……朱恩介绍的。两年前的事了。两年来，我们没有联系。您知道的，我是宅男，平时很少和外界打交道。生活就是上下班两点一线。我是遇上麻烦了，才想到去找他。

你为什么要发大主宰给他？黑警察突然问。

我想他了解这款游戏后，也许会帮我。我的心理问题，因大主宰而起。

可这游戏却杀死了他。白警察说。

这游戏杀死了许多人。黑警察说。

我说：不会的，我们只是死在游戏里，我们在游戏里杀人，现实中……

我突然意识到，自从进入大主宰，我就渐渐迷失了，分不清什么时候在游戏里什么时候在生活中。这让我很痛苦，也让我沉醉其中。当我做了不该做的事时，我就告诉自己，这是在游戏中；而当我享受生活，获得成功时，我告诉自己，此刻是在真实的世界里。大主宰游戏的设计者一定是迷宫高手，玩家经常在游戏里被踢出局，以为回到了真实世界，结果却是从一重游戏空间进入了另一重游戏空间。有时，游戏与生活的转换，就像在莫比乌斯带上的时间，身处其中的人，根本分不清什么时候在游戏中，什么时候在游戏外，什么时候在游戏中的游戏中，游戏玩家不停地在游戏中被踢出局，堕入更深一层的迷宫，每一层迷宫的时间构成，又是一重新的莫比乌斯带，几个回合下来，再聪明的人也分不清真实与虚幻了。

只是在游戏里杀人？黑警察冷笑一声：你在游戏里都杀死了谁？Dr.梅？还是？

我说：我在游戏里没杀人，我只是被杀，不停……被杀……可我现在活得好好的。游戏世界不过是虚拟现实。

可是，Dr.梅却死了。他玩了你给他的游戏，死了，是你杀死了他。

我说：我没有杀死他，我为什么要杀死他？

是啊，为什么？白警察喝尽杯中酒，又续了一点，摇晃着酒液。

黑警察说：这小子不见棺材不掉泪，说说朱恩。

朱恩？我说，朱恩怎么啦？

黑警察说：装糊涂？我看，直接活体肢解，一了百了。

后面这话是对白警察说的。

白警察没有理会黑警察，说：你杀死了朱恩。你不会告诉我，是在游戏里杀死的朱恩吧。

我说：在游戏里杀死了朱恩？我怎么会舍得杀死她。我和她在子世界里是爱人，从子世界到〇世界，我们依然是爱人。我一直在苦苦追求她。我怎么……好吧，我承认，在游戏里，我杀死了她。

白警察说：说说经过。

我说：我想想，这是我在大主宰的第一关，不对，第二关，第三……我不清楚是第几关了。我杀死了朱恩。我知道我是在游戏中，游戏中杀死她没关系。我不杀死她就无法通关。她告密，如果不杀死她，我无法完成计划，我的计划关系到千万人的福祉。

白警察说：你怎么杀死她的？

我说：第五百八十一层，帝都大厦，我将她从窗口推了出去，不，不是推，是我松开了手。好吧，我是故意的。我遇上了悖论，我杀死她，游戏结束；不杀死她，她告发我，任务失败，游戏结束。

于是，你选择杀死她？白警察说。

我再强调，那是在游戏中。我只是在游戏中杀死她。在游戏中，她成了绊脚石。

游戏是你大脑潜意识的映射，你真实的想法就是想杀死她。你成功了。白警察说，朱恩死了，被你从帝都大厦581层的窗口推出，你要看现场视频吗？

不可能。朱恩不是我杀的，就算她死了，那也是有人利用我在游戏中的行为杀死了她，然后嫁祸于我。

白警察的话让我又恍惚起来，我是在游戏中杀死了朱恩，还是在真实世界里杀死了朱恩？我不会在真实的世界杀死朱恩的。我来到O世界，也是为了朱恩，不，为了如是。在子世界里，她最终爱上了奥克土博，或者说，她在我和奥克土博两人之间，无法做出选择，她选择了作为志愿者，来到O世界。为了如是，我追随着她的脚步来到了这个我完全陌生的时空。没有了她，我的生命失去了意义。我接触大主宰游戏，也只是想成为游戏的胜利者，成为胜利者，我就能拥有一切，自然包括如是对我的爱。

你可真会开玩笑，安德鲁先生，你杀死了朱恩，一个美丽年轻的女孩，然后，你说，你是在游戏中杀死她的。老实交代，为什么要杀死朱恩？黑警察说。

我沉默了许久，想让大脑清醒一点。

我确定，只是在游戏中杀死了朱恩。在真实的世界，我爱她还来不及，怎么会杀死她？是的，她爱上了别人，她骂我是无能懦弱的胖子，可，我怎么会杀死她？让我想想，想想，我爱她……她被洗脑了，对，她被洗脑了。

白警察说：世界杀害最善良的人，最温和的人，最勇敢的人，不偏不倚，一律看待。

黑警察说：说说吧，你怎么杀死朱恩的？前因后果，犯罪细节。当然，你说，你是在游戏中杀死她的，那就说说游戏。

我说：我可以喝一口吗？

白警察说：你的酒，当然可以。

我拿杯子，没加冰，倒小半杯，一口饮下。

确认了是在游戏中杀死朱恩，我长嘘了口气。很奇怪，朱恩死了，我居然不伤感。也许，在游戏中，我杀死过她一次，已经接受了她的死去。我现在关心的是自己。

事实上，我说，我喜欢喝哈瓦那俱乐部朗姆酒，喜欢这曼妙复杂的情调，可可、香草、甜烟草、热带水果，和海明威的小说一样，看似清澈简洁，却怎么也看不到底。冰山，是的，我喜欢他的冰山理论，喜欢他小说中的留白。我们的生活，其实也是冰山，人们看到的，只是那露出水面的部分……就说我吧，所有人都认为我是个懦弱的胖子。懦弱的胖子！这是我，安德鲁，背负了四十年的讥讽。是的，我从小就是胖子。三岁时，体重已经超过五十磅。我曾多次减肥，越减越肥，四十岁时，体重已经接近二百磅。您看，我身高才一米七八。其实，我不在乎被人称为肥佬、胖子。警察先生，您也是胖子，应该能理解我。道明会神父圣多玛斯·阿奎纳将贪吃列为七罪宗之一，认为贪食的人落入了魔道，要受到强迫进食老鼠、蟾蜍和蛇的惩罚。他错了，大错特错，其实，我们贪吃，只是因为我们有丰富的味蕾，我们比一般人更能体会到大自然馈赠的珍贵，更能体会食物的美味。比如这美酒，在这位先生嘴里（我指了指黑警察），恕我直言，您大约分不出三年哈瓦那俱乐部朗姆酒和七年的区别。

黑警察说：我靠，这玩意儿还分三年和七年？

我说：您其实是对食物的不尊重，也是对酿酒大师心血的不尊重，对种植甘蔗的农夫的不尊重，对那片生长甘蔗的土地的不尊重，您才是有罪的。而您和我，就不一样。

我指了指白警察，说：我们都是懂得珍重的人，我们有敬畏之心。比起被讥讽为胖子，更不能让我接受的是胆小怕事。我并非胆小怕事，只是不想为了无谓的事去争执，甚至拼命。当然，别人不这样看。曾经有个女孩喜欢我。那女孩说她就喜欢胖子。女孩说她喜欢光着身子搂着一身肥肉的感觉，她说特别有安全感。在一次女孩被人袭胸，我却连口舌之勇都不敢逞后，女孩愤怒地说她再也不会爱上胖子。

你果然是个懦弱的、该死的、无能的、胖子。黑警察说。

四年前，我遇上了朱恩。见到朱恩的那一瞬间，我确定了，她就是瑞秋，是如是，是我三生三世的爱人。朱恩不在乎我的懦弱。虽说她经常叫我懦弱的胖子。她这样叫我，更多是一种爱称，就像我称她颠倒众生的妖精一样。我们的处世原则惊人的一致，多一事不如少一事，遇事躲着走，因此，我没有理由杀死她。我的潜意识里，也不可能有杀死她的想法。

黑警察说：真的吗？据我所知，朱恩和你交往，同时也和内森交往。

是的，内森，该死的内森。从元世界到子世界，那个阴魂不散的奥克土博。不过让我感到欣慰的是，在我们现在这一层的世界里，我们似乎都活得阴暗了许多。当然，我是在后来失去了自由，被囚禁在时间之牢里反思时，才想明白，我们所处的，并不是真正的〇世界，而是〇世界虚拟出来的黑箱世界，在这个黑箱世界里，我们人性深处的恶的一面，被纵容得淋漓尽致。时空如莫比乌斯带，人性亦如莫比乌斯带。好了，接着讲我的经历。

我对警察说：你们还知道什么？

黑警察说：我们无所不知。

我说：你们究竟是什么人？

黑警察说：给你看过证件了，还要再看一次吗？

我说：我拒绝再回答你们提出的任何问题。

白警察说：内森是你的劲敌，你的麻烦，你越不过去的坎。你杀死朱恩，是因为朱恩当你的面说，要把你的秘密告诉内森，是不是这样？

我说：我拒绝回答。

白警察说：朱恩发现了什么秘密？

我说：你们不是什么都知道吗？

白警察说：问题正在这里，既然这秘密连我们都不知道，说明，这秘密是高度机密，是在大数据之外的。这才是我们来找你的关键所在。为什么要杀死朱恩？

我说：我说过，我是杀死了朱恩，可是，那是在游戏里。

白警察说：好吧，就算在游戏里。

我说：什么叫就算在游戏里？就是在游戏里。

白警察说：好。在游戏里，她掌握了什么秘密？

我说：我不是因为内森杀死她，也不是因为她要挟我，而是因为，她是MC感染者，而我是清道夫。这是我们在游戏里获得的身份。在游戏里，见鬼，好吧，我承认，在真实的生活中，我也是清道夫。我受雇于政府信息发展部，你们知道的，这是个保密部门，我负责清理信息网络堵塞。在大主宰的游戏世界里，我们所处的时代信息大爆炸，网络每分每秒更新的信息比银河系里的恒星还多。这些信息，有些属于公共信息，有些属于加密信息。有些信息有营养，有些信息无营养，还有些不仅无营养还有毒。我们清道夫的工作，就是确保所有人都能获取想要的公共信息。你知道，人类已经突破脑机互联的技术障碍，每个人的大脑神经元可以随时联系公共信息网络，获取想要的一切信息。事实上，这也成了人类获取信息的几乎唯一渠道。我说几乎唯一，是指除了口口相传之外，这是获取信息的唯一渠道。而口口相传的信息，若是无法在信息网络上核实，被认为是传播谣言。你们知道的，传播谣言，将获刑三到五年，这样一来，口口相传的信息，基本上失去了可信度。海量的信息，不可避免地带来一个问题，垃圾信息泛滥。制造和发布信息没有限制，以至于每一千条信息中有九百九十九条属于垃圾和有毒信息。垃圾信息堵塞着网络空间，人们要从中找到有益信息，一度成为世纪难题。我这样说，不知你们能不能理解。

黑警察说：不能理解。

我说：在信息大爆炸初期，比如在子世界，你要在网络上寻找目标信息，只需输入关键词就可。你要找一家餐厅，输入区域、菜品口味、消费价格，就能出现十几二十家精准目标供你挑选。但在大主宰里，同样的关键词定位，出来的备选目标信息数以千万条计。如果没有我们这些信息清道夫，你要在信息网络中寻找一条有用的信息，比在帝都大厦最高层用望远镜寻找五千万人的帝都某间房子里一个为了过生日点亮蜡烛的人还难。当然，这个比喻不是我想出来的，是《万物简史》的作者比尔·布莱森。你根本没办法准确寻找到需要的信息，你所面对的信息网络，是个巨大的信息垃圾场。

黑警察说：为什么会有这么多垃圾信息？

我说：垃圾信息的来源主要分为两类，一类是我们日常发布的无用或者有误导性质的信息，你们二位每天也会发布一二条，这些信息经过一百多年的积累，已经污染了大量的网络空间。但，这只是微不足道的部分，海量的垃圾信息，是有人故意制造的。

黑警察说：什么人？

我说：一批持不同政见者。他们认为现政府在公民大脑植入纳米芯片存储信息，实现人机互联是反人类的，和计算机结合的人类不是真正的人类。于是他们设计出一种病毒 Garbage，Garbage 病毒迅速在信息网络中传播，自我复制垃圾信息，他们试图瘫痪信息网络，逼迫人类回归纯粹的人。他们差一点儿就成功了，一个天才改变了这一切。这个天才，就是前面你们提到的内森。他设计出克制 Garbage 病毒的垃圾清理程序 Master Cleaning，简称 MC。但是 MC 并不能杀死 Garbage 病毒，它只是能以 Garbage 病毒制造垃圾信息的速度清除垃圾信息，二者打了个平手。于是，二者都在不断升级，Garbage 病毒制造者在升级它的垃圾复制速度，而 MC 在升级它的垃圾信息清除速度。而两边显然势均力敌，维持了平衡。而我，就是数百名 MC 程序维护工程师中的一名，我们自称为清道夫。

黑警察说：这样说，我似乎明白了。

我说：前不久，在一次例行维护时，我无意中发现，在 MC 程序里隐藏着一个禁区，而我又无意间闯入了禁区。我发现，MC表面上的功能，是在清除垃圾软件，它有另外一个功能，感染并侵入公民大脑，受感染者，只能收到指定信息。他们通过这一手段，最终操纵公民的思维。这个程序叫MC+。

白警察说：等等，这是怎么做到的？

我说：我们的大脑里植入了纳米芯片，实现了人脑神经元、纳米芯片、信息网络的互联。理论上，公民可以自由访问信息网络，获取想要的信息。但那些MC+感染的大脑，访问到的信息是经过筛选的，政府对他们屏蔽了世界的真相。也就是说，执政者想要你知道什么，你就只能知道什么，想让你相信什么，你就只会相信什么。这些人渐渐失去了自我。我不清楚，MC+是内森所为，还是政府另外植入MC的。据数据显示，人类中MC+感染者已经达三分之一，如果继续下去，当感染者超过半数时，控制了半数公民的政府，就能以公众的名义，推行他们想做的任何事，而且能轻易获得过半数选民支持，从而以科技手段完成独裁。

白警察说：既然是如此重要的禁区，怎么会让你闯入？

我说：我也想过这个问题。在如此海量的信息中，发现这个禁区的概率，不比用四十厘米的天文望远镜在一千亿颗恒星组成的典型星系里发现一颗超新星的概率高。况且信息禁区是加密的，非政府信息网络的管理者根本无法闯入。而我，安德鲁，一个普通清道夫，不仅无意间发现了，而且闯入了。开始我想，这一切只是巧合。但我生来不相信巧合。另外，困难在于，我无法确认我是被感染者还是未感染者。如果我是感染者，那么，我看到的并不是真相，这个发现也是假的，是政府有意让我发现的。这说不通。我只能假定我是未感染者。这是MC的霸格。我面临两个选择，一是无视这发现，二是正视这发现。我是在上班时发现这一秘密的。我当时就慌了，我说过，我这人天生胆小，不愿意惹是生非。突然遇到这么大的事，我慌了。我有低血糖的毛病，遇到紧张刺激的事，血糖会在瞬间降低。从伴随我十年的牛仔布单肩包里摸出一块黑巧克力含在嘴里，闭目躺在座椅上。一分钟后，血糖慢慢恢复到正常水平。

我站起来，走到办公室的窗前。我需要冷静。

我办公的地方，是帝都大厦的第五百八十一层。从窗口朝外看，所有的建筑都浮在云层之上。透过林立的楼宇，能看到很远。很远的地方，无非也是高楼和云层，当然，还有蜜蜂一样的飞行车在云层上的楼宇间忙碌。高楼。云层。飞行车。每天看到相同的景象，没有一丝春天的气息。而这，分明是再寻常不过的春天。我呆立窗前良久，内心平静了些。坐回办公桌前，连接大脑和信息网络，再次接近禁区。我只是再次确认了MC+的存在。我知道，无意间闯入的禁区，是我生命不能承受之重。我不能再次入侵。我甚至不知道，刚才的无意闯入是否被发现。当恐惧略略减退一点时，好奇心却悄然萌生。好奇是人类的本能，对我这样一个胆小怕事的胖子来说也不例外。我激动了。胆小怕事的胖子我听见一个在我的心底盘旋了几十年的声音在说，安德鲁，你不是胆小怕事的胖子，终有一天，你会证明给人看，你是大英雄。

白警察说：越是胆小懦弱的人，越有英雄情结。

我喝了一口酒，许久没说话。

白警察和黑警察都没有催促我说。白警察甚至忘了喝酒。我知道，他们在等待我讲述。

慢，哪里不对。你要冷静，安德鲁。我对自己说，不要冲动。我冷静下来，突然意识到，我差点又被迷惑了，所谓我发现MC+，不过是虚幻。

你在游戏里？黑警察小心地问。

是的，我在大主宰里。一定是游戏设计者故意让我发现这秘密。我说过，这个游戏能根据不同玩家的信息生成不同的关卡，虚拟出玩家真实生活中的人物关系。玩家很容易就忽略这一点，忘记自己身处游戏之中。我意识到了这一点，也就意识到，我所谓的发现MC+的秘密，是游戏设定的情境，是我要闯的一道关。现在，我如何应对很重要，选择错误，很可能就会被淘汰出局，当然，也可能会被打入另一重游戏之中。

怎么确定你在游戏中？白警察问。

我说：你现在问我，我也无法确定。但是在当时，我认定我在游戏中。这个想法一经产生，就不再质疑。如果在真实生活中，我肯定选择无视MC+，你们知道，我是个胆小怕事的胖子。可是在游戏中，我要做英雄，反正在游戏中，死也不是真死。我选择正视 MC+，面对因此带来的一系列挑战。我要想办法修复这个 bug，让被病毒入侵洗脑的人获得自由，明了他们被洗脑的事实，并且，还要让他们都知道，是我，安德鲁，这个胆小怕事的胖子拯救了他们。我要做超级大英雄，享受万众爱戴。这个想法一经生成，给了我无穷的力量与勇气。可是以我一己之力，无法解决这个问题，我要找帮手。我要找的帮手，一定要能听从我的指挥，在我组建的团队中，我必须是当然的首领，否则，我千辛万苦救民于水火，却有可能为他人作嫁衣裳。

黑警察说：你的动机不纯。嘴上说是救万民于水火，实际上是为了名利。

白警察说：我的经验告诉我，越是用道德标榜自己的人越可疑。

我说：这是在游戏中。

白警察说：游戏是你内心的映照。按照弗洛伊德的说法，游戏中的这个你，是你的本我。

我说：我当时没想那么多，我只想我要当英雄，当大英雄。从当大英雄的激动中冷静下来，我做的第一件事，是消除我在 MC+留下的痕迹。这对我来说不是难事。打扫干净痕迹，我脑海里冒出的第一人是朱恩。朱恩是迷宫设计师，有着超出常人的脑力，对信息系统知识的组合运用出类拔萃，而且，她是我最亲近的人。我也想到了内森。但是，我很快否定了内森。MC 就是他设计的，他是敌是友暂时不清楚。我知道朱恩和内森的关系，朱恩同时和我们两人交往，但是我爱朱恩，一直没有揭穿她。我害怕揭穿后，逼着她在我和内森之间选择，她肯定会选内森。但是我可以利用这一层关系，让朱恩去摸摸内森的底。知己知彼，百战不殆。当然，最合适的人，是我的铁杆兄弟皮特。我知道，皮特就是垃圾信息制造者之一。这是他一贯的立场。我甚至怀疑，他就是 Garbage 病毒的设计者。

黑警察说：你和皮特不是一路人，他凭什么支持你？

我说：我和皮特从小一起长大，他比我大两岁，是我的兄长。他处处维护我，从小就是这样，我惹了事他替我扛，而他做了好事，总是让我享受荣誉。

黑警察说：这样的兄弟，你要珍惜。

我说：皮特不在乎虚名。他有正经职业，是飞行车维修工。但是我知道，他加入了垃圾制造者的团队。只要皮特支持我，我就有足够把握开发出克制MC+的程序，救万民于水火。当天下班回到家，朱恩不在，我知道，她可能在内森那里。我等她回来。等到很晚她才回来，很开心的样子。我知道，也许，在一小时前，她和内森做过爱。可我离不开她。想到她刚和内森做过爱，我反而越发兴奋，越发想和她做爱。她很投入，没有敷衍我。完事后，她依偎在我怀里睡着了。我却睡不着，过了有一小时，她醒了，见我没有睡，她吻了我，说，宝贝，怎么不睡，有心事？我说，是的，有件事，我不知该怎么做。朱恩说，什么事？我说，我想和你谈谈内森。朱恩抱着我的身子有些僵直。我说，有些事，想请他帮忙，可是，我和他不太熟，我想，也许你让他帮，他会帮。朱恩长嘘了一口气，身子放柔软了。朱恩紧张，说明她是在乎我的。我很开心。

黑警察说：你这人够垃圾。

我说：随你怎么说。当时朱恩问我，让内森帮什么忙，我说还没想好，不确定，到时再说。然后，我想怎么对朱恩说起我发现的秘密。我不知道她支持还是反对，甚至不知道，她是否受到了感染。我说，朱恩，如果我要做件事，一件大事，这件事关系到很多人的命运。我要做成了就是大英雄，但是有风险，目前尚不知道风险有多大，也许会失去人身自由，甚至生命，你支持我吗？朱恩想都没想就说，不支持，我要你好好地活着，自由地活着。我说，如果是在，比如说是在游戏中呢？在游戏中，我可以成为大英雄，但是有风险。朱恩笑着说，真是个胆小鬼，在游戏中还怕死啊？我没想好怎么和朱恩说。我决定，还是先去找皮特。第二天，照常上下班。下班之后才去见皮特。我知道皮特一定会帮我。因为我要做的事，正是皮特一直在做的，反对政府对民众的思想控制。皮特白天在飞车修理厂上班。他家在帝都远郊，离我工作的帝都大厦有三百公里。半小时车程。他喜欢住郊外，说那里能看到春天，看到绿色植物，他喜欢田野的气息。其实我猜想，那里是他的工作室。他曾经劝我跟他一起干。我也曾劝他别制造垃圾了。他笑着说，没有我们这些垃圾制造者，你不是要失业？我说，我宁可失业，也不危害社会。他说，可怜的安德鲁，你被洗脑了，我们的孩子从一出生，就被强行在大脑里植入芯片，政府利用科技左右着我们的思想与行为，你认识不到这一点，就是帮凶。吵归吵，他说服不了我，我也说服不了他，但我们是好朋友。友谊有时就是这样奇怪。到皮特的家，他总是备有我喜欢的酒。

哈瓦那俱乐部朗姆酒？白警察插话。

我说：是的。皮特不喝酒，抽雪茄。一种叫 Cohiba 的雪茄。他说只有古巴独特的土壤、阳光，才能产出好的烟叶，制造出上等的雪茄。

白警察说：皮特是个行家。

我说：您对雪茄也有研究？

白警察说：研究谈不上，我只是知道，制作 Cohiba 雪茄异常复杂，前后差不多八十余道工序，要三年时间，这样的雪茄，才会使人产生恰到好处的沉醉感。

我说：皮特在门口迎接我，给我拥抱，亲切地说，安德鲁，我的好兄弟，见到你真让人高兴。皮特总是这样，每次见面，都要和我拥抱，贴脸，让人感觉很温暖。他说，坐，坐。你看，酒已为你倒好，加了冰，你最喜欢的哈瓦那俱乐部七年朗姆酒。我坐下。他从雪茄盒中选出一支雪茄，用 V 形剪仔细剪齐雪茄两端，叼在嘴里，划了一根长柄火柴点着雪茄，挥灭火柴，将火柴棍放进烟灰缸中，轻轻吸一口，露出沉醉的表情。

他吸雪茄，我喝酒。

我们就这样静静坐着，享受这个春日的黄昏。

我记得，当时斜阳已快近地平线，他的工作室外是一望无际被雪盖了一冬，此刻正疯长的麦子。

皮特说，你听，麦子拔节的声音。

皮特说他能听见，可我听不见。

皮特说，你的心不能静下来，心静下来，就能听见天籁。

我说，也许吧，都是你们给闹的，你们少制造些垃圾，我的心就能静了。

皮特笑笑，没有理会我的抱怨，说，你又长胖了，别对我说享受自然馈赠的理论了兄弟，你要节食，要减肥。你看我。皮特说着站了起来，展示着他的身材。

我说，你倒是要增肥，你太瘦了。你看你的脸，都被烟草熏黄了，胡子拉碴，也不刮一下。

皮特说，我每天拿剪刀修剪好不，现在的女生喜欢我这样有胡子的男人。

这话倒是不假。皮特身边从来不缺漂亮女性，走马灯一样换。他的前女友和现任女友居然能和睦相处，能在一起玩极限狼人杀。我们就这样闲聊了一会儿。

皮特说，兄弟，你今天心不在焉，遇到什么事了？你那小甜心朱恩把你甩啦？

我放下酒杯说，皮特，我来找你，是有件重要的事。

我把我的发现告诉皮特。

皮特激动地说，早该想到了，该死的。

他站起来，雪茄都忘了吸。

他来回走了一圈，说，你是好样的，安德鲁，谁说你是胆小怕事的胖子，我为之前这样叫过你而道歉。你勇敢，而且，大事不糊涂。

皮特的赞美让我很开心。我知道，这只是开始，大功告成那一天，将有千千万万的皮特赞美我，追随我。

我说，问题很严重。

皮特说，直接用科技洗脑，而被洗脑者尚不自知，如果不从根本上解决问题，没有人会相信我们的，你有什么好主意？

我说，皮特，我知道你有团队，有战友，只要你加入，我们一定会胜利。

皮特说，你想怎么做？

我说我要组建一个团队，以病毒克病毒，将病毒植入到MC+，让所有人明白真相。

皮特说，这样一来，政府就得解散，将重新选举，执政者失去了对人的控制，丑闻败露，必然输掉大选。我们可以重新制定有利于人类自由与尊严的科学规范。我说，所以，我来，是请求你的帮助，我愿意……加入……你的团队。我愿听从你的号令。

黑警察说：真他妈虚伪，其实你想让皮特听从你的号令。

白警察说：别打岔，听他继续说。

我说：是的，我是玩了点心眼，不过出发点是好的。

黑警察说：所有独裁者都说他们是为了大众的利益。

我说：不和你争论这些。当时，听我这样说，皮特说，如果这样，我的团队要改变策略了，安德鲁，我的好兄弟，从今天开始，我们的目标终于一致了，我们不仅是兄弟，还是同胞，我的团队就是你的团队，我的战士就是你的战士，我可以交由你来指挥这一战。

我内心很激动，我说，皮特你知道，我是个胆小怕事的胖子，难担大任……皮特擂了我一拳，兴奋地说，谁说的，我就说过，你是小事不计较，大事不糊涂，就这样决定了。带我进禁区看看 MC+。我说，MC+藏在信息汪洋隐秘的地方，我也是无意间进入的，我不知道这次误入是否留下了被追踪的线索，但我们再次进入，一定要做好准备，不能被发现，也不能被追踪。我们要突然袭击，一战制胜，如果等政府有了警觉，偷袭战变成攻防战就麻烦了。

皮特说，兄弟，现在咱们是战友，我也不对你保密了，走，带你去看看我们的军队。

皮特将雪茄架在烟灰缸上，关门，进工作室里间，开两道需虹膜识别才能进入的密室，又深入到地下。地下有辆有轨车，我们坐上车，在黑暗中走了约十分钟，下车，坐向下的电梯，出电梯，眼前豁然开朗。兄弟，欢迎来到垃圾站。皮特笑着说。这是皮特工作的安全密室。进入密室，地下原来有个宽敞的空间。几十人，都在各自的工作平台埋头工作，每人面前有不下四个虚拟显示屏。

皮特拍拍手，说，各位，停一停。

几十个男男女女，都停止了手头的工作。

安德鲁搂着我的肩说，给大家介绍一下，这位，是我常说起的安德鲁，是不是很胖？！有人发出友好的笑声。

皮特说，安德鲁是咱们的对手盘，清道夫中的佼佼者。现在，我们成了战友。

一个看上去十多岁的女孩说，老大，你招募他啦？

皮特说，不是我招募他了，是从今天开始，我们有了新任务，他，安德鲁，是新任务的总指挥。大家欢迎。

我听见稀稀拉拉的掌声。

我知道，我没有获得信任，并未真正受到欢迎。

皮特一一介绍了他的战士。

皮特说，这位身高两米的大汉，我们叫他大力士。他可是真正的大力士，世界大力士赛亚军，黑客英雄榜排名第七。这位，穿紧身黑皮衣戴墨镜的美女，神枪手兼中国功夫高手，玛丽，世界黑客大赛十强。这位白头发白胡子的中国大爷，是黑客榜上神一样的存在，我们叫他老道。这位小不点，黑客榜人称点子大师的就是……

皮特介绍的每个人，我都如雷贯耳。真没有想到，这些大人物，都聚集在皮特麾下，难怪可以和内森带领的数百名清道夫打个平手。

介绍完毕，皮特对大家讲了我的发现。密室里居然静得没有一丝声音。

我带皮特找到禁区，MC+的秘密暴露在大家面前。我相信皮特，我们的入侵不会留下痕迹，或者说，不会留下可供追踪的痕迹。

皮特让我讲讲计划，事实上，我也没有具体的计划。我指挥不了这个团队。

皮特说，安德鲁很害羞。好吧，我把他刚才告诉我的计划复述一下。

事实上，我根本没有对皮特讲过具体的计划。

皮特说，我们要做的，是设计出一个程序，像病毒一样，植入MC+，然后让它自我复制，迅速传播，让所有被MC+控制的人摆脱控制。这个程序就叫The truth，咱们这个计划，就叫真相计划。每个人都知道各自该干什么能干什么，大家忙起来。

皮特对我说，要小心内森，随时盯着内森，这个任务就交给你了，余下的，有我们。

黑警察说：内森是什么人？

我说：内森是我们清道夫的老大，MC首席程序师，十八岁获得世界马拉松编码大赛冠军，EFF先锋奖得主，世界黑客大赛三连冠军。在他获得三连冠前，皮特是冠军。也就是说，他是打败了皮特夺得的冠军。许多公司向他伸出橄榄枝，他无动于衷，情愿待在政府部门。我听朱恩提到过，他说别的地方找不到对手，当清道夫有最为强劲的对手。他所说的对手应该就是皮特。皮特的存在，让我们清道夫倍感压力，曾有人提议用非法手段，让垃圾制造者从地球上消失，但未获批准。

黑警察说：你们都不是内森的对手？

我说：不能这样说。总之，不希望和他成为敌人，就算不幸成为敌人，也要知己知彼。现在，我要和朱恩谈，只有争取了朱恩，才能盯住内森。我没想到，朱恩是MC+感染者。当我和朱恩谈到MC+时，朱恩认为我疯了。这不可能，绝对不可能，我们现在的政府是最为开明民主的政府，是全心全意为人类利益而奋斗的政府，我们的领袖，是古今第一等的完人，政府出台的所有政策，都是为人类的根本利益，现在，国家也处在有史以来最好的时期，公民的幸福感前所未有之高，而你，安德鲁，居然会有这样奇怪的想法，认为政府在利用技术控制人的思想与行为，而且，你想和政府为敌，你这样做，是国家之敌，人类之敌。你被别有用心的人利用了安德鲁。我负责任地告诉你，被蛊惑的不是我，而是你。我早就对你说过，不要和皮特混在一起。他这个人爱惹是生非，肯定是他在煽动你，他是唯恐天下不乱。

朱恩越说越激动，最后，她说，你要冷静下来安德鲁，你现在很危险。

我们的谈话不欢而散。朱恩也因此离开了我。我把结果告知皮特，我担心朱恩把我们的事告诉内森。皮特劝我不要急，他说事情还没到那一步。再说了，皮特说他和内森交过手，就算到了那一步，我们也未必会输，只是麻烦一些。我知道皮特是在安慰我。

黑警察说：你就为这个杀死了朱恩？

我说：第三天，我在办公室工作，我想，有办法能说服朱恩，我想让她亲眼看到MC+。我还没有联系她，她居然找到我工作的地方来了。是的，帝都大厦第五百八十一层。她的飞车直接停在五百八十一层停车处。

我们吵架后，已经有三天没见面。一见面，朱恩主动拥抱了我，说，安德鲁，我爱你，我不该离开你。

我很感动，吻了她，长吻。

然后我说：朱恩，我要和你再谈谈。

朱恩说：还是MC+吗？我去问过内森了，他是MC的首席程序师，MC有什么bug，他比你清楚。他说你很可笑，所谓MC+并不存在，你被皮特洗脑了。安德鲁，你认为我是傻瓜？是被洗了脑的白痴？你认为我对事物失去了判断？我智商175。

我说：这不是智商高低的问题，是病毒，病毒入侵了你大脑内的芯片，使得你看不到世界的真相，接受不到真实的信息。你和我看似生活在一起，实际上如同在两个世界。

朱恩说：安德鲁，我不想再和你吵架，我是来和你和解的。

我说：那好，我们心平气和地谈。

我又亲吻了她。

我说：我带你入侵MC+，让你眼见为实。

朱恩突然激动起来，吼道：不用了安德鲁，你怎么确定你眼见的就是实？你看我这件衣服是什么颜色？

红色。

可这件衣服的颜色，不过是眼睛传达给大脑的假象；在一只狗的眼里，这件衣服就不是红色，狗的眼睛感受不到红绿光谱。你说到底是你眼见的为实，还是狗眼见的为实？

我说：这是两个问题。

朱恩说：这是一个问题。再比如，你认为我们现在所处的世界是真实的还是虚拟的？

朱恩的话让我再次醒悟，朱恩是对的，我所面对的一切，目睹的一切，都是假的，是虚拟的，我们在游戏中。

我说：我承认，我们现在身处的世界，是虚拟的；你，朱恩，并不存在，不过是我大脑潜意识映照出来的。

朱恩说：你真是疯了，好，就算是在游戏中，你又凭什么相信，我是你大脑映照出来的而不是别人大脑映照出来的？游戏中只有你一个玩家吗？再说了，果真如你所言，我们在游戏中。你游戏中发现了政府的大阴谋，那又怎样，又不是真实的。你要为了这虚拟的阴谋和我吵架？

我说：可是朱恩，我作为游戏玩家，通关成为胜利者是玩家的任务，我必须通关成功。

朱恩说：胜利成为大主宰之后呢？

我说：成为大主宰之后我就可以退出游戏，和你过真实的人生。

朱恩说：如果真如你所说，我们在游戏中，你怎么确定，在真实的世界里有我朱恩这个人？你就不能为了我放弃你所谓的英雄梦吗？

我说：我不管，总之，我要击溃政府的阴谋。我终于明白了，你不是真实的朱恩，朱恩并不存在，你不过是游戏程序为我设置的障碍。

朱恩惊恐地看着我说：我看你是疯了，我是障碍，那么，你要怎么处置我这个障碍呢？杀死我？你们在游戏中，不都是杀人如麻眼都不眨吗？

我说：朱恩，你冷静一点。我没疯，你看我像疯了吗？就算我们在游戏中，我也希望你能陪我一起闯关。

朱恩说：我不会陪你玩这无聊的游戏，我要报警。你说我被洗脑了，好，我就是被洗脑了，我报警，看警察怎么说。

我说朱恩别这样，你报警我就输了，游戏结束，我好不容易走到这一关。

朱恩说：我不报警，你会一直沉迷下去，你已经分不清什么是真实什么是游戏了。

我说：现在就是游戏。

朱恩说：好，你认为是游戏，那我从这里跳下去，反正是游戏，我死了也不是真的死了。

朱恩说着摁开了窗子的电动按钮。一阵强风往屋里直灌。朱恩站到了窗口，几乎带着哭腔地喊着：安德鲁，我爱你，你是要我还是要你的游戏？要么，杀死我，要么，我报警。

黑警察说：你就真杀了她？就为了所谓的闯关？

我说：我当时也是犹豫的。可是我想，我是在游戏中，只有杀死她才能阻止游戏结束。而且，我只是在游戏中杀死她，并没有在真实生活中杀死她。

白警察说：你就将她推出窗口？

我说：朱恩当时很激动，她说，你还不动手？你舍不得杀死我？那好，我自己从这里跳下去，我成全你。安德鲁，你会后悔的。说着，她真的从窗口翻了出去。

白警察说：你呢？你当时做了什么？

我说：我当时什么也没有做。

黑警察说：你就眼睁睁看着她跳楼？

我说：一切都是游戏啊。

黑警察说：你确信是在游戏中？

我说：我当时很肯定。

黑警察说：现在呢？

我说：现在，我，不确定。

白警察说：好吧，如果，我是说如果，在真实生活中，你也会这样做吗？

我说：不可能的，我怎么舍得让朱恩死。

白警察说：事实上，你就是这么做的。

我说：是的，你刚才问我确信我们是在游戏中吗？我说，当时我是确信的。可是，朱恩真的死了。朱恩的死，对我打击很大。事实上，我开始怀疑，我其实已经不在游戏中了，一切都是真的。我越来越怀疑这一切都是真的。我眼睁睁地看着朱恩死在我面前，而我什么也没有做。好吧，我承认，当时我是拉住了朱恩的手。当时她站在窗台上，我看得出，朱恩其实也不敢往外跳。她的眼神告诉我，她在等着我将她拉回怀里，可是她的眼神让我害怕，我不能心软，我不能让她破坏我的计划。

黑警察说：于是，你推了她一把。

我说：我当时也是中邪了，就认定了我们在游戏中。朱恩死后，我很痛苦。

白警察说：所以，你求助 Dr.梅。

我说：是的，朱恩生前和 Dr.梅是好友，她还做过一段时间 Dr.梅的助手。她是迷宫设计师，为 Dr.梅的一个项目设计过迷宫。我希望 Dr.梅能帮我，最起码，能让我弄清楚，我是在游戏中，还是在游戏外。

黑警察说：可是，Dr.梅也死了。而我们，正在调查Dr.梅的死因，当然，还有朱恩的死因。

白警察说：你知道这意味着什么吗？

我明白他所说的，但是我不敢给出答案。

白警察说：朱恩坠楼，我们暂且这样说，然后，你在家待了几天，你并没有死，也没有退出你所说的游戏，你一直在游戏之中。然后，你联系Dr.梅，然后，我们来了。你认为，我们现在的谈话，也是在游戏中吗？

我说：我不清楚。

黑警察说：我可以负责任地告诉你，我们不是在游戏中。我从来没听说过他妈的大主宰游戏。我还可以更加负责任地告诉你，朱恩不是死在游戏中，她是真真切切地死了，从581层楼上跳下，摔成了泥，现场惨不忍睹。而你，就是杀死朱恩的凶手。

我说：也许我们现在依旧在游戏中，而你们，是游戏生出来乱我心神的程序。

黑警察说：所以，你现在也可以杀死我们，是吗？然后你对审判你的法官说，你是在游戏中杀死我们的。你以为法官会信你的这些鬼话？大主宰，你编出来，是不是？

我说：如果我们现在身处真实世界，我更加要阻止政府的阴谋。如果只是游戏世界中的人被病毒控制，我们可以选择不管，大不了输了这游戏。现在，你们告诉我世界是真实的，那么二位，该你们选择了。我不知道二位是否被洗脑，但我要提醒二位，如果你们逮捕我，逮捕皮特，二位就是法西斯独裁者的帮凶，历史的罪人。如果放我走，和我们站在一起为正义而战，你们也将成为英雄。是做罪人还是做英雄，你们选择。

我说完后，轮到两名警察沉默了。看得出，他们对我说的MC+将信将疑。问题是，他们也不敢轻易下结论。我看到了希望，趁热打铁，继续说服他们：如果我们现在是在游戏中，那么，证明我之前杀死朱恩是假的，你们没有必要因为我在游戏中杀人而逮捕我。如果我们现在处于真实的生活中，我发现了政府的大阴谋，这个阴谋关系到上亿人的未来，你该怎么办？

黑警察望着白警察说：我们该怎么办？

白警察说：我们的任务，是带他回警察局。

我说：这说明你们感染 MC+病毒，只知道盲目服从。

白警察说：你这是给我们出难题。抓你，我们可能犯下大错；不抓你，又有违职业道德。

黑警察说：有没有两全其美的办法？

白警察说：安德鲁先生，放你是不可能的，抓你又有问题，你说我们该怎么办？

我说：也许，我可以带你们二位去皮特的密室，在那里，你将看到我所说的不假。

我当时的想法，不管怎么样，现在我以一敌二，无法脱身；到了皮特那里，大力士一个人对付他们二人都绰绰有余，不能脱身的将是他们。

黑警察说：我看可行，哥们。

白警察说：真去了，咱俩可能就失去自由了。

黑警察说：到时咱俩分工，一人进去，一人留在外面。

白警察说：就这样决定。

我多少有些失望。另外，我也不知道，带他们到皮特那里，皮特是否同意。我说，我要和皮特商量。二位表示同意。我联系皮特，将情况对他讲了，也告诉他，到时，会有一名警察跟我进密室，另一位留在外面。

皮特说：我让人来接你们，不能暴露我们的地址。

我说我再和两位警官商量一下。俩警察一时也没有别的对策，或者，他们也想走一步看一步。我不知道他们真实的想法，但找来了帮手，对我来说，事情在朝有利于我的方向发展。

皮特派来的是大力士和玛丽。

请上车，大力士对两位警察说。

两名警察一左一右，我在中间，大力士坐在我们后面，玛丽驾驶。

在飞车腾空而起时，车窗变成漆黑。从窗内看不到窗外任何东西。白警察摸了一下衣领的扣子。大力士说：老兄，试图发出信号让人追踪我们是徒劳的，这车屏蔽一切信号。你没看见连自动驾驶模式都无法启用，要人工驾驶了吗？从现在开始，二位就从警察总部的监控中消失了。黑警察想拔枪。大力士说，别浪费表情了兄弟。说话间，枪已到了大力士手中。

飞车人工驾驶模式比自动驾驶要慢一倍不止，我们花了一个多小时才到皮特的密室，也不知飞车是怎么泊进地下的。下车时，就已经在密室外。

到了，请下车。玛丽说，欢迎光临垃圾站。

白警察说：你们不讲信用，说好了，一人在外，一人在内，你把我们都带进来了。

玛丽说：没错，你们一人在外，一人跟我进去。谁在外谁跟我进？

白警察说：这还有什么区别。

黑警察说：我们都进。

皮特依旧见面就拥抱我。

我说：对不起，给你添麻烦了。

皮特说：什么都不用说。又说：这两位警官的资料我们已经分析，他们都是MC+感染者。大数据分析计算，他们和我们合作的概率为0。

那为什么还要冒险带他们来密室？我问。

皮特说：在我们的眼皮子底下更安全。

黑警察在大叫，白警察劝他说：既来之，则安之。

黑警察说：安德鲁，你这死胖子，别得意太早。你们以为没人能追踪到这里，大错特错。告诉你，在我们找你之前，先去见过内森了。内森，你们的噩梦，你们以为像老鼠一样躲在这阴暗的地下，他就挖不出你们？

白警察冲黑警察喊：闭嘴。

黑警察说：我为什么要闭嘴，他们以为我俩是傻子？

白警察说：叫你闭嘴。

白警察和黑警察的对话，提醒了皮特。皮特对大力士说：把二位请进暗室。

皮特说的暗室，是密室里的一间独立小房，这是皮特冥想的地方。

大力士过来，一手拎黑警察，一手拎白警察，将二人扔进暗室。

皮特发布指令：扫描暗室，再确认一遍他们身上有没有追踪装置。

显示屏上可见到对整个暗室的扫描，反复扫描确认，他们身上没有任何可供追踪的设备。

大家都松了口气。

皮特说：好啦，兄弟们，继续干活。

于是各自忙碌。

皮特说：安德鲁，喝一杯。

我说：谢谢。

皮特给我倒酒。我喝一口，泪水止不住涌出来：朱恩死了，我以为是在游戏中。

皮特拍拍我的肩，说：我知道。别自责了。

我说：我真的以为是在游戏中。

玛丽扭头说：游戏中也不能这样做。

我说：是的。我该死。

玛丽说：老道，你们中国人怎么说的？青竹蛇儿口，黄蜂尾后针，二者皆不毒，最毒男人心。

老道说：最毒妇人心。

玛丽说：男人心。

皮特说：别闹了。我现在担心的是内森。你和内森是同事，说说看，他是个怎样的人？

我说：没有内森的大数据吗？

皮特说：有。但是，内森的大数据，你相信吗？

我摇摇头。可查到的关于内森的大数据，一定是经过伪装的。连我的大数据也是被修改过的。

皮特说：多年前，我和内森交过一次手。那次黑客大赛，三局两胜制，抽签决定攻防。我抽到一次进攻，两次防守。防守那两次，我设计的程序迷宫，都被他在规定时间内攻克了，而他的防守，也被我攻克了。二比一，他从我手中捧走了冠军奖杯。从他和其他黑客的对战记录看，他属于强悍的进攻型选手，几乎没有他攻不破的程序。防守是他的弱项，他进攻的胜算是百分之百，防守的胜算却只有百分之五十。

我说：这是好事。现在，如果政府发现了我们入侵，他们能做的，只有加强防守。而防守肯定是请内森领队，那么，咱们的胜算就大多了。

皮特点燃吸了一半的雪茄，晃灭长柄火柴时，手停了下来，似在思考什么。火烧到手指，才反应过来。

怎么啦？我问皮特。

皮特说：你了解内森吗？

我说：谈不上了解。他是我们这一行的天才，这些你都知道。

皮特说：说点有用的。

我说：有一次，我问朱恩，像内森这样的高手，为什么会甘心当清道夫。

皮特眼睛一亮，说：朱恩怎么说？

我说：她也问过内森。内森说，因为在这里，有旗鼓相当的对手。

皮特说：旗鼓相当的对手？谁？

我说：还能有谁，当然是你呀老大。据说，他这些年一直在研究你。不过，据我推测，他并不知道你的真实身份。有一次，我和他谈到垃圾客。他说他很尊敬垃圾客的老大，虽说他不同意你制造垃圾的理由。

皮特说：如果你是内森，你知道了我们准备进攻，会怎么做？

我说：如果是我，肯定是加强防守，升级密级，制造更多迷宫，最好让你们再也找不到禁区所在，更别说攻破它。可是，如果我是内森，我知道防守是自己的弱项，一定会想办法化防守为进攻，主动找对手决战。

皮特说：我也这样想。可是，我们隐藏在比宇宙还浩瀚的信息宇宙中，他怎么找到我们？

我说：他不可能找到我们，所以，他成不了进攻者，只能当防守者。别想这么多了。我们还是抓紧程序研发进度，趁他们还没有发现时，一击中的。

皮特想说什么，话到嘴边，又咽了回去。我知道，他担心内森。这些年，皮特手下集结了一大批高手，可是垃圾客和清道夫依然只是半斤八两，谁也没有占到便宜，谁也没办法彻底征服对方，因为清道夫的首席程序师是内森。我开始后悔，如果朱恩还在，我们至少还能从她那里摸到一点内森的动向。

当然，我也认为皮特杞人忧天。我们闯进禁区神不知鬼不觉，这么多天过去了，也没有见内森做出追踪和防范。

皮特的团队，我无法融入，也帮不上什么忙。除非他们开会讨论，需要我提供想法时，我才会说一说。其他时候我只能干着急。皮特要求特殊时期谁也不许再离开密室，不得与外部有任何联系。在我们的程序设计出来之前不能暴露。我们这样在地底下生活得没有白天黑夜，大约过了半个月，我们越接近目标，皮特越焦虑。我劝皮特，没事的，我们胜券在握。皮特抽雪茄越发凶了。

太安静了，皮特说，静得不正常。

我说：我们没被发现，一切按计划进行，我们很快就要成功了。

皮特说：你不觉得太安静了吗？

我不知道怎么劝他。他的团队里，每个人都不说话，他们也不知道该如何劝他。这样又过了几天，终于，密室里传来了尖叫声，欢呼声。所有人都跳了起来。大力士甚至抱起了玛丽，像抱着一个布娃娃一样，将玛丽抛起来又接住。

The truth 设计出来了。

皮特也很兴奋，他挥动着拳头，说：再好好验算，检查，确认。

玛丽说：确认了许多遍。现在，只要找 MC+感染者试试。如果成功，到时将 The truth 植入 MC 的秘密程序，就大功告成了。

真是天助我也，我们需要感染者，老天爷就送我们两个感染者。我说。我这样说，其实是想证明，这是我对计划的贡献。要是没有我带来两名警察，我们上哪里去找感染者。

皮特说：再等等。

我说：还等什么？

皮特说：内森到现在没有动静，合常理吗？我们入侵 MC+禁区，虽然对方追踪不到我们，但应该会发现有人入侵，发现却不做应对，说明什么？

玛丽说：说明他们不急。

皮特说：为什么不急？

玛丽说：只有一种可能，他们发现了我们，甚至追踪到了我们。

我说：那为什么他们没有动作？这不合理。

他们也许在等待时机，玛丽说，像一条潜伏的毒蛇。

皮特说：我们假设已经暴露，对手是内森，以他的个性，一定在等我们动；我们动，他就有了进攻的机会。所以，明确危险在哪里之前不能动，一动就失了先机。我不动，敌不动，主动权就在我们手上，什么时候开战，时间由我们定。

我说：可是，我们总不能一直这样不动。马上到大选了，以MC+传播感染的速度，他们很快就会控制过半数的大脑，到那时，我们再动就迟了。

皮特说：当然不会等这么久，可是，内森会从哪里攻击我们呢？内森……朱恩……朱恩之死，安德鲁，你不觉得，朱恩的死，有蹊跷吗？

是的，我也不明白，朱恩当时为什么就去了我工作的地方，为什么就激动地站到了窗前，为什么要做出那样危险的动作来。她的个性不是这样的。

也许，朱恩的大脑被人控制了。一直未说话的玛丽突然说，比如，内森。

我说：内森？控制朱恩？

皮特说：内森完全有这能力。如果是内森，那么，他为什么这样做？朱恩死后，你做了什么，安德鲁？

我说：求助Dr.梅。可是，Dr.梅也死了。

皮特对玛丽说：马上查查这个Dr.梅，看能查到什么。

玛丽查Dr.梅的大数据时，皮特说：朱恩和你吵架，离家三天，这三天，她肯定去见过内森。那么，内森知道了我们的计划无疑，他肯定有所行动。朱恩回去找你，和朱恩的死，这中间肯定有关联。如果朱恩的死与内森有关，那肯定不是他的目的，因为朱恩的死并不能阻止我们的行动。

我说：朱恩的死是手段？那么，朱恩死后，我去找Dr.梅，是偶然还是必然？看似一次偶然事件，我可以去找别的心理医生，也可以不去找心理医生，这里没有必然性。

那边玛丽叫了起来：皮特，你来看。Dr.梅的大数据出来了，但是，大数据居然无法分析Dr.梅的行为特征，也没有他更多的信息。他的消费、阅读、就医、出行……记录，所有指向Dr.梅的信息都被加密。我试试解密。

皮特说：没必要了，异常已经说明问题。

我说：Dr.梅是在我给他大主宰游戏后死的。

玛丽说：奇怪，连他的死亡信息也找不到。

皮特说：那两名警察找你，是来调查Dr.梅的死因的，看来，我们要去会会那两位老兄了。

你们终于出现了，黑警察说：这么多天，除了吃喝就是睡觉，你要把老子闷死？

皮特说：Dr.梅真的死了？

黑警察说：死了。

你亲眼见过？我问。

黑警察想说什么，白警察说：是的。也是从高空坠下。

皮特说：撒谎，Dr.梅根本没死。你们找安德鲁，是为了接近安德鲁，然后，通过安德鲁接近我们，是不是？

白警察沉默了一会儿，说：你们都知道了，那还有什么好问的。

皮特说：为什么？

白警察说：你这么聪明，还有什么没想到的？你已经知道答案了。

黑警察说：没错，我们是内森派来的。内森已经查到垃圾客和安德鲁的关系，既然安德鲁知道了政府的计划，他就一定会来找你，只要跟踪安德鲁，就能顺利找到你们。

白警察说：只是没有想到，你们防范这么严。自从上你们的车，我们就和内森失去了一切联系。你们胜利了。

皮特说：我早知道，你们接近安德鲁不会这么简单。

皮特让大力士继续将两位警察关进暗室。然后召集团队开会。皮特认为，内森不会犯这样的低级错误，他追踪不到警察是正常的，他应该清楚这一点。如果连这点都想不到，他就不是内森。也就是说，警察接近我们另有目的。我们一定要找出他们的真正目的。

小个子的点子大师突然说：我有个想法。

皮特说：什么想法？

点子大师说：我们的痛点是什么？现在，我们已经编好了攻击程序，但程序是否有效，是否能一击必中，下一步要做什么？实验。怎么实验？找感染者。到哪里找感染者呢？很可能所有感染者都处在监控之中，一旦我们去找，就可能暴露。这一点，我们能想到，对手当然早就料到了。所以，我们的痛点，是找不到感染者。

皮特说：你分析得对。内森算到我们缺少感染者，于是，就给我们送来两个感染者。

点子大师说：所以，将感染者送到我们身边，让他们成为实验目标，才是内森的目的。内森做了什么我们不知道，可以肯定，一旦我们拿两个警察做实验，就中了内森的计。我们都知道内森是一流的攻击者，所以，我们不必心存侥幸。

皮特说：这正是我担心的。

密室里陷入了死寂。知道内森的杀招所在，可是，该如何去解。内森将大家逼入了死局。

只有赌一把。皮特说。

赌？几乎所有人都同时惊呼出这个词。因为我们都知道，谁都可能去赌，皮特从来不会赌，他只做有把握的事。

这可不是你的风格。我说。

皮特说：这几年来，我一直在琢磨内森。我为什么输给内森？因为我的进攻不如内森。为什么我的进攻不如内森？就是因为我凡事求稳，没有百分百的胜算我不会出手，而内森，只要有九成胜算，他就会果断进攻。这些天，我一直在反思，为什么这么多年来，我们一直无法战胜清道夫？这是因为我的问题，我太保守了。

所以？玛丽说，你的结论。

皮特说：我的结论就是，以彼之道，还施彼身。

点子大师说：出其不意，攻其不备。

皮特说：不做实验，你们对 The truth 有几成把握？

大力士说：八成。

玛丽说：九成。

皮特说：赌一把。将命运交给上帝。

玛丽说：老大，咱们早该这样啦。

我反对赌。可皮特的队友都赞成赌，我无话可说。其实我想说，这是我的游戏，我是玩家，他们不过是我大脑映射出的队友，玩家主宰不了游戏，我不甘心。大约，皮特猜到了我的想法，拍拍我的肩说：兄弟，咱们还和从前一样，军功章有你的一半，还有你的一半，两半都归你，如何？

我转忧为喜地说：少数服从多数。

皮特给我吃了定心丸。在我的记忆中，他的承诺从未食言。

皮特说：内森知道我是谁，那么，对我肯定做了深入研究，他认定我不敢冒险。这次，咱们就奇兵制胜。当然，为了稳妥，我还有个想法，咱们设计一个假程序，然后，将计就计，给两位警察大脑芯片植入假程序，声东击西，成功吸引内森的力量后，乘虚而入，一举拿下。等到他们明白过来时，咱们已经大功告成。到那时，你，安德鲁，就做好接受万民拥戴吧。

皮特的决断力我望尘莫及。他开始排兵布阵：大力士、玛丽、老道，驾驶飞行车，带上两位警察，出帝都往北部山区方向飞行，飞到三千公里时，给两警察植入假程序，引内森上钩。注意，开始使用人工驾驶，到两千五百公里后改自动驾驶。

玛丽说：明白，两千五百公里后故意让内森追踪到我们，让他调兵遣将，把力量朝北部山区集中。

皮特说：聪明。然后你们全速飞行，大约二十分钟，内森会追上你们。在他追上你们的同时，你们植入假程序，预计十分钟，你们被包围。十分钟，这是内森发现中计的最短时间。

点子大师说：有这十分钟，我们大功告成。

皮特说：希望如此。

大力士说：愿赌服输。

皮特看了时间，说：校准时间，做好准备，两小时后出发。这两小时，咱们来制作诱饵程序。大力士、玛丽、老道，抓紧休息。点子大师，你负责带领大家制作诱饵程序。

皮特像大将军，镇定指挥。真的羡慕他，有那么一瞬间，我甚至希望行动失败。反正是游戏，失败也没有什么了不起。可是，如果这一切不是游戏呢？好在皮特答应我功成身退。如果是游戏，我还是游戏的玩家。如果是真实，那么，改变世界的人是我。重新大选，不出意外，我将以高票当选，成为这世界新的主宰。想到这里，内心洋溢起前所未有的兴奋。

懦弱的胖子。去他娘的，谁说我是懦弱的胖子？

不过，这种反差，更加能衬托我的传奇。一个生性懦弱的人，为了人类大义而勇担重任，这是最好的故事，最浓的鸡汤，选民喜欢听故事。在这愉悦的想象中，一直紧绷的神经终于舒缓。我开了一瓶哈瓦那俱乐部七年朗姆酒。问皮特要不要喝一杯。皮特说不喝，这是他人生第一次赌，将命运交给上帝，他要祈祷。

等胜利后，我陪你喝。皮特说。

我想喝酒，特别想找个人陪我喝一杯。我想到白警察，他那么懂酒，他也是胖子。等他大脑里的病毒清除后，我们一定能成为好朋友，也许，他会成为我的助手。我不能总是光杆司令，手下要有人可用。我对皮特说我想去陪警察喝一杯。皮特说随你。我拿两个酒杯，加冰，去到暗室。

我说：嘿，警察先生，咱俩喝一杯。

黑警察没有理我，他没有心情喝酒。

白警察说：看上去，你的心情很好。

我说：是的，很好。

白警察说：找到对付内森的办法了？

我说：内森？他不是皮特的对手，我早就说过。

我给白警察倒上酒，说：我喜欢和你喝酒。过了今天，咱们找个地方好好地喝一次。去到朗姆酒的故乡如何，在哈瓦那的 El Floridita 酒吧，咱们坐在当年海明威坐过的地方，喝当年海明威最爱的酒。

白警察笑着说：到那时，你是胜利者，我是失败者。你有喝酒的心情，我却未必能品出美酒的滋味。

我说：我拿你当朋友，这一天不会遥远。来，为了我们的胜利，干杯！

白警察举杯说：胜利者一无所获。干杯！

白警察的话，听着有些刺耳。我知道他爱引用海明威，可是，引用这一句，是对我的讽刺吗？

我又给白警察倒上，也引用了一段海明威：夜间醉倒在床上，体会到人生不过一醉，醒来时有一种奇异的兴奋，不晓得究竟是跟谁在睡觉。在黑暗中，世界显得那么不实在，而且那么令人兴奋，所以你不得不又装得假痴假呆，认为这就是一切。

我们喝完了一瓶酒，外间密室里传来了当当的钟声。我说，行动开始，咱们改天见。

大约是喝多了，我有些失态。皮特看了我一眼，没说什么。反正我也帮不上什么忙。大力士、玛丽、老道，已经收拾好。大力士将两位警察反手锁上拇指铐，说：委屈啦兄弟。

皮特和他的战士们一一拥抱。大力士一行走后，皮特说他要休息一会儿。

我说：睡吧。

皮特将机械钟定了时间，他喜欢这些古老的东西。皮特很快发出了均匀的呼吸。其他成员，也都趴在桌上打盹。这里的黎明静悄悄。我睡不着，继续喝酒，回想这段时间来经历的一切。白警察，不，其实是海明威说，胜利者一无所获。这话刺痛了我。我肯定是有所获的，我们，我和皮特的团队，战胜恶势力，解救被洗脑的民众，这就是收获。可是我失去了朱恩。也许，还会失去皮特。是的，我还想着攫取胜利果实，而皮特，待我如兄的朋友。那又怎样，一切不过是游戏。我听见另一个声音说，你什么都没失去，失去的爱人还在，被玷污的友谊也在。你不过为了在游戏中通关成为大主宰，在游戏中享受做英雄的感觉，主宰一切，如此而已。你没有错，安德鲁。

后面的声音，将前面的声音驱赶走了。

我胡思乱想着。脑子里不时闪回朱恩从窗口被我推下的画面。是的，是我推下的。那一瞬间，我的心也痛，我差点就心软了，可是，游戏而已，我这样想，心就不软了……

闹钟响起，皮特和所有的队员都醒了。

兄弟们，干活啦。再过十分钟，玛丽就要启动自动驾驶啦。

十分钟过得并不慢。很快玛丽联通了网络，和皮特联系，我们能看到从玛丽的飞车上传来的同步画面。同时，皮特已经和他的团队逼近MC+，只要玛丽植入假程序诱使内森上当，我们就要植入真正的The truth。玛丽那边一切正常。已经有数十辆飞车在逼近她们。他们为两名警察植入假程序，负责监控的大数据分析显示，内森上钩了。一切都是那样完美。事后我们才知道，内森在两名警察脑内植入了绑架程序，可以追踪到攻击者的主机并绑架攻击者的主机。十分钟，当内森发现上当了时，他已经无力回天。

上帝站在了我们这边。The truth 是完美的！

所有被感染者在一瞬间，接收到了真实完整的信息。所有被洗脑者如梦初醒。后来的一切水到渠成。人们愤怒了，人们发现，自己原来是被人操纵的傻瓜。好比百多年前，东亚某个与世隔绝的独裁岛国的人民，突然间冲破信息封锁，知道了世界真相一样。原来口口声声为他们服务的公仆是独裁者，原来人类可以获得如此多的自由，原来世界是这样丰富多彩。一切可以用“摧枯拉朽”来形容。

当玛丽一行回到帝都时，迎接他们的民众已经成了沸腾的火山。

一切如我所愿。执政者下台，重新大选。皮特的团队推举他为候选人。是的，他才是当之无愧的大英雄。但皮特遵守诺言，他出面澄清，真正的英雄不是他，而是安德鲁，一个胆小怕事的清道夫。是安德鲁发现了政府的阴谋，带领团队，谋划了这一切。而他皮特，不过是安德鲁帐下的一名战士，安德鲁才是统领。

安德鲁，皮特说，他是天生的政客，当然，我们也相信，他会成为好领袖。

皮特解散他的团队，那时，我正被推举为新元首候选人，四处演讲。我希望皮特能成为我的竞选总指挥，可皮特无意于此。他说他最大的心愿已了，人们不再被蒙骗，大家都知道这世界的真相。而且我也答应他，如果竞选成功，将推动立法，禁止继续在人类大脑里安装芯片。MC+的事实告诉我们，这样做是危险的。皮特就这样消失了，和他的团队一起，如同雪花藏进大海。我再也找不到他。我知道他一直在，我做什么都逃不过他的眼睛。

但是，这种感觉，并不让我感到温暖，反而让我如芒刺在背。

好消息不断，一切顺利得出乎我的意料。

事实上，我也明白了，世界依然是个大的利益场，不仅我希望成为英雄，各路神仙都希望我成为他们捧起来的英雄。从前不会正眼看我的人，纷纷聚集在我身边。我每天都晕乎乎的，根本不知道自己在做什么。当然，也不用我做什么，我只是个符号，木偶，一切都有人谋划好。所有的民调都显示，我将以绝对优势，成为本国史上最高票当选的元首。当然，我渐渐也明白了，各方势力之所以捧我，无非两点，一是我的英雄光环，这不是最重要的，最重要的是，我是个胆小怕事的懦夫，无能之辈，各方势力都认为，我将被他们玩弄于掌股之中。

他们不知道，此时的我，怎甘受人摆布？不过羽翼未丰，我得韬光养晦，故意让他们觉得我是个容易被掌控的人。我只是个演员，按照编剧写好的剧本，按照导演的要求演出。当然，我没有失言，那个会品酒的白警察，我后来才知道他叫施纳德，成了我的安全顾问，我最知心的朋友。

我对他讲过元世界的故事，讲我在子世界里和如是的爱，讲我为什么一定要成功，只有成为胜利者，我才能变成大主宰，成为大主宰，我能让朱恩复活，我还能在这个世界里杀死我的情敌奥克士博，也就是内森。这样，我能从大主宰里回到我的子世界，真正拥有那个叫如是的女子。皮特不肯帮我，我要培植自己的势力。

大家忙忙碌碌的时候，只有施纳德陪在我身边，一起品酒，讲述各种酒，讲述那些伟大的酿酒师，当然，还讲述海明威。但是，现在，我没有了闲情，也为当初向他发出的到哈瓦那泡酒吧的邀请感到可笑。

我成了元首候选人，却没有一丝安全感，而且，这不安一日比一日强烈。

施纳德说，他的责任就是解决我的不安。

您是担心皮特吗？他有号召力，而且，他是真正的……功臣。

施纳德说话没有之前那样随意了，他学会了察言观色。

我说：他消失了，我们根本找不到他。

施纳德说：皮特有他的行为准则，只要您的施政不触及他原则，他不会成为您的敌人。而且，当您真正有需要的时候，他依然会成为您的战士。

我说：我担心的是，朱恩……

施纳德说：朱恩死于自杀，已办成铁案，没任何毛病。

我说：那个鲍尔斯……

鲍尔斯，就是之前和施纳德一起的黑警察，他知道朱恩之死的真相。如果杀死朱恩的事被竞选对手知道，我将从英雄的神坛跌落到犯罪的地狱。

施纳德说：鲍尔斯交给我。

施纳德眼里闪过凶光。我说：我们不能再杀人。

这是件麻烦事。但我不能让施纳德去杀死鲍尔斯，不是我不想杀他，而是，如果让施纳德杀鲍尔斯，施纳德就会想，安德鲁不相信鲍尔斯自然也不会相信施纳德，那么，下一个，就会轮到他。我现在连鲍尔斯都不愿去伤害，其实是给施纳德吃定心丸。

在他们之外，我需要组建秘密的心腹团队，总有些脏活儿要人去完成。

我想到了内森。

内森现在关押在帝都监狱，将要接受审判。当然，大法官没有时间理会他，大法官们在忙着将前任元首送进监狱，内森不过是个证人。

我告诉施纳德，我想从内森那里了解他对朱恩做了什么，希望他能安排一次密会。如果内森说承认他控制朱恩，我就不用再担心有人拿朱恩之死说事。

我说：只要内森担下罪名，施纳德，你想办法给他自由。

施纳德说：这事交给我来办，保证天衣无缝。

自从成为元首候选人后，我变得冷静，有决断力，不再胆小怕事。我才明白自己有如此潜能。施纳德很快安排好了我和内森的密谈。之前，面对内森，我是自卑的，而现在，我是他命运的主宰者。

我知道你会来找我。内森说。

他试图掌握谈话的主导权。

我说：为什么？

内森说：您知道为什么，我不说。

我说：你是聪明人。

内森说：你需要聪明人。

一个月后，内森被悄悄释放，他成了我的秘密棋子。他综合之前的MC+，设计了一种更精准的病毒，这种病毒不像MC+那样大规模传播，而是通过信息网络精确打击。控制任何脑内植有芯片的人类，可以让被攻击者失去记忆，产生认知困难，或者将其塑造成我们需要的人。精准攻击可以避免被皮特这样的黑客发现。内森说，其实这个升级版，他之前就在开发。当然，内森说，只有我们两人共同授权才能启动攻击。

在内森的帮助下，我的安全顾问施纳德被我们消除了相关记忆，鲍尔斯则被塑造成我的忠诚卫士。他们再也不会记起朱恩。那些试图控制我的财阀、政客，被我和内森牢牢控制在手中。我汲取了前任元首的教训，严格控制着精准攻击的范围。后来的事情就变得简单了，我高票当选为新一届元首，并推动立法，禁止在新出生的人类大脑里安装芯片。

我梦想成真了。可是，我没能成为大主宰。

我还是没弄清楚，我是在游戏中做了个梦，过了把元首瘾，还是在生活中真的成了元首。一切来得太不真实。我不知道什么是真实。我想，如果我在游戏中成了元首，那我应该是打通关了，为什么没有成为大主宰？不是说成为大主宰后，整个游戏中世界将按照我的心愿生成吗？

最麻烦的是，内森成了我最大的心病。他告诉我，我们两人一起才能启动MC+的升级版，可我怎能如此天真地相信他？他肯定留有后手。他可以随时控制我，他才是最大的赢家。本来，我计划，待他帮我解决皮特的威胁后就解决他。可是他一直没能找到皮特，我也没能找到控制内森的办法，我只能选择相信他。

内森是悬在我头顶的达摩克利斯之剑，我不知道这把剑什么时候会刺向我。

我想明白了，之所以我未成为大主宰，是我并没有打通关。内森，是我要打过的最后一关。无论我现在所处的是真实世界，还是游戏，我都要马上着手解决他。卧榻之畔，怎容他人酣睡。我更清楚，之前我可以借助皮特为我获取人望，借助内森控制异己，现在这一关，我不能求助任何人，否则，借助别人解决了内森，我又要借助别人解决解决内森的人，如此下去，没完没了。总之，内森不能活着。我开始焦躁不安，想不到好的办法解决他。杀死他？怎么杀？杀死之后，怎么处理他的尸体？罢了，选择相信内森吧。也许这才是最明智的选择。可是，如果内森想要控制我，我一点还手的机会都没有。他有这个能力，而且，他不是皮特，时机成熟，他肯定会这样做，这样他就是这个国家实际上的元首。内森那么聪明，他肯定也明白这一点。他根本没有把我当成元首，他才是大主宰。

他在找死！

他必须死！！

管不了那么多了！！！

我要亲手杀死他！！！！

如果我在游戏中，杀死他，应该就是最后一关。过了这一关，我才能成为真正的大主宰。如果我是在真实世界里杀死他，我才能成为真正的元首。

先杀了他再说。没有什么成熟方案。

我要学皮特，赌，希望上帝站在我这边。

杀，再走一走看一步。

我约了内森，说想去北部山区散散心。我避开了所有人，他坐我的飞行车，我们远离帝都，朝北飞，到山区。在山脚下停下车。我带上背包，包里有水，食品。

我说：内森，许久没有爬山了。

内森走在前面，我们往山里走。走了没多远。山里没有人，杂草丛生的路边有一株大树，树下有块大石头。我想，就在这里动手了。

我说：走累了，歇会。

内森说：好。

我从包里拿出两瓶水，左手一瓶，右手一瓶，说：选一瓶。

内森犹豫了一下，选了我左手的那瓶。

我拧开瓶盖子，喝了一口，说：你也喝。

内森说：不渴。

我说：怕我下毒？

内森笑着说：我可没这样想。

我说：你喝我这瓶，如果你不嫌我喝过。

内森说：真不渴。

我将喝过的那瓶水塞到内森手里，夺过他手中那瓶，拧开盖就喝。

内森说：我是真不渴。可我要不喝，你又觉得我不信任你。

内森勉强喝了一口。我们都沉默了。过了足有两分钟，内森打破沉默：

安德鲁，你终究是不信任我的。

我说：换了你一样。

内森说：你想怎么解决？

我说：已经解决了。

内森说：已经解决了？

我说：死人对我不构成威胁。

内森眼角的肌肉抽搐了一下，说：明白，我要死了。

我站了起来，长嘘一口气，说：没解决之前，觉得很麻烦，真解决起来，比想的简单。

内森说：你怎么知道我会喝这瓶水？

我说：两瓶水都有毒，你喝哪瓶都是死。我事先吃了解药。

我突然有些得意起来，多想放声大笑，可我还是忍住了。

内森说：我死了，谁帮你对付皮特？

我说：管不了那么多，你才是我最大的威胁。

内森诡异地笑了起来，说：可惜，我死不了。

我说：死定了，不会超过十分钟。

内森说：你不会让我死的，你舍不得。

我说：你把我想得太仁慈了。我一路闯关，走到今天，爱情、友谊，什么都丢了，朱恩、皮特，他们在我心中比你重一千倍一万倍。你我，只是相互利用。

内森捂着肚子，痛苦地弯下了腰。

我说：现在，你的生命可以倒计时了。

内森说：我早已侵入你的大脑，并设定了程序，程序每二十四小时由我确认一次，二十四小时没有确认，程序就会启动；到时，你会精神错乱痛苦而死，我上次确认，是在二十小时十五分钟之前。

我说：你诈我。

内森说：不仅成为疯子，杀死朱恩的事也会公之于众，你将身败名裂。给我解药，还是不给，你决定。

我没想到内森会留有这样的后手。我根本没有备下多余的解药，根本没想和他谈判。看来，上帝这次没有站到我这边。

你必须死！不是还有三小时四十五分吗？你忘了，我们都是清道夫，你是天才的攻击手，却不是天才的防守员，三小时，足够我解开你的程序。

内森说：那就试试吧。

我说：我没得选。我没带解药。

内森的脸上终于露出了绝望。他躺在那石板上，缓缓闭上了眼。

内森死了。

终于死了。

再也没有人能要挟我。

我冲着山谷放声大叫，山谷里惊起一群黑岛。

我长长地嘘了一口气。我没时间处理他的尸体。我要赶回帝都，解开内森在我脑内设定的程序。这是我一生遇到的最大挑战，没有任何人帮我，也不可能求助任何人。飞车以最快速度自动驾驶，两小时后，我赶到内森的住处。我的大脑开了挂，不知是我脑力爆棚，还是内森真的不长于防守，或者说，他根本没想到过，我在他的威胁下，敢将他杀死，总之是，他设计的密码过于简单，我解开了密码，不仅清除了内森在我大脑里埋下的定时炸弹，还有意外收获。内森已经锁定皮特，并在皮特的大脑里植入了 MC+升级版，只要他启动程序，皮特将在一瞬间变成白痴。

我略略犹疑了一下。

皮特，我的好哥们，从小护着我的兄长，我真要将你变成白痴吗？可是，如果不这样，你迟早成为我的敌人，到那时，我可能会被迫杀死你，就像今天杀死内森一样。而现在，让你变成白痴，我会安排人照顾你。也许，当白痴更加幸福。兄弟，我这是为了你的幸福。

我敲下了启动键。

在遥远的某个地方，皮特，现在大脑里应该已经是一片空白了吧。

一切都结束了。

我成功了。

再也没有人能够制约我。

我成了真正的大主宰。

天大地大，唯我独尊。

就在我摁下启动键的一瞬间，奇迹发生了。我眼前的一切突然间变成了沙，变成了烟、设备、房子、高楼、帝都、山川、河流，一切的一切，如同狂风吹沙，瞬间烟消云散。转眼间，我置身在无限的虚空之中。

我明白了，我终究是在游戏里。我有些失落，当然，也有庆幸。

我在游戏里，为了那主宰一切的梦，我杀死了爱人，让兄弟变成白痴，违背了自己的初心。我成功通关了，可是，通关之后，居然没有欣喜，面对虚空，茫茫渺渺，不知身在何方，我在何处。巨大的孤独与失落扑面而来。我不知该如何是好。好在虚空中的失落并没将我击倒，我再次冷静下来。在大主宰游戏中通关后，游戏者将成为大主宰，可以主宰天地万物。也就是说，现在我是造物主，我可以按自己的理想生成一个全新的世界。那么，我该生成怎样的世界呢？让朱恩活过来？让皮特依然有着聪明的大脑？还是算了吧，朱恩活过来了，我如何面对她？一个白痴的皮特也没什么不好。可，这是我理想的世界吗？我付出了这么多，现在并不清楚我想要的世界，和我曾经生活的真实世界，究竟有什么不一样。

可是，不管如何，我是大主宰。

那么，好吧，我，大主宰，我命令，不要这无边的空虚，我要青山绿水；

也不要这孤独寂寞，我要青山绿水间丽人成群……奇迹并没有出现。世界没有变成我想要的样子。空虚消逝，出现了天，出现了地，天是昏黄的，地如烈火，空气中，硫黄和火焰在熏着。可恶而脏兮兮的老鼠、蟾蜍，数不清的毒蛇，在大地上蠕动。

我大声怒吼：不，不，这不是我要的世界。不是说我是大主宰吗？不是说，大主宰可以主宰一切吗？为什么会这样？骗子，都是骗子。

吼累了，嗓子吼哑了，瘫倒在地上。

我听见一个声音说：安德鲁，没有人骗你。

谁？你是谁？我在地上爬着转了一圈，没有看见任何人。我只听得到声音。那声音仿佛来自另一个世界，又仿佛来自我创造的这混乱的天地深处。

安德鲁，你看不见我，可是我能看见你。

你是谁？

我是谁？没听出我是谁吗？

你的声音有些耳熟，让我想想，我想起来了，你是Dr.梅。你是Dr.梅。你不是死了吗？

很好，你知道我是谁了。我就是Dr.梅。心理学博士。大主宰游戏的设计者。我没有死，是你认为我死了。

你这个骗子，不是说，打通关的玩家将成为大主宰吗？为什么我不能主宰这个世界？

Dr.梅说：我没骗你，你通关了，你是你身处世界的大主宰。可是我问你，你最初进入大主宰，是为了什么？

我说：为了回到子世界，和我爱的如是永生永世在一起。

Dr.梅说：可是，你刚才却放弃了让朱恩复活。

我无言以对。

Dr.梅说：人最难认识的，就是我们自己。每个人都觉得自己了解自己，那是因为他们没有遇上考验，没有将他们置身于极端的环境之中。而这个游戏，能让人认识真实的自我。你现在身处的世界，所有的一切，都是你内心真实的映照，是按照你的本我制造出来的啊。你的内心充满了毒蛇、老鼠和蟾蜍，充满了见不得光的欲望与阴毒，所以，你创造的世界，就充满了这些东西。

我愤怒地说：我不玩了，我要退出游戏。

Dr.梅说：不玩当然可以。

我说：怎么退出？

Dr.梅说：两种方法，其一，你死在游戏中，游戏自然结束。这是最快的方式。

我说：第二种呢？

Dr.梅说：其二，在你内心映照出的世界接受惩罚，被毒蛇噬咬，食用蟾蜍维生，喝含有大量硫黄的水，经受烟熏火烧，你打游戏过程中犯下了的每一桩罪，都会受到相应惩罚。你要在你创造的世界清理灵魂，反思罪恶，当你的内心再没有了恶念，一片清明祥和，你身处的世界也会变得美好起来，你的心理疾病就治愈了，我给你开出院证明，你就可以回到真实的世界中来。

我说：也就是说，我还是不能心想事成，不能成为大主宰。

Dr.梅说：心想事成，大主宰，那不过是人心的执念与妄想罢了。

我说：那么，要清理灵魂，那得多长时间？

Dr.梅说：因人而异，快则一年半载，慢，可能困在游戏里一辈子，直到死去。

我说：我选择现在就死，怎么死法？

Dr.梅说：根据你犯下的罪，你将被缝上嘴巴、眼睛，然后被车裂五天五夜而死。你选择第一种还是第二种？我知道，短时间你很难做出选择。我给你时间，慢慢想，想好了，大叫三声 Dr.梅，我就会出现。

我绝望地喊道：Dr.梅，我操你祖宗！

天地玄黄，宇宙洪荒。

哪有 Dr.梅？只有骂声在天地间回荡。

我无法获得自由，我的灵魂化成一只黄蝶，飞到今我的房间，立于他的电脑显示屏上。我看到了今我眼里的忧伤。他从我的眼睛里，看到了他在〇世界里的所作所为，这是他未曾想到的，他灵魂的另一面。他许久不敢联系如是，他为自己在〇世界里犯下的罪胆战心惊。

他终究是坦诚的。他将他在〇世界所作所为告诉了如是。

那时，如是已经和奥克土博在开发虚拟世界。今我知道，迟早有一天，如是、奥克土博，还有他，将通过虚拟技术去到〇世界。他们并不能通过〇世界回到元世界。在那里，如是和奥克土博将死于他之手，而他，将被囚禁，可能永无自由之日。他劝如是停止他们的研究。

然而，一切皆已注定。他们胜利之日，才会深刻理解什么叫胜利者一无所获。

文身

谁的劝阻也没有用，少年决定去文身。纹一条龙，比收保护费的烂仔阿锋胳膊上的那条龙还要大。

少年的审美，并不觉得在好端端的胳膊上刺青是漂亮的。那些非青非蓝的花纹，甚至让少年觉得刺眼、恶心。少年更没有觉得文身有什么酷，少年正是追求酷的年龄，可是他似乎从来不知道酷是什么概念。少年也不想像阿锋那样去当烂仔，他最恨的就是阿锋这样的烂仔。每个月厂里出了粮，烂仔阿锋就会带着两个马仔来找这些打工仔打工妹收保护费。钱不多，每人每月十块钱。

阿锋的两个马仔，胳膊上也都刺了青，一个文了个“忍”字，一个文了把斧头。

文“忍”字的，其实脾气最火爆，你往外掏钱只要慢了一点点，他就会抡起拳头砸人，他从来没有把胳膊上的“忍”字放在心头。忍字心头一把刀，他大约觉得忍耐就像拿刀在割他的肉一样难受吧。

文斧头的，大约是新来的。从前大家没见过他。以前收保护费，就是阿锋和忍两个人。斧头和少年的年龄差不多，十六七岁吧，身体还很单薄，脸色有些苍白，加之头发染成金黄中间又夹杂两缕白色，更加显出了他的孱弱。少年往外掏那十块钱的时候，心里其实是老大的不愿意。不止少年不愿意，这工业区里，就没有人愿意交这个莫明其妙的保护费。不是交了暂住费办了暂住证的么，有治安队的保护，何必还要你们这些烂仔来保护呢。少年有一次这样对斧头说了。少年选择对斧头说，是因为看斧头和他的身板差不多，他觉得真要打架，斧头还不一定打得过他呢。再说了，少年知道忍的脾气，打死他也不敢对忍说这样的话。果然，斧头也愣了一下，斧头大约觉得少年的说法也是有道理的。

阿锋过来了。阿锋说，暂住证只能管白道，交了保护费，黑道上就没人敢惹你了。

阿锋的样子并不凶，说话有些慢条斯理。但少年听人说起过，阿锋打起人来心狠手黑。想想也是，要不忍会甘愿让阿锋当老大？

收完保护费，阿锋和他的马仔消失在了路灯深处。少年和他的工友们开始骂骂咧咧。少年觉得不可思议，为什么没有人来管一管这些烂仔呢？比如去报警。可是少年见其他比他年长的工友们，交了钱也只是骂两句，说十块钱，给他抓药吃去。少年想，其实他们就三个人，工友们每人吐口口水也能把他们淹死，为什么没人反抗呢。少年这样一想，觉得这三个人肯定是什么黑帮的，在他们的身后，肯定还有更大的帮会组织。算了，不就十块钱吗，少年这样想时，心也平息了下来。

刚出了粮（这里把发工资叫出粮，少年来这里第一个月领工资，工友问他，出粮啦，你出粮没有啊？他还以为说是冲凉呢，于是说冲了啊。工友问他，出了多少，他说冲凉还论冲多少的吗？还为此闹了笑话），这个月加班多一些，每晚基本上都加到十二点过，因此这个月的工资，少年还是很满意的，扣除生活费、水电费、暂住费、保护费之类，少年还结余了六百多块。

少年去厂门口的小店里要了一瓶可乐，要了半斤黄泥花生，他要好好地犒劳一下自己的胃，当然，也是为了看电视。

小店外面有台电视机，很多的工友都站在那儿看电视。可是如果你花点钱买点吃的东西，你就不用站了，可以坐在椅子上，边吃边看。但站着看电视的人还是更多一些。少年开始不了解这样的规矩，看见有空位子，就坐了上去，老板拿来一瓶啤酒放在他面前的桌上，少年不会喝酒，他并没有弄明白老板的意思，他不明白老板为何要送他酒喝。少年说他不会喝酒。老板说，都开了盖，喝不喝随你，但酒钱你是要出的。少年那天出了四块啤酒钱，算是知道了这个规矩。少年还是把那瓶啤酒喝了，这是少年第一次喝酒，他醉醺醺地往厂子里走，走到厂门口，一歪，就倒在电线杆子边睡着了。少年醒来后发现，他刚发的工资没了。后来少年就再也不喝酒了，再也不坐着看电视了。可是这天不一样，少年身上有六百多块钱，而且上个月加班很凶，少年一直没有看电视，他想，只当被烂仔多收了十块钱，于是要了可乐和花生，坐下来边吃边看电视。

电视里放的是韩剧，一个叫长今的女孩子的故事。工友们，特别是那些女工友们，在一起时总爱谈论长今。少年觉得并不好看，太长了，慢慢腾腾没完没了。可是很多的工友爱看。加班的日子，工友们还在牵挂着长今，会去问那些没有加班的仓管员或者保安，昨天又放了一些什么呀，仓管员或保安们很乐于同工友们讲述电视里的情节。不过少年很少去听，再好的故事，到了他们的嘴里，也是干巴巴的。现在，少年的眼睛在电视机的画面上游离了一会儿，他开始看人，看那些挤在那里看电视的工友。少年的眼光在工友们一张张全神贯注的脸上滑行，他于是有了新的发现，少年是个爱思考的少年，他总是在生活中不停地有新的发现。现在他发现，看电视的工友们有一个共同点，都穿着浅灰色工衣。工厂里的工衣等级不同，颜色也就不同，穿浅灰色工衣的，都是流水线上的普工。穿橘色工衣的，是技术员，办公室里的员工都穿白色工衣。少年试图在站着看电视的大军中发现一个穿白色工衣的，然而他失望了。连穿橘色工衣的都没有。那么，他们今晚都干吗去了呢？他们都不看电视吗？

少年感觉自己的身边又坐下了一个人。少年回头看了一下，是个理碎发的男子，看上去比少年要大一点，因为少年看见碎发的唇上隐约一些黑色的胡须，而少年的胡须还是稀疏的软软几根。这让少年生出了一些羡慕。然而碎发坐下来后，并没有要啤酒，也没有要花生。碎发坐下来看电视，这让少年为他生出了一些担忧，他想提醒碎发，这里不是随便可以坐的，要不怎么那么多人站着，这里还会有空的座位没人坐呢。少年的嘴角泛起了一个微微的笑，他想起了自己初来这里的情形。看来，这个碎发也是第一次来这里看电视了。少年开始觉得这个无聊的晚上有趣了起来。

果然，老板见碎发坐下后，并没有听见碎发叫酒或者饮料之类，开了一瓶啤酒，放在了碎发面前的桌子上。碎发看了一眼老板，拿手指在桌上点了点。碎发的动作显得很老练，很世故。少年知道碎发这个动作是谢谢的意思。少年于是觉得这个碎发不是一个简单的人物。碎发拿过酒瓶，喝了一口啤酒，又喝了一口啤酒。左右看了看，他的目光和少年的目光碰在了一起。少年的目光赶紧闪开了。然而碎发的目光逼了过来。碎发伸过手来，把少年面前的黄泥花生捏起一粒，右手食指和拇指一用力，花生壳碎开了，碎发捏着花生仁，往嘴里一扔，嚼嚼，喝一口酒，又去捏第二粒花生。碎发并没有对少年说一声谢谢，也没有拿指头在桌子上点点表示谢意。这让少年觉得有些愤怒。少年愤怒的原因倒不是在意那几粒花生，少年在意的是碎发的态度。少年觉得碎发的态度太傲慢了。少年于是想发火。少年想过了，如果发起火来，首先他是占理的，其次，这家小店就在少年打工的厂门口，站在那里看电视的，很多都是少年厂里的工友，有的还是一条拉上的。他不会太吃亏。还有一点，少年觉得碎发虽然看上去很老练冷酷，可是他的身子看起来很单薄。少年这样想时，碎发已吃完了从少年那儿抓过去的花生，一瓶啤酒也喝得差不多了。碎发的手又伸了过来，这一次，就在他伸手过来的时候，少年发现碎发的胳膊上文了一片刺青，很大的一片，具体文的什么东西少年并未看清，但这个文身给了少年当头一击。少年的那一点勇气全泄了。碎发抓过一把花生，仍旧捏碎一颗，扔进嘴里。喝一口酒。少年的心一阵狂跳，像有一只小兽困在里面，想要冲破牢笼。少年感到双腿有点发软。出门打工时，娘不止一次地叮嘱他，在家千日好，出门一日难，万事忍为上，千万不要惹是生非。事实上少年也确实这样在做。倒不是为了让母亲放心，而是出门在外打工的日子，少年最缺的就是安全感了。少年记得他第一次从广州坐车到打工的镇子，一路上就被背包党逼着转了四次车，交了四倍的车钱。后来工友们对他说，这是遇上背包党，被卖猪仔了。少年庆幸自己当时忍了，交了钱就没事，有一对男女，因为多说了几句，就被背包党一顿暴打。就是从那一天起，少年就时时绷紧了警惕的弦，走到大街上，他从来不往热闹的地方凑，当然，偏僻的地方也是不能去的。晚上他从来不往厂外走太远。然而厂里也不是安全的。

和他同一个宿舍的，总是带一些长得高高大大的人来，来了就坐在少年的床铺上，打拖拉机，斗地主。把少年的床铺弄得乱七八糟，少年从来不敢多说什么。现在少年很快就付了钱，余下的一点花生也不要了。少年站在工友们中间看电视。他没有走，他还想看看店老板怎么向这碎发收钱。

没多久，碎发喝完了一瓶啤酒，他脱掉了上衣，光着背。少年看清了碎发的胳膊上文了一只硕大的动物，像狮子又像老虎。碎发身边的位置一下子就空了出来，空气像是凝固了一样。碎发站起了身，将衣服往背上一搭，走了。老板并没有问他要钱。碎发走远了，少年听见了一片大口呼吸的声音。有人大声说话了。少年的感觉里，心脏像是被一只无形的爪子揪住，只要一用力，心就会被揪下来了，现在，这只大手突然松开了，少年也长长嘘了口气。

前面说了，少年是个爱思考的少年。这一晚，少年睡在床上失眠了，他一直在想一个问题，如何让自己获得更多的安全感。想来想去，少年决定也刺一个文身。而且要比烂仔阿锋的那个文身还要大。有了文身，少年想，他当然是不能去做坏事的。可是在必要的时候，文身至少可以打消一些坏人的念头。可以让他获得一些安全的感觉。少年这样一想，就有些兴奋。

睡在少年下铺的阿昌，听了少年的伟大构想之后，摇了摇头说你疯了，没事在身上文什么东西？你以为有了刺青你就安全了。这玩意儿文上容易去掉可就难了。然而少年坚定了他的想法。少年是一个有自己想法的人，别人的态度很难左右他的行动。少年是在这个礼拜天的晚上出去的。少年隐约记得，他好像在什么地方见过文身的招牌，于是凭着记忆寻了过去。走在霓虹闪烁的南方小镇，空气中乱七八糟地吹着无序的海风，海的腥味总是让少年莫明其妙地兴奋。少年还没有见过海，他对自己说，终有一天，他要去看看大海的。现在，少年走在人声嘈杂的小镇街头，一家一家看街边的霓虹灯招牌。猛的一辆摩托车从身边呼啸而过，一个女人尖叫着倒在地上，她的包被飞车党抢了。没有人去追歹徒，也没有人上去安慰被抢者。人们的脸上都是事不关己的漠然。少年的脸上也是漠然的，心却像被蜜蜂蜇了一下。

少年继续往前走。前面围了一大堆人，少年远远就看出是在查暂住证。少年赶紧转身往回走，在十字路口处转入了一条小巷子里。少年果然找到了那家文身的店子。他犹豫了片刻，还是走了进去。店里坐着一个女子，见了少年，也懒得打招呼。少年看着挂在显眼处的文身图案和价钱，一声不响地走出了文身店。少年没有想到，刺一个文身会要这么多的钱。可是，少年又觉得他是很需要一个文身的。再找找看，也许还有便宜一点的地方。少年记得，在工业区前面菜市场那条拥挤的小巷子里，好像也见过文身之类的招牌。少年于是往回走，去了那条巷子。白天下过雨的，巷子的地上污水横流，窄小的巷子一边，摆满了各种各样的小吃：炸臭豆腐的，卖麻辣烫的，还有卖内衣和盗版光碟的。空气中弥漫着一股复杂的混合气味。再往里走，地上一溜儿排开尽是算命看手相的，有摸骨算命的瞎子，也有麻衣神相的老先生，还有看星座的年轻星相师。他们的生意都很好，说者神乎其神，听者一惊一乍。再往前走，少年就看见了一个坐在小马扎上打盹的长发男子，他的面前竖了一块牌子：专业文身。少年很兴奋，一问价钱，比开始看的那家店要便宜好多。

少年跟着长发男子七拐八拐，拐进了一间阴暗的小屋。少年的心莫名紧张起来，他有点不敢进去。长发男子说你进来呀，长发男人问少年，想文一个什么样的图案，是龙还是虎。少年说文一条龙。长发男子说，会有点痛，你要忍着点。少年说不用打麻药的吗？长发男子笑了笑说，文身还打什么麻药？少年有些紧张，他有些后悔了，文身的念头也有些动摇。少年说他不想纹了。长发男子看了少年一眼，说开什么玩笑。少年觉得长发男子的眼光像一把刀子。少年不敢再出声，少年最终选择了在胳膊上文一条龙。文身并不像长发男子说的有一点痛，而是很痛，少年开始还咬牙忍着，后来终于坚持不住地叫了起来。长发男子拿了一根木棍放在了少年口中，让少年咬着。文身结束后，少年发现那根木棍已被他咬断。

走出巷子，少年走得很慢。他终于有了文身，可是少年一点也兴奋不起来。他隐隐感觉到，这个文身将会给他的未来带来不可预知的变数。可是这个变数是好是坏，少年并不知晓。回到宿舍，少年头昏脑涨地倒在了床上，刺了青的胳膊像火烧一样疼痛难忍。少年昏昏沉沉地睡了过去。第二天，少年是被工友叫醒的。工友说都响过第二遍铃了，你还不起床，你是不想干了吗？少年坐了起来，很快又倒下了，他觉得头像针扎一样地痛，一坐起来就感觉到天旋地转。少年的异常引起了工友的注意，工友发现少年的脸像烧着的炭。工友拿手去摸少年的额头，手指一触到少年的额头就弹了起来。少年发高烧了，工友为少年请了假。但是少年没有去医院，他想睡一觉也许就好了。可是中午时分，少年的烧还是没有退下来，刺过青的地方又痒又痛，像有千万只蚂蚁在啃噬他的肌肉一样难受。

少年是被工友们送进医院的，医生诊断是皮肤感染引发的炎症。少年在医院里打了三天点滴，花完了这个月的工资。现在，少年的胳膊上有了一条张牙舞爪的龙。少年在镜子里仔细打量过自己，觉得胳膊上文了这条龙之后，自己显得凶悍了不少。他捏紧拳头，做了一个健美的动作，他觉得体内有了一股前所未有的力量。他觉得，他的新生活就要开始了，有了这个文身，就等于有了一个护身符，再没人敢欺负他了。很多的工友都来参观他的文身。少年在展示了他的刺青之后，总是要问一句他现在的样子是不是很凶。工友们说，看上去是凶了很多。少年于是觉得花这些钱还是值得的。

可是文身并没有像少年想象的那样给他带来立竿见影的安全效果，他反倒因此而摊上了麻烦。那天正在上班的时候，少年听见厂里的广播叫他马上去写字楼，少年心里不免有些忐忑。少年不知道叫他去写字楼有什么事，于是放下手中的活去了写字楼，是人事经理找他。人事经理看见少年，说，听说你文了身。少年没想到他文身的事竟然能引起厂里高层的关注，一时间有点受宠若惊。果然经理说，让我看看你的文身。少年于是把那条文有青龙的胳膊伸给经理看。经理只看了一眼，眉头就皱了起来。经理说，你去把工资结了吧。少年一时间没有反应过来，他结结巴巴地问经理结什么工资。经理对少年说，你被解雇了。少年一下子呆在了那里，好一会儿他才胆战心惊地问经理为什么。经理说这里是工厂，不是黑社会，厂里不欢迎文了身的工人。末了经理又补充一句，说是有工人反映，看见他的文身会觉得害怕。

少年拿到了两个月工资，走出了那间他待了一年的工厂。少年有点依依不舍。可是没有办法，他现在面临的问题是赶快找一份工作，把自己安顿下来，在外面不安全，花钱还多。少年住进了一家十元店，然后开始一家厂子

一家厂子地找工作。少年远远见到有家工厂门口挤了一堆人，心里就有些兴奋，这么多人，肯定是招工。少年于是挤了过去，果然见到贴在厂门口的招工启事上写着招焊锡工二十名，生熟手不限，熟手优先。月工资保证在五百以上，出粮准……那些挤在一起的人，正在抢着拿表来填，只有先填了表，才能见工。一个保安，正在发见工表。可是见工的人围了里三层外三层，少年的身体又那么单薄，根本就挤不进去。少年急得出了一身汗，可是没用，少年于是大声说让一让、让一让，并没有人给他让路。少年于是去推挤前面的人，这一推，前面的人不愿意了，回头骂少年，你想……后面的“死”字没有出口，却看见了少年胳膊上的那条龙，于是将自己的位置让了出来，让少年填补了那个空缺。少年于是又去拉前面的人，少年知道，现在是胳膊上的这条龙帮了他的忙。很快少年就后来者居上，挤到了里面拿到了一张表。表一会儿就发完了，拿到表的，在一边认真填，没抢到表的，心有不甘，在厂门外徘徊，期望着奇迹的出现。少年填完表交了进去，等候保安一个个叫上名字进去见工。不一会，就叫到了少年的名字。少年兴冲冲地进了写字楼。人事经理是个女孩子，看上去也就二十来岁。人事经理很漂亮，她的漂亮让少年不敢正视，少年感觉心里莫名的一阵紧张。少年说我是熟手，我在丽都厂里就是做焊锡的。漂亮的人事经理看见了少年胳膊上的刺青，她显得有些紧张，在听少年自我介绍完之后，小心翼翼地问少年为什么不在丽都厂做了。少年是个不会说谎的人，少年于是说，一切都是因为胳膊上的这个文身。漂亮的人事经理勉强地笑了笑，说这间厂同样不招有文身的工人，连染了黄发的工人都不招。少年的心一下子跌入了深渊。少年说为什么？少年说为什么时，显然有些激动。漂亮的人事经理被少年的样子给吓着了，坐在人事经理身后的文员，悄悄就拨了内线叫保安。不一会儿，跑上来四个保安。问漂亮的人事经理有什么吩咐，人事经理对少年说，对不起，我们不能招你进厂。少年还是有些不死心，说，不就是个文身吗？我又不是坏人。人事经理做了一个请的手势，说知道你不是坏人，但这是厂规。过来一个保安，对少年说，走吧，说了不招你还在这里磨蹭什么呢。

接下来的几天，少年几乎在重复着相同的遭遇。那些招工的人事主管在看见了他胳膊上的文身之后，眼里就开始闪烁着不安，他们会找出各种莫明其妙的借口委婉地把他拒之门外。也有人事主管直接说他们不招有文身的工人。这是少年文身之前没有想到的。早知文了身不好找工作，他是宁愿不要这种安全感的。后来少年再去见工时，就穿上了长袖衬衫。那时的天气还很热，少年觉得穿上长袖，总给人一种很滑稽的感觉。事实上也是如此，接下来的两次见工，人事主管们在问了少年一些问题之后，总是会问他会不会很热。少年擦着额头的汗说不热，一点也不热。人事主管于是用古怪的眼神盯着少年看一阵，他们疑心少年的脑子有问题，谁愿招一个脑子有问题的人呢。可想而知，少年的见工总是以失败而告终。

少年在那家十元店一住就是十来天。十元店里住的人来自五湖四海，大多数都是出来找工作的。大家对于住宿也不讲究，十几个人挤一个通铺。如果不是店里比较安全，他们是不在乎住在广场或是天桥下的。见工失败也还罢了，少年发现，每天只要他一回来，通铺里马上就安静下来。本来这些寻工的人，都渐渐熟悉了，在一起有说有笑，交换着招工的信息，可是一见到少年，他们就都不说话了。少年说，你们怎么不说话？你们从哪里来的？你们也没找到工作吗？少年很热心地询问他们。他们也很客气地回答少年的问话。可除此之外，他们再不同少年多说一句话。少年知道，这一切都是因为他胳膊上的文身，少年的心情是很复杂的。他们不同自己说话，说明了他们是害怕自己的。这让少年感觉到很安全，最起码没有人敢打自己的主意偷自己的钱，冲凉时也没有人敢和自己抢水龙头。更没有人敢用自己的洗衣粉敢穿自己的拖鞋。可是少年又觉得，胳膊上的文身，把自己和这些打工的兄弟区分开来了，人们看自己的目光总是怪怪的，里面有警惕，有害怕，也有敌意。这让少年觉得孤独。这也是少年文身之前没有想到的。不过两相比较，少年还是情愿别人害怕自己一些，这样，他的安全感就会增强。

一直找不到工作，少年在焦躁不安中又度过了十来天。他每天白天出去找工作，天黑了才回到十元店。南国的太阳把他的皮肤晒成了古铜色，使得少年看上去更多了几分凶悍。十元店里几乎没人愿意同他讲话，这让少年感到很闷，于是走出了十元店，在工业区的广场上漫无目的地瞎转。看着那些穿工衣戴厂牌的打工者三五一群地在广场上说说笑笑，少年就十分怀念那些在工厂里打工的日子。这该死的文身……少年诅咒了一句。

广场上成百上千的男女在跟着音乐跳集体舞，这是南方工业区里最流行的运动，也是少年曾经最喜欢的运动之一。少年还记得，有一次跳集体舞，他旁边一个长相清秀的女孩子和自己主动搭话了，后来他们俩就熟了。那是少年第一次恋爱，他还和那女孩一起到厂区后面的香蕉林里去过，他还抱了那女孩。可是后来突然出现了两个烂仔，逼少年交出了身上仅有的几十块钱。少年因此而失恋了。大概女孩认为少年没有保护她的能力。现在，听到这熟悉的音乐，想起这些如烟的往事，少年的心就有些躁动不安。少年很疲惫，但是此刻他的内心涌动着一股莫名的冲动，他大约是希望再遇见一个说他跳舞跳得好的女孩子吧。少年于是加入了跳舞的阵营。少年的舞跳得很好，节奏踩得很准，身体一拱一翘，像起伏的波浪；少年的屁股在欢快地扭动，暂时忘却了失去工作的烦恼。他几乎忘记了身边世界的存在。可是，少年扭了一会就发现，刚才还在他身边跳舞的那些人，渐渐都和他保持着一定的距离。少年扭动着胯部，朝一个女孩子靠过去。这样的动作，在跳集体舞时也算常见，这些打工者们工余来跳集体舞，一是因为无聊，还有一层意思，是来展示自己，顺带寻求自己可能的爱情。

可是少年突然发现情况不对，现场的氛围让他感觉到了某种危险的存在。少年看电视里播的动物世界，那些生活在非洲大草原上的弱小的食草动物，总是会练就一种特别灵敏的感觉，能及早发现周围危险的存在。还有一些动物，则会长出一些刺眼而醒目的斑纹，这些斑纹往往能吓退试图攻击它们的动物。少年觉得他就是那食草的动物，行走在外，要靠自己身上醒目的斑纹来吓退敌人。现在，少年感觉到了危险的存在。然而还是晚了。

少年最先看见的是斧头。斧头扭着屁股朝少年靠了过来。少年当然认得斧头，但是斧头好像并不认识少年，虽说每个月都要向少年收取保护费，但那么多的打工仔，他根本记不清谁是谁。斧头扭到少年的面前，他胳膊上的斧头和少年胳膊上的龙相比，就显得没有分量了。斧头开口说话了，斧头对少年说，兄弟，有些面熟啊，哪条道上混的？少年这时已是高度地紧张，他停止了扭动，转身想走。可是刚一转身，他就看见了忍。忍挡住了少年的去路，忍说怎么不跳了，再跳一会儿嘛，你跳得很好。少年的心像关在笼子里的兽，一个劲儿想往外冲。少年说话就有些结巴了。少年知道今晚可能要挨打，就像动物世界中看到的一样，一群动物里，只能有一个王。这里的王是阿锋，自己学着阿锋的样子文刺青，而且文在身上的龙比阿锋的还要威猛？那最后的结果自然免不了一番争斗。少年一点斗志都没有，他在想从哪个方向逃跑。这时，其他跳舞的都停了下来，远远地观望，他们不想错过即将发生的精彩一幕。

我们老大想见你。忍对少年说。少年的手心开始冒汗。少年无路可逃，在忍和斧头的挟持下，一起去见阿锋。少年的心七上八下。少年见到了阿锋，阿锋正坐在大排档吃烧烤。阿锋的身边还坐着一个漂亮女人。少年紧张得不行，可是阿锋指着座位让少年坐下。少年不敢坐，怕被人摁在椅子上揍，那时想跑都跑不了了。可是阿锋下了令。忍说老大让你坐你就坐，我们老大这是瞧得起你呢。

阿锋推给少年一瓶啤酒，阿锋说喝掉它。少年说他不会喝酒，少年这时心里稍稍安定了一些。少年问阿锋找他有什么事。阿锋说操，找你来喝酒，喝完酒还请你去泡妞。少年说他真的不会喝酒。阿锋突然指着少年说，你喝不喝！忍和斧头就一人扭住了少年的一条胳膊。阿锋朝他们挥了挥手，少年的胳膊才被松开。少年知道自己今晚是在劫难逃了，于是拿起了酒瓶，一闭眼咕嘟咕嘟往肚子里灌。倒进去半瓶，就再也灌不下去了。阿锋说，喝，不要停。阿锋的话有一种少年无法抗拒的力量。少年又继续往嘴里倒酒，终于是把一瓶啤酒喝干净了。少年感觉两条腿直打飘。他就听见阿锋在对他胳膊上的刺青发表见解，说他的龙虽然刺得很大很夸张，但是手法太粗糙了，这条龙根本就不像龙，一点精神都没有。阿锋说自己胳膊上的龙才是真龙，是找高手文上去的。阿锋还问了少年叫什么名字。并说从今天起少年就是他的小弟了，跟着他，吃香的喝辣的。接下来是忍给少年敬酒，再接着是斧头给少年敬酒。后来的事，少年就不知道了。

少年一觉睡到了第二天的下午。少年是被忍推醒的。忍说起来起来，你还睡，像个死猪一样。少年睁开眼，阳光像针一样刺眼，头痛得像要裂开。斧头让少年快点起来去吃东西。少年于是清醒了过来，他记起了昨晚发生的事。这么说来，他现在就算是黑社会的成员了。少年想，寻个机会，溜之大吉，做什么也不要做黑社会。少年跟着忍和斧头一起下了楼，在一家饭馆里吃了饭。斧头告诉少年，富达厂今天发工资，吃完饭他们一起去富达厂收保护费。少年嘴里应承着，却一直在瞅机会逃跑，可是忍好像知道他的心思一样，看得他很紧。忍告诉少年，老大的意思是要锻炼新人，让少年去收保护费，忍和斧头在后面给他助威。少年说他连架都没有打过，怎么敢收保护费呢，要是别人不给呢。斧头啃着一只鸡腿，抹了一把嘴上的油，用他的经验来教导少年，他说他第一次也是不敢的，可是后来他发现，现在的人都是欺软怕硬的，只要你凶一点他们就怕。斧头指着他胳膊上的那把斧头，说那些打工仔看见这个，屁都不敢放一个。斧头又指着少年胳膊上的龙说，有了这个，谁见了不吓得往外掏钱啊。

可是少年知道，说什么也不能跟他们去收保护费。少年说他想上厕所，可是忍说他也想上。少年说那你先上我等会儿再上，忍说那我也忍着吧。斧头摇了摇头对少年说，你最好别打什么鬼主意，你想溜是溜不掉的。第一次都这样，慢慢就习惯了。吃完了饭，也不付钱，忍和斧头领着少年大摇大摆地出了饭馆。少年说不用埋单吗？忍说你跟着我们，今后天天有免费的饭吃。少年莫名地有些亢奋，跟着二人走了一段路，腿脚也没那么软了。乱七八糟的海风吹在身上，少年在那一瞬间，还真是动了和他们一块儿干的念头，但这念头只是在他的心头一闪而过，很快就被他给否了。说什么也不能走邪道，少年对自己说，眼就四下瞅着，想瞅机会逃跑。可是少年觉得从哪个方向跑都可能是危险的。那个阿锋一直没有露面，少年觉得阿锋可能在某一个他不知道的地方监视着他们的一举一动。果然，少年听见忍的手机响了，忍接了电话，对少年和斧头说，老大发话了，让我们快点干。少年于是小心地问忍，老大在什么地方。忍说，老大在他该出现的地方，你问这么多干嘛。少年就出了一身冷汗，想自己幸亏没跑，要是被锋抓住了，不死也会脱层皮的。少年就开始恨起胳膊上的文身来，恨自己当时怎么鬼迷了心窍要在胳膊上文这么一条龙，都是这条龙闹的。

有来来往往的路人，看见了他们三个文了身的烂仔，都慌忙躲开了走。少年想对他们说，他不是烂仔。少年渴望遇见一个治安员或者警察。少年想，要是遇上了治安或者警察，他就去求助，让他们帮他脱离斧头和忍的控制。可是治安和警察并没有出现。少年开始咒骂起治安员和警察来，平时总看见他们在工业区附近查这个证那个证，怎么关键时刻连一个影子也见不着了。

你想什么呢，别磨蹭了。忍在少年的背后戳了一下。说前面就是富达厂了。快到富达厂门口时，还没有到下班时间，三人就蹲在富达厂对面的一株大叶榕下面，忍和斧头各点上一支烟。问少年要不要，少年想了想，说他也来一支。吸完了烟，少年的心平静了一些。这时富达厂的下班铃声骤然响起。忍催促少年马上行动，并让斧头带着他。忍说，多教教他。斧头说包在他的身上，保证把少年带出师。忍说别油了，快去吧。忍就蹲在大叶榕下望风。

少年和斧头一起走到富达厂门口。少年的心里又乱了，两条腿软得不行。少年对斧头说不成，说他腿上的力气都跑掉了。斧头说就你这熊样还想吃黑道的饭。少年说他并没有想吃这碗饭，是被逼的。斧头说，扯什么，不混黑道那你干吗文这么威风的文身。斧头说，第一次都这样，慢慢就习惯了。斧头让少年上，斧头说你再不上，老大知道了，你就惨了。少年说真的不行，他没这个胆，打死也没这个胆。斧头于是叹了口气，大有哀其不幸怒其不争的意思。斧头说你今天是走狗屎运，是我带你。要是老大带你，早抽你了。斧头于是自告奋勇地要给少年示范一下。斧头朝一个打工仔招了招手。打工仔不情愿地走了过来。斧头说，发工资了吧，还磨蹭什么呢。打工仔没有多说什么，掏出十块钱交给了斧头。斧头对少年说，搞定了，简单得要死。斧头于是又向几个打工妹招了招手叫她们都过来。斧头对少年说，我再示范一遍给你看，却听见大叶榕下望风的忍打了一声尖厉的口哨。斧头听到口哨声，对少年大喊一声快跑。斧头转身就跑。少年一看斧头没命地跑，也没弄清怎么回事，就跟着跑。少年听见后面有人喊站住，他知道是警察在喊，可是少年没有停下，他像一头小鹿一样跑得飞快。可是少年跑得再快，也没有警察们的摩托车快。小子，挺能跑的嘛。你跑呀，怎么不跑了。警察拿铐子往少年的手上一搭，“咔嚓”一声，少年的脑子里就成了一片空白。

在审讯时，少年让警察们大伤脑筋。没想到这个看上去还一身学生气的小混混嘴这么紧，居然是一问三不知。少年说他不是黑社会，他没有勒索打工者。少年说他也是打工的，他从前在丽都厂打工。警察摇了摇头，说，那你跑什么？你这胳膊上的文身是怎么回事？你昨天晚上和什么人在一起喝酒？告诉你，我们盯你们这个团伙多时了，你还狡辩什么呢？小小年纪这么顽固，看来你是不见棺材不掉泪了。

2005 年 9 月 21 日于宝安

无 色 界

空无边处

瓷痴先生吴不庸一觉醒来，窗外两只黄莺已叫累了。

先生听得一只黄莺说，先生醒了，另一只说，那咱们走吧。双双振翅远去。

先生起床，双脚沾地，感觉房子在摇晃。

宿醉涌起，只觉头晕眼花。说是正宗茅台，他好酒一生，也没喝过，贪心一起，多喝了几杯，怎么回到家的全然忘记了。这会儿只觉得，踝关节和手指关节肿痛得厉害，脚一沾地如针扎，缩回继续卧床。这些年来，先生被痛风折磨，许多东西不能吃，少了口福，觉得生命失去诸多光彩，好在有一帮学生哄着他，变着法儿淘换点好的瓷片逗他开心。

先生带着呻吟唤梅娘：梅娘，梅娘。

没人应他。先生知道，这会儿，梅娘怕是在麻将桌上战斗多时了。昨晚出手的那对碗，是明代横峰窑珍品，胎底净白，釉色厚实，难得没有一点损坏，作为日用器，这样品相的横峰窑瓷器，如今已是难得一见了。

今日是先生六十一岁生日，空卧陋室，唯有满室瓷器做伴，心里忽地有些空。这半生，为这满室瓷器，忽视了妻儿。自从过了花甲，先生不再收集瓷器。遇到喜欢的，过眼，上手，已觉心满意足。就是这满室瓷器，一年来，也已散去十之有二。他深觉之前的痴迷也是我执太甚。

六十岁之后，身边的朋友弟子突然多了起来。

梅娘说，人家是看中了你的宝贝。

先生说，那是好事。

事实如此，先生节俭抠门一生，谁求他一字一画，均是明码实价，亲疏无别。现在只要开心，会主动写字画画送人。视如生命的瓷器，遇到投缘的，也愿意相让。价钱上不再计较。用他的话说：出得你的手，进得我的门。

三十年前，先生本是中学语文老师，只因爱好文学，在省城文学刊物发表了两篇小说，在那文学狂热的年代，作为人才，调到县文化馆成了创作员。更难得他一手好字，一笔好画，本县公认的第一才子。如果不是横峰窑，他会成为作家，有可能走出横峰，到省城工作，这是那个时代优秀作家普遍的人生道路。偶然机会，国家文物局组织专家考察横峰窑遗存，他被选派当瓷器研究大家周宝昌先生的助手，跟着周先生，在横峰的瓷片堆里倒腾了大半年，学了不少知识，才知道，他生活的县城，被人们漠视的遍地瓷片，原来有如此价值。他迷上了瓷器，迷上了通过这些古物和历史与时间对话。专家组离开后，他成了有心人，开始收集完整器物。那会儿，人们尚没有古董概念，用商店里买回的新碗就能换一只明清旧碗，每到休息日，揣着几个新碗走乡串户，人们都笑他是傻子。收藏得多了，就有心做起研究，通过这些器物瓷片触摸祖先们的生活，遥想当年横峰境内瓷窑百座、窑工三千、贩夫万余的盛景。遥想当年各窑口间的互助与竞争，窑工与官府的争斗，温州窑工与福州窑工的恩仇。他在现实的世界之外，活出了另一个世界。几十年下来，写下百万字的《横峰窑研究》，却没地方愿意出版。县政协倒是愿意帮他印个内部资料的册子，那会儿，他把钱看得重，有钱才会买到他看中的瓷器，因此狮子大开口，要极高的版税。政协是清水衙门，能四处化缘筹钱帮他印书，已经是很有文化眼光的了，哪里付得起版税？他却说，我数十年心血，凭什么白给？好心帮他的领导只能摇头苦笑，不了了之。

昨天出手的这对碗，是当年用新碗所换。他还记得，当时那村民见他想要，坐地起价，一对新碗，外加十元钱才换。那会儿，他一月工资也才百来块。这对碗是他收藏的精品，若是一只，倒不那么难得，难得是一对。又是明初的物件，底下还有款。这样一对碗，经历了几百年风雨，是怎么完整保存至今，又到他手中的？他觉得这期间，冥冥中有定数。他经常在深夜独对这些瓷器，梦回明清，为它们虚构了无数传奇。自去年开始陆续出让藏品，盯上这对碗的藏家就没断过。他一直没舍得，想着这满室瓷器将来留下十件八件做个念想。倒不是说，在他的藏品中，这对碗最为珍贵，他是喜对这成对成双的寓意。上月儿子来电话，说是有了对象，十月一日要回家结婚的。儿子想在深圳关外买房，希望这当爸爸的能支持。不是小数目。这些年家里是不能存钱了，每存一点，都被梅娘拿去赌。如同先生身边聚了一群雅士，梅娘身边聚了一群赌徒。他们喜欢和梅娘赌，梅娘牌技差，豪爽，从不赖账，大家也不怕她赖，大不了，从她家里拿件古董抵债。

先生的瓷器，没经他允许谁敢轻易上手？可他偏偏奈何不了梅娘。被梅娘悄悄拿去抵赌债也不是一回两回，先生只是睁只眼闭只眼。昨天，学生冷月介绍了梅之韵房地产公司的老总，老总出手豪气，没有趁他急用钱而杀价，得了二十八万。现金交易。先生虽不喜欢地产老总那股子得意劲，这个价钱，确实出人意料。毕竟是民窑，且目前市场对横峰窑认知度不高，十八万就超出他的预期了。一高兴，多喝了几杯。想到钱，先生一个激灵，爬下床，忍了痛去寻，遍寻不得。打梅娘手机，没人接。长叹一声，知道又要被梅娘拿去赌了。双手合十，求了菩萨保佑这次别输精光，好歹为儿子留下点儿。

梅娘是先生的妻，横峰当年公认的大美人，也是如今公认的赌痴。先生并不恼，也不后悔。他一介穷书生，娶得艳妻，享得艳福，自然是要有所付出的。早在娶梅娘时，先生就明白这理。

俗语说：小小横峰县，三家豆腐店。城里打板子，城外听得见。先生生活的这地方，地处江西浙江交界处，与弋阳、德兴相邻，四周是山，别处山多南北向，此处一山东西横穿，得名横峰。岑港河穿境而过，并信江，经鄱阳，入长江。据说，当年横峰窑生产的瓷器，正是经万千挑夫挑到码头，从这水路出江西，上湖广，下浙江，走进更远的人家。后景德镇兴起，横峰窑渐渐衰落，以至于鲜为人知。普通老百姓知道个“官哥定汝均”就算了不起，搞瓷器收藏的，再能分出个“平耀建磁吉”，就算行家。这让先生很是生气，也恨世人无知忽视横峰窑。有人就驳先生说，横峰窑历史上虽鼎盛，但其烧制多为日用瓷，难登大雅之堂。若说这话的是个没文化的，先生懒得与之计较，若是读过书的，则一定要红了脸，指着那人说，你知道什么，你知道什么？若是县里的官员，他则又不敢吱声，只等人走了，才腹诽几句。当然，这都是过去的事。如今，他倒冷却了英雄梦。人们再说横峰窑的不是，他只是静静地听着，微微一笑，懒得争论。

横峰人尚未意识到，这建在瓷片上的县城的特别之处，也未认识到，遍布横峰的百余座古窑址的价值。满地宋元明清时的瓷片，被挖来贴了灶台，垫了台阶，修了猪圈。成形的器物倒是难寻了，先生遂把心用在收集瓷片上。也是机缘，一日先生在岑阳镇寻瓷，去到农家讨碗水喝。老农坐在门口织竹器，说你自去灶屋舀。先生进到灶屋，蓦地见灶台壁上粘贴着一块影青瓷片，先生长吸一口气，感觉背后的汗毛倏地竖起。他差不多是扑过去，擦拭了瓷片上的尘灰，想将它抠下来，粘得紧，一时无从得手，急得团团转。老农见他进灶屋喝水半天不出来，以为他干坏事，见他在抠灶台上的瓷片，喝一声。他几乎是用发抖的声音问，这瓷片是哪里找到的？老农指指屋后，说，这东西不是成灾么？老农屋后是一脊龙窑遗址。先生当即借了锄头，在那龙窑瓷片堆里刨，然一无所得。他回到老农家，死磨硬泡希望老农把那块瓷片揭下来给他。老农见他这般，以为那瓷片是宝物，狮子大开口要价一千，气得他直骂娘，说你这没文化的。老农说，我一个耕田的，本来就没文化。他不知该如何解释，一个劲地说这片瓷没有经济价值，只有研究价值。老农冷笑，说你们这些读书人最坏，想骗我，门都没有。我不懂你说的这个价值那个价值，你想要，一千块，今天不拿钱，明天二千。先生摸遍口袋，只有四十八元。说，就是这些，你换还是不换？老农不换。第二天，先生带了派出所的朋友上那老农家，说是要依法征集国家文物。老农以为他家里出了稀世珍宝，早将那瓷片抠下来藏好。见先生动了警察，越发相信是祖上积德让他凭空得了宝物，凭先生和警察怎么诈唬，软的硬的都用了，死活不拿出来，只说昨天还好好的，今早就不见了。先生只好作罢，背了锄在老农屋后那脊龙窑遗址天天刨。老农见他刨，也背锄来刨，却不知先生要什么。先生寻了十来天，没有结果，转去别处寻。不想过了一月，老农寻到先生家，问他还要那瓷片么，还是一千。先生昨天刚说服梅娘，打算一千块买下那瓷片，没想老农送上门来，满心欢喜，却又不动声色地说，五百。梅娘一把推开先生，骂，什么破瓷片，一毛钱都不值，看你可怜，十块钱，走人。

老农说，十块？车费都不够。

梅娘说，不够你扔掉。

老农说，扔掉就扔掉。

先生门前是一湾池塘，池塘边植了竹，植了柚子树，还植有两株高大的泡桐，其时泡桐花已谢，一树肥硕的枝叶如盖，在风中哗哗作响。老农作势要扔，先生吓得连声叫别扔好商量。

老农说，一千。

梅娘说，别做梦，他要敢浪费这钱，老娘不跟他过。

老农望着先生。

先生明白，梅娘这是和他唱双簧，苦着脸说，我倒是喜欢，只是她当家，我做不了主。

老农赔笑对梅娘说，五百如何？

梅娘冷笑，二十。

老农咬咬牙，二百五。

梅娘怒道，你才二百五，你一家二百五，你骂什么人呢，你走，我们不要了。

老农说，我没骂人，哪个骂人了？一百，不能再低，再低我真丢水里了。

先生说，一百就一百，你得告诉我，当初一千不卖，送上门来卖一百却是为何。

老农苦笑说，当时看你那激动样，以为是个无价宝，一千块还怕吃亏呢。后来专门去上饶找人出手，都骂我是神经病想发财想疯了，说这瓷片一毛钱都不值。

先生得意地说，早说了，这瓷片在别人手里一毛钱不值，在我手里就是无价宝。

接过瓷片，对着阳光照，小心拂拭，得意地唱了起来，雨过天青云破处，这般颜色做将来啊啊啊。

又说，你们不懂，不懂啊，有眼不识荆山玉，奈何，奈何！

没人理解先生的兴奋。这是一片可比汝窑的瓷片，如能证明是横峰窑所出，将改写横峰窑研究史。可惜只有一块瓷片，无法证实这瓷出自横峰窑。后来两年，他如得了病一般，整日里茶不香饭不饱，也没心思在工作上。他的妻，美艳的梅娘，本是有些能量的，寻了关系，要帮他调个更好的工作，约了要见领导，他却背把锄头寻宝去了。梅娘爱上赌，也是那时节。梅娘是对他失望了，也是先生日日魂不守舍，冷落了梅娘，只有打牌打发时间，一来二去，上了瘾，越赌越大。先生劝梅娘戒赌，梅娘说，容易啊，你戒瓷我戒赌。先生痴在那里，好久才吐出一句，你开心就好。

“瓷痴”的外号，就是那时得到的。

风里来雨里去，他梦里都是那片“雨过天青云破处”的瓷片。功夫不负苦心人，转眼第三年，那天他依然在寻瓷片，一时内急，躲去豌豆地里解决问题，不想随手拨拉，发现块指甲盖大的瓷片。他长啸起来，如猪拱地般，把人家好好一片豌豆地全给拱了一遍，刨出大大小小几百片碎瓷，都是胎质细白，釉呈天青色，与常见的横峰龙泉窑迥异的瓷片。他把一些碎瓷片寄给北京的周宝昌先生，向周先生求教，没承想，周先生收到瓷片，次日就坐飞机到南昌，又转汽车到横峰。周先生研究认定，这是南宋时代横峰窑瓷片。瓷痴先生无意中发现了南宋时期的横峰窑遗址。周先生说，南宋一朝，都杭州，文人隐士多选江西隐居，皆因此地进可达庙堂之高，退可借山川避世，故宋时江西文化鼎盛。瓷痴说，正是了，辛幼安就隐居在上饶。周先生说，当时横峰高岭土刚刚开发，矿藏丰富，文化人的聚集有了制作高水准瓷器的需求，原材料丰富有了烧制高档瓷器的条件，因此瓷器烧制质量甚高，其中精品，去汝窑不远了，不庸啊，你的发现很有学术价值，你为中国瓷器研究立了大功啊。

有了周先生这句，瓷痴更加痴迷横峰瓷器。

先生改写了横峰窑的研究史，这事在小小横峰县传遍了。先生又写了几篇文章发在报纸上。人们居然也渐渐觉得，脚下这随处可见的瓷片有些珍贵了起来。后来，县里划定保存较好的遗址，圈定遗址公园，再不许随意挖瓷片，人们这才回过神来，原来这瓷痴只是痴，并不傻。当年新碗换得的旧碗旧盘子罐子，好的价值上十万，差的也值千儿八百。有人就算了瓷痴先生那满屋的瓷器，才知他原来是横峰县的大土豪。

横峰说是县，实在比不过许多地方一镇的人口。全县城乡不过二十来万人，这些年，年轻人外出打工，县里人越发少。县城又没有像样的工业，之前历任主官，想着招商引资搞工业，甚至有想重振百年瓷都辉煌的，限于地理，皆不成气候。现在换了想法打旅游牌，卖这一方青山绿水如诗画卷，几年下来，倒有了不小的声势。先生的儿子叫吴一鹤的，只读了高中，在深圳富士康打工，回来对先生说，他们一间厂就有二十五万人，比横峰整个县人口还多。先生说，那人还不如蚂蚁一样，怎么活？先生劝儿子回横峰开个民宿，现在好多外地人来横峰开民宿，赚了不少钱，本地人倒傻乎乎跑到外地去打工。儿子不听。儿子喜欢热闹，不喜欢横峰的安静，觉得待在这里要发疯。

先生喜欢静。

喜欢清静中几个合得来的人一起小热闹。

喜欢小热闹后的那份孤独。

横峰实在是个清静之所。县城不大，没了通常城里人间的冷漠，大街上往来不过是些熟人。熟人多了，也有不好的地方，谁家那点事，都是人家的谈资。先生与梅娘是被谈论最多的，没有之一。有好事者，列出“横峰三痴”，瓷痴、牌痴和花痴。说的是横峰县的三个痴人。先生一家就占了两痴。一个瓷痴，一个牌痴。先生听人谈笑，倒不生气，写了副字：二痴斋。让弟子冷月裱了挂在书房。又刻一方印，二痴斋主人。众弟子来二痴斋雅集，先生一时高兴，写字送弟子，单为冷月画幅荷花，还加画了红蜻蜓。说，我新治一方印，从今天起就用它。

梅娘冷笑，二痴斋主人？你是主人我是主人？

先生搓着手，他脾气再好，毕竟在众弟子面前，脸上有些挂不住，拿了印在印泥盒里摁。

梅娘双臂抱在胸前，脸上挂着笑，似真似假地说，你倒是盖上试试？

先生看了看印，哼哈地说，这方印，还是治得不理想，这个布局，该这样才好，改天重新治，改天重治。

众弟子哄笑。

梅娘瞟冷月笑，却拿过印，说，我觉得这样挺好，我来盖。

弟子走后，先生和梅娘理论，说你太不给我面子了，男人的面子还是重要的，在家里，你怎么使唤我无所谓，当着学生的面，得给我留三分薄面啊。

梅娘冷笑，嗤，得了吧，瞧冷月看你那眼神，老娘故意当她面这样的。

先生说，六月天下雪，冤死我也。

梅娘揪过先生耳朵，还六月天下雪，你平常舍得把画送人？今天怎么这么大方？送画也就罢了，还画蜻蜓，还题字，小荷才露尖尖角，早有蜻蜓立上头，立你个大头鬼，你这老蜻蜓，趁早死心吧。

先生说，不过是爱才罢了。

梅娘冷笑，爱才？当我不知，今天爱才，改天就爱人，然后就做爱了。

先生说，我老头子一个，一没钱二没权三没势，人家图我什么？

梅娘说，我当年嫁你，又图你什么了？

想到此处，不觉有些感叹。梅娘嫁他，确实也没什么好图。当年，追求梅娘的人中，多少有钱有权的，几时轮得到他？梅娘竟看中了他。那时的他，不过刚刚写了两三篇小说，从学校调到了文化馆。一切皆是造化。但说他对冷月有心，却是真真冤死他了。自打娶得梅娘，别的女人在他眼里，早就没了颜色。自从迷上瓷器，梅娘在他眼里，也没了颜色，他的心，全守着这些瓷器了。连儿子也给耽误了，这些年痴迷瓷器，没怎么管儿子的学习，梅娘又好赌，儿子高考他们都没有过问。高考落榜，儿子出门打工，多年不回家，是有些恨他们这做父母的。

本是想卖了这对碗，算是尽点为父的心。但钱到了梅娘手里，十有八九是回不来了。忍着痛下床，去那满架古董前，想着悄悄再出手几件，钱直接打儿子卡上。满屋瓷器，个个如儿，手心手背都是肉，心情顿时灰暗起来。

又想今天是自己六十一岁大寿，儿子没电话，梅娘怕早就忘了。又想，什么生日不生日的，皆是空虚。如今，他少了许多执念，把钱财名利，甚至瓷器，都看得空了。看那满架瓷器，尽是九天诸佛，梦幻泡影。

门铃响。先生扶壁到门后，猫眼里朝外瞄，是冷月那张好看的脸，心情立时好了许多。说起来，冷月也比不上当年的梅娘俊俏。只是读书之人，气质自非梅娘年轻时能比。若不是梅娘疑神疑鬼，先生从未曾往那歪里想，梅娘闹过后，先生再见冷月，心中反倒不自在了。门铃又响，他才灵醒过来，忙开门，把冷月让进屋。冷月后面还跟了个叫张生的青年，是县城有名的音乐家，吹拉弹唱无所不通，在县城开音乐辅导班，教一帮学生，从小学生到退休干部，最为有名的，有六个，加上他这先生，组成了“竹林七闲”。张生因材施教，口琴、笛子、巴乌、箫。每逢周末，“竹林七闲”就开了车，一起去离城十里的聂家畈竹林丝竹雅集。那片竹林，是横峰一个清幽之处，四周古木参天，竹林处在群山环抱的开阔地。“七闲”们一起抚丝弄竹，兴尽，再去岑港河畔一处叫“忆江夏”的所在挥毫。先生随他们雅集过两次，觉得这是一群真性情而又耐得住的人，劝梅娘也和他们玩，比打牌好得多。梅娘去了一次，中途就退场了，说他们酸文假醋没劲，不如牌友们为了一块钱争得面红耳赤痛快。

先生将二人迎进家，扶壁慢慢挪回沙发。

冷月关切地问，痛风又犯了？

先生说，生不如死。

张生说，要不送您去医院？

先生说，老毛病，去也没用。都怪这张嘴。

冷月问，师娘呢？

先生苦笑，我起来就没见着呢。

说了一会儿闲话。冷月说，先生这样痛法，今天的雅集还能去么？

原来昨天约了一起竹林雅集的。喝断了片，把这事给忘了。

张生说，都痛成这样，哪里去得了？

冷月说，那真是可惜了。昨天买您碗的魏总，有个朋友的朋友，知他喜欢收藏，约好今天给他送个宝，据说是横峰窑的极品，有专家的鉴定证书。魏总想让您给掌掌眼。今天下午雅集，魏总想当面求教呢。

先生听说魏总也要参加，想到自己还有些藏品想出让，又听说有横峰窑珍品，连忙说这痛风不碍事，要去的。

张生说，您这样怎么去?

先生说，麻烦你，把我架车上就行。

先生没曾想到，这一去，他居然遇到了“奇物”，一方大明建文款横峰窑瓷笔筒。

识无边处

公元一三六八年，中华大地发生了诸多大事。最大者莫过于这片大地结束了动荡，要饭的和尚朱元璋打败所有竞争者，建立了大明王朝。这位平民出身的帝王和他的臣工们的故事，在正史与民间广为流传，无论是珍珠翡翠白玉汤的演绎，还是剥皮实草惩隶贪墨的过往，无论是对功臣的诛杀，还是流传至今许多人深信不疑的推背图。王侯将相的大事记录在历史最为显赫处，成为民间口头文学最重要的资源，而无名小辈的生平，只能在一家一姓的族谱中觅得一星半点痕迹。

在这年的横峰吴氏族谱上，记下了一个名字：吴均茂。

这是个普通得不能再普通的名字。由他开枝散叶，记录有一子，五代单传始得人丁兴旺延续至今。公元一九四九年，吴氏族谱中断记载，二〇〇〇年，吴氏后人重修族谱时，吴不庸的名字补进了族谱。

吴均茂这个普通的名字，并没引起当时的吴氏后人注意。在他们眼中，这个默默无闻的窑工，作为祖先并没能带给后人荣耀，倒是吴均茂的八世孙，官至大清王朝江西布政使，因此在家谱上浓墨重彩地书写了一笔。

吴均茂的一生，在历史的烟尘里，普通得连泡影都不曾留下。

直到公元二〇〇〇年，吴均茂的后人、瓷痴先生吴不庸捧着新修的族谱，在先祖名录中看到“吴均茂”三字时，吴均茂才有血有肉地和他的后人有了关联。当时，吴不庸感觉有电流瞬间传遍浑身上下每一粒细胞。他稳住呼吸，提醒自己不能出差错。他要确认，族谱上的吴均茂，就是那件建文款孤品瓷器的制造者。研究结果证实，这两个吴均茂为同一人。

他的先祖吴均茂，一三六八年生，这年是洪武元年。朱洪武死于一三九八年，这年吴不庸的先祖吴均茂三十岁。是年，朱洪武的孙子朱允炆继位，是为建文帝。建文帝被他叔叔夺了大宝，生死不明。在吴不庸的家乡横峰，流传着诸多建文帝的传说。最为广泛的，是建文帝化名詹碧云，在离横峰不远的三清山出家。也就是说，在建文四年，三十四岁的吴均茂，作为一名窑工，此时的技艺与体力，都达到了巅峰状态，完全有能力制造出那款绝世孤品。而且，在记载中，“吴均茂”三个字在大明王朝初年，是横峰百余家瓷窑中最为著名的商标。

一个横峰窑工，一个落难帝王，这二者间，很难想象有什么关联。能让人展开联想的，是那件稀世珍宝：

建文款横峰窑瓷笔架。

说起这件瓷器，是现今存世可以确认真品无疑的唯一建文款瓷器，价值连城。笔架作五峰，底部有铭文：建文四年三月日横峰造　吴氏均茂志。

建文帝被叔叔夺去皇位后，朱棣为了将侄儿的影响从历史上彻底抹去，下令销毁所有建文字样的器物。

隐匿者，诛九族。

吴不庸，这位被唤着瓷痴先生的文化人，在他开始迷恋横峰窑瓷器时，并不承想到他的先祖曾经是窑工，而且是当年最为出色的窑工。一个偶然的机会，他得知了横峰建文款瓷笔架的存在，并将吴均茂与他的先祖联系在一起，感觉到前所未有的自豪。走在横峰那被荒草瓷土掩埋的古龙窑上，他第一次感觉到和先祖是如此地亲近。那些俯首可拾的瓷片，可能就出自六百年前先祖之手。不仅是他吴不庸，事实上，如今许多横峰人都是当年窑工之后。而他们和他一样，早已淡忘了先祖们曾经在这片土地上创下的辉煌。他立志要写下先祖们的故事，写下他的先祖与建文款瓷笔架的传奇。然而可供考据的资料实在有限，他能掌握的也就是这些有限信息，这让他陷入了痛苦之中。

他无法以学者严谨的逻辑来厘清历史背后的细节。这样的机缘，激活了他沉睡的文学旧梦，他决心做小说家，将横峰各地采风得到的传说，结合推理写成小说《不灭的窑火》。他的小说创作进展顺利，但写出来后，四处投稿却没地方发表。编辑认为他的创作过于散文化也过于先锋，而他创作这篇小说时，先锋文学早已风流云散，文学期刊更喜欢有明确故事的小说，这让他颇为失望，他坚信自己的创作没问题，有问题的是这个时代。他不再投稿，将所写关于先祖的小说编进他的学术著作《横峰窑研究》之中。他有信心，这部未曾出版的学术著作终有问世那天，他坚信，将来的学人，要研究中国宋元明清陶瓷史，这部专著将是绕不过去的存在。他要以这小小的私心，让先祖的故事走出吴氏家谱，成为吴氏家族的骄傲。

在他撰写的这篇小说中，男一号自然是吴均茂，男二号，是落难的建文帝，他设置了男三号，也是一位窑工，他英俊能干，来自福州。吴氏家族来自浙江温州。据相关资料考证，当时横峰百座龙窑，三千窑工，分成两帮，一帮来自浙江，一帮来自福建。两帮窑工是竞争关系，因此水火不相容，经常械斗。吴不庸的先祖吴均茂，被他设计成浙江帮的当家大哥。吴不庸坚信他的先祖吴均茂不仅有着高超的手艺，从瓷笔架底款来看，吴均茂的书法功底亦不俗，他一定是知书达理、文武兼修之士。而那位福建青年，则是福建帮老大的儿子。他还设计了一场三角恋，恋爱的女主角，是吴均茂的妹妹。吴均茂是否有妹妹，吴氏家谱上没有记载，吴不庸认为，他的先祖一定有妹妹，也可以有妹妹，妹妹名叫吴桐。横峰境内多高大的泡桐树，每年四五月间，泡桐树开一树浅紫的花，远远望去，如浮动的紫云。他要用当地最美丽的花，为他的祖先奶奶命名。三角恋的一方是福州帮的窑工周工巧。他和吴桐一块儿长大，青梅竹马。由于浙江帮和福州帮水火不相容，这两个年轻人的爱情并不被长辈祝福，一直处于地下状态。吴不庸大胆地将建文帝安排成了爱情三角恋的另外一角。这让他顿时觉得，自己和大明王朝皇室有了关系，和历史有了更深的牵连。与此同时，他安排了另外两个配角，他们陪伴建文帝出逃，一个老太监必不可少，建文帝出逃，身边得有忠心侍主之人。一个看着建文帝长大的老太监，有足够的说服力与可能性。事实上，在众多关于建文出逃的传说中，都有老太监的身影。据说当年建文帝准备自尽，老太监一把抱住年轻的建文帝痛哭流涕，劝其不要轻生。吴不庸还为建文帝配了一名卫士，这卫士武功高强，否则，建文帝何以面对朱棣派出暗访的高手。人物关系搭建完毕，吴不庸开始讲述他先祖的故事。他把故事开始的时间，设定在永乐二年，这时建文帝已经亡命天涯两年。

他在开篇这样写道：

行过一山又是一山，这一行三人，不知已走过多少山水。一路昼伏夜行，每到一处，停留三五日，又换一处。为首的是个英俊而文弱的青年。风尘仆仆，掩不住眉宇间的英气。随从的，一个白面无须的老人，一个看上去病恹恹的黄脸瘦削汉子，老人背了个硕大的包袱，黄脸瘦削汉子背个小包袱，腰间斜插一件布包长形器物。这时正是四月天，天地有人间最美的颜色，漫山的橘树，将那幽香弥漫，醉倒离人与游子。青年深吸一口，感觉精神振奋了许多。斯时暮云四合，远处成片的泡桐树盛开着浅紫的花，如一树树浮动的紫云。一行三人立在山路上止步犹疑。远处，小镇伏在山坳间，数百座龙窑烟熏火燎。文弱青年问，胡师傅，前面是什么地方？被唤着胡师傅的白面无须老者，轻声细嗓地道：此地无名，三不管之地，聚集在此的，全是窑工，有窑百座，工三千，贩夫万余，龙蛇混杂，正是暂时落脚的好去处，道长早已作了周全安排，照应的人名叫吴均茂，道长对他有救命之恩。文弱青年侧身朝那瘦削汉子投入询问的目光，汉子沉默无语，只是点点头。文弱青年说，走。

吴不庸对这样的开篇很自得，但是问题来了。吴均茂在建文四年制作的瓷笔架，他为什么要制作这款瓷笔架？他为什么要保存这样笔架？怎么保存下来的？如果是无意之间保存，显然无法彰显祖先品德。他重新设计了小说的故事走向，另行开篇，从建文四年三月，吴均茂制作瓷笔架写起。如果拍成电影，这将是一组特写镜头，吴均茂娴熟地将一团高岭土在手中变化着魔术，制作了一对梅瓶，又制作了一个笔筒，然后再制作了重要的笔架。还是特写，吴均茂执笔，在瓷器的底部写下“建文四年三月日横峰造　吴氏均茂志”。这是一个重要的镜头，是历史的佐证，要给它足够的时间长度，要让观众对这一行字有充分认知。接下来的镜头，吴均茂将这组瓷器放进陶土烧制的夹钵，进窑，一组窑火特写。镜头从特写开始横摇，出现在镜头中的是整座窑，红火的窑火，腾空的青烟，忙碌的窑工。窑工匆忙来往间不忘聊点家常。挑夫们将成品放进竹制的筐，起肩，步伐坚实稳健。长镜头，成千上万挑夫挑着新出的瓷器，从窑场一路往岑港河码头而去。远处青山连绵，天空鸟群盘旋。

瓷器出窑的日子，吴均茂表面一如平常，内心实在紧张。他渴望这次出窑能烧出精品。当时横峰窑多烧制粗糙的日用器，各窑口次品量极大，以至于六百年后，当横峰的窑火熄灭，后人在窑址上建起一座新城时，被称为“瓷上之城”。大明王朝初年，横峰窑正值鼎盛，国家经历了长时间的动乱，战事平息，人民得以休养，伴随着人民的安居乐业，日用器销量大增。在当时横峰百余座龙窑中，只有吴均茂读过圣贤之书，对制作文房器具情有独钟，立志烧造出能与宋窑比美的精美瓷器，这让他的窑，比起其他窑场要少赚许多。他的龙窑设计建造也与别家不同。他一直在进行技术探索，将心血用在追求精品瓷制作上，梦想着有一天，横峰窑能成为与“官哥定汝均”齐名的窑口。

作为读书人，吴均茂思想较其他只会手艺的窑工看得远，他看到了横峰窑面临的危机。随着国家承平，横峰窑快速扩张，百家窑场竞争日益激烈。浙江福建两帮间，时常为一点小事而械斗。国家动乱之时，此地三不管，处于浙江福建两帮自治状态，尚能达到平衡，现国家承平，官家迟早会加强管制，不许生乱。加之税收日重，横峰窑窑火虽旺，窑工们的日子却越来越艰难。在横峰窑最为鼎盛之时，有着远见卓识的吴均茂，提前预知了横峰窑的衰落。他要未雨绸缪。他坚信，大浪淘沙后，能在横峰活下来的，一定是能生产与众不同优质瓷器的窑场。人们对日用器物精美度要求，随着经济发展与国家安定，一日日升高，在器物的实用之外，又额外多了审美要求。吴均茂在别人以低价竞争客户时开始了改革，他的探索，自然成了其他窑主们嘲笑的对象。但他知道，这是众人皆睡他独醒的时代。好在他接过的是他父亲浙江帮老大的地位，他的父亲作为一名出色的窑工，在战乱时代，尚能将一脊龙窑火烧旺，并以出色的领导能力和品德，赢得浙江帮众的爱戴，并将余荫惠及了他的儿子吴均茂。

后来，吴不庸在他的小说中在描写出窑这一幕时，用上了魔幻现实主义的手法。他写到，当封窑的泥土被剥开的那一瞬间，一条火红的五爪金龙从窑中腾空而起，天空顿时被映得血红。三千窑工和万余贩夫见证了这一壮观的奇景。许多年后，人们在一本名叫《会元录》的明代古籍中，找到了对横峰窑火中飞出五爪金龙的详细记录。而一些外星人探索者们，却坚称从横峰的窑火中飞出的是外星不明生物。吴不庸坚信，这条金龙是从他先祖的窑火中腾空而出。

窑工贩夫放下肩上的挑子和手中的活计，冲着天上那五爪金龙五体投地跪拜。从那天始，有预言在横峰悄悄流传，这三不管的窑工聚集地要出真龙天子。也有传言说，这是真龙被困的征兆。没多久，真龙朱允炆被一把火烧死在皇宫，而他的叔叔燕王朱棣成为了大明王朝的第三位皇帝。而在当时，人们并没有将这从窑火中腾空的金龙与从大火中逃生的建文帝做任何勾连。

真龙。大火。龙窑。

这样的预兆，为后来的一切作好了铺垫。然而，天真的窑工们，以为在他们这些穷苦的窑工中会出新的真龙天子。这样的想象其实也不算大胆，大明王朝的开国之君，当年就是要饭的和尚。王侯将相，宁有种乎。他们隐约觉得，这未来的真龙，不是福建帮老大，就是浙江帮老大。这样的传言，助长了人们心底里的勇气，也滋生了野心与欲望。

事实上，抹开历史烟尘，作为一名锐意革新的工匠，吴均茂并没有多大的政治理想，他虽读过圣贤书，却没有“致君尧舜上，再使风俗淳”的抱负，他只想做一名出色的工匠，将烧制瓷器这门手艺推到他所能达到的高度，使他的龙窑在竞争中立于不败之地。他最大的政治抱负，不过是关心的浙江帮窑口的兴旺。当然，他最为关心的，是出窑的这批瓷器的质量。结果如后来文物所呈现的，他终于烧制出了堪称精品的瓷器，虽然与他心目中完美的宋瓷尚有差距，可在当时的横峰，上百龙窑中，只有他吴均茂能烧制出这样的瓷器。特别是那件堆塑瓷笔架。他选用了最为精细的高岭土，胎瓷细白，釉色如青玉一样润泽晶莹。他为这一成功而欣喜，梦想着他将成为一代制瓷大匠，从而改变横峰窑自元明以来粗放的风格，回归宋窑精细温润的文人传统。然而历史在这年拐了个弯，与民生息以黄老之术治国的皇帝被赶下台，他的削藩国策激怒了早有不臣之心的燕王朱棣，朱棣打着“清君侧，靖国难”的旗号，从北京一路没费周折就打到了应天。回观历史，朱棣的“靖难之役”，名义上符合大明王朝太祖成法，为保证朝廷正常，如果奸臣乱政，藩王可带兵入京勤王。明眼人都知道，没有皇帝向藩王发出靖难诏书，藩王带兵入京就是谋反。

然而，历史从来是强人所写。江山易主，不过顷刻之间。

从此，一代雄主永乐大帝占据了大明历史仅次于他的父皇朱元璋的位置。朱棣坐上朝堂后，旨意传遍全国，横峰自然也不例外，所有带“建文”字样的器物全部就地销毁。圣意之下，本就艰难的窑场顿时陷入困境。所有已经烧制的成品，或已制作成形写了款的泥坯全部就地销毁。家底薄的窑主旋即破产。货商刚购进的货或堆在码头，或刚装上帆船，就地打碎，血本无归。为他们打工的挑夫，自然拿不到工钱。牵一发而动全身，窑工们的生存顿时无比艰难。然而“诛九族”的告示，显示着帝国新皇坚定的决心与无比的冷酷。人们开始怀念与民休息以黄老治国的建文帝。然而新皇不允许任何有关侄儿的信息写在书本上，烧在瓷器上，刻在石头上，流传在人们的口中，甚至，要从人们心中抹去。

他要让他的侄儿彻底从历史中消逝。

作为一个没有政治野心的工匠，吴均茂在经历了一番艰难抉择之后，做出了一个重要的决定，偷偷保留下这组瓷器中最为精致的一件瓷笔架。他将这款瓷笔架深埋在床底的泥土里。当时的吴均茂没有想到，这一举动，无意间为后世保存了建文款瓷器的孤品，也于无意间，将一个普通工匠的名字，写进了由强人占据的历史书页。

在官兵监督销毁瓷器的过程中，暴发了动乱。事情的起因是一名官兵杀死了一名福建窑工，窑工们的愤怒如窑火一样燃烧，他们想起了那条从窑火中腾空而出的龙，以为这是真龙天子要降生的预兆。愤怒的窑工们杀死了那名杀人的官兵。动乱很快被官兵平息。这一劫难，却大伤了横峰窑的元气。

数十余家窑场因这一劫难而倒闭。带头的几家被满门抄斩。更有数百人或死于乱中。骚乱被认为是对新皇的不满和对旧皇的效忠。当逃难至此的年轻的建文帝，听说这里的窑工因拥戴他而起事造反时，形成了错觉，以为他在民间真的有如此之高的声望。殊不知，窑工们不过是在保卫自家财产，永乐建文，谁的天下，与百姓并无太大关系。后来数年，官府加强对横峰的管制，设置权力机构。三不管的历史被终结，横峰窑也从鼎盛一步步走向没落，最终被景德镇取代。

略过历史的烟尘，我们回到横峰窑著名匠人吴均茂的生活，他偷偷藏匿的这件建文款瓷器，让他如坐针毡。他知道，一旦事情暴露，吴家将受灭顶之灾。夜深人静之时，他不止一次有过将笔架毁掉的冲动，但他最终还是将这件瓷器保存了下来。经过这次动乱，他也损失惨重，他家的龙窑被毁，他将精力用在重建龙窑上，再也没有时间去探索烧制更加精美的瓷器。他知道，这款瓷笔架，将成为他此生的绝唱。这时的吴均茂没有想到，命运让他鬼使神差保留这款瓷器，是为了有一天，让他和落难的建文皇帝相遇。

在那些益发艰难的日子，吴均茂的妹妹吴桐，已经不觉间出落得水嫩花飞，成为横峰最美的风景，也成为青年窑工们心中的女神。十六岁的吴桐，随兄长识文断字。因了她的存在，吴均茂家的生意比别家好，窑火也比别家旺。那些远道来的客商，只为能在吴均茂家坐上一会儿，喝一碗由吴桐亲手捧上的擂茶，看她那嫣然一笑。有的进货商特意带公子来进货，希望吴均茂能看中他家子弟。对于普通窑工来说，则只能在辗转难眠的夜里，心中将吴桐想上一万遍。他们知道，作为浙江帮老大的妹妹，吴桐最差也要嫁个窑主的儿子。而据吴均茂所言，娶他妹子的人人品要好，还得通文墨，最少也得是个秀才。这就难倒了窑工。在这百窑争锋的横峰，找个制瓷能手易如反掌，找个秀才比登天还难。当然，这只是吴均茂的想法，他哪里知道，正在他想为妹妹觅个秀才夫婿时，她妹妹吴桐已经与福建帮的周工巧暗生情愫。周工巧在横峰窑工子弟中算得上翘楚，长相周正，为人朴素，更有一手好技艺，他拉坯制作的梅瓶，比吴均茂拉出的还要流畅舒展。天有不测风云，周工巧的父亲死于动乱，他家只活了他一人，好端端的福建窑工老大之家，转眼家破人亡，周工巧已是举目无亲。他家的窑被同乡买走，如今他成为人家窑场的窑工师傅。

如果不是落难的建文皇帝一行来到，吴桐最终会嫁给周工巧。在遇见建文皇帝朱允炆之前，吴桐的世界里，周工巧就是最优秀的男人。然而建文帝朱允炆来了，还带着一位老太监和一位武功高强的卫士。连吴均茂也不知道这一行三人的真正身份。介绍他们来此的，是吴均茂的恩公，上饶德兴方外之人王估。当年吴均茂曾在三清山遇匪，眼看性命休矣，王估救了他一命。一月前，王估深夜来访，说是有一过命世交的公子，姓詹名碧云的，惹了仇家，欲在此隐匿，多则一二年，少则三五月，请吴均茂帮忙典一间僻静带院的房屋，并帮忙照看他们的生活，买米劈柴，洗衣做饭，皆要照应周全。如有外人问起，就说是吴均茂的亲戚。王估留给了吴均茂足够的银两，说他每月会来几次。又请吴均茂以性命保证詹碧云一行安全。吴均茂也是见过世面之人，心里清楚，这将要来到的詹碧云，必是担着天大的干系。要说这横峰，真是个避难的好出处，所谓大隐隐于市。这里地处偏远而又热闹，三教九流鱼龙混杂，地形复杂，水陆方便，在这万余贩夫三千窑工聚集之地，藏下三个人，如同将树藏在森林中，将沙藏在沙堆里。吴均茂也不多问，次日就找好闹中取静之所，和妹妹吴桐一道将房子收拾干净，只等贵客来到。左等右等，足足等了一月，三人才在这天暗昼悄然来到。

吴均茂将一行三人引至藏身之所，安置好酒食饭菜，告辞回家。三人行为举止，让吴均茂疑心重重。看样子，那叫詹碧云的年轻人是主，另外两人为仆。老仆声音尖细，话不多，却透着一股子不容置疑的权威。中年仆人进屋后，前后左右察看了一遍，随手闩上院门，进屋又随手闩上大门，却将后门留开，躬身立于门后。从头至尾，中年仆人一言未发。动作干净利索，面带病容却双目炯炯，定是身藏绝技的高手。那青年面色苍白憔悴，看似病中，不时咳嗽一声，举止间，却透着股子说不清的威仪，让人不敢抬头直视。吴均茂阅人多矣，却从未见过这等人物，知道这三人来头非同小可，既来避仇家，那他们的仇家，又该是怎样厉害人物？吴均茂想到此处，倒吸一口凉气。

开始两月，吴均茂几乎没和三人打太多交道。三人大多数时间闭门不出。

需要米柴油盐，均是吴均茂亲自送来。偶尔可见老仆出门，青年主人从未曾出院门半步，中年仆人则半步不离地随着主人。两月来，没有人留意到横峰住进的这三个陌生人。三人中，似乎没有能干粗活之人，连洗衣煮饭，皆由吴均茂安排，一日三餐，按时拿食盒装了送上门来。三人不懂做饭洗衣，对吃却极为讲究，每餐四五个菜，还得经常变换花样。他们换下的衣物，由老仆收拾了，等吴均茂送饭来时取回，吴桐洗干净，再由吴均茂送回。其间，王估深夜来访过三次，每次都是暗昼而来，天未亮离去。

这日吴均茂因事外出，又不敢让窑场工人送饭取洗，只好吩咐妹妹吴桐代劳。吴均茂千言万语交代妹妹，去到詹碧云处，什么都别问，什么都别看，送饭过去，取了衣服就回，洗干净后再送去。吴均茂不这样叮嘱还好，一番叮嘱，反激起了吴桐的好奇之心，去取衣服时，她第一次见到了建文帝朱允炆。其时暮色四合，年轻的朱允炆一袭月白春衫立于庭院之中。逃难这两年来，他如惊弓之鸟，每到一处，不敢出门。到横峰这两个月，他的天地，只是这院子四角的天空。院里有株高大的泡桐，他住进来时，泡桐树开满了紫花。他每日呆立树下，看那紫花在风中一朵一朵零落。不觉间，泡桐树上已无花朵，只有碧绿的阔叶在夏风中摇曳，摇碎他的河山与日月。作为一名逃难的帝王，他内心的孤独与苦楚，只有两名仆从知道，他却不能与仆从谈心。吴桐轻轻敲响院门时，卫士灵敏如豹，从门缝里看到来者是个年轻美丽的女子，低声喝问什么人。吴桐说她是吴均茂的妹妹，来送食取衣。这是吴桐第一次进入这个小院，她见到了黯然独立院中的朱允炆。那忧伤的背影，让她觉出与众不同。他在吴桐心中投下的只是一丝好奇，却不知，吴桐在朱允炆心中刮起的却是热带风暴。在长久的逃亡中，朱允炆早已把情欲与对美好的想象冻结。在吴桐取过衣服转身要走时，她又回头好奇地看了一眼独立院中的春衫公子，那是与她所认识的窑工全然不同的一类人，也是与他的周工巧哥哥完全不同的人。她好奇的目光，与朱允炆忧伤中泛出惊喜的目光叮的一声撞在了一起。他的眼神中透着这两年来无限的心事与忧伤。他似乎有太多的话要说，而他觉得，这个女子，是可以听他说话的。然而他是皇帝，虽被夺去了皇位亡命天涯，他骨子里依然保持着皇帝的威仪。他那曾经君临天下的气场无处不在。

吴桐走后，朱允炆开始思考一个问题，这样逃下去，何时是头。是否真要如那有限的几个追随者所想，有朝一日振臂一呼，将属于他的皇位从逆贼朱棣手中抢过来。两年过去了，朱棣推行的治国策略与他大相径庭。平心而论，朱棣雄才伟略，身边还有黑衣宰相姚广孝这样的高人，可以想见，国家在朱棣的治理下，会更加富强，而他如果真的振臂一呼，怕又是一番生灵涂炭。随着逃亡日久，他越来越渴望过上平民的生活，可以自由自在行走，娶如刚才这女子一样美丽的妻，不要那三宫六院，不要那钩心斗角，他渴望获得平民的幸福。他知道，这只是他的奢望。他知道，逆贼朱棣一日也未曾放弃对他的寻找。他是朱棣心头的一根刺。活要见人，死要见尸，他一日不除，朱棣的心一日难安。

是夜，朱允炆再次失眠。

逃难以来，他历经了无数的不眠之夜，唯有这个夜晚的失眠与仇恨无关。他开始期待明天到来，期待明天，那不知名字的美丽姑娘送来饭食和浆洗过的洗服。这一天，于年轻的朱允炆而言格外漫长。第二天，吴桐果然出现了。只是，她甚至都没能进到院里，院门只开了道缝，老仆从门缝里接过了浆洗得干干净净、折叠得整整齐齐的衣服和一提盒的饭食。年轻的朱允炆只看到了吴桐在门缝外一晃而过的身影。吃饭时，朱允炆突然冲随他出生入死的老仆大发脾气，将食物扔在地上。老仆吓得跪倒在地，连声道老奴该死。他哪里知道，年轻的皇帝在恼怒他没有将那送衣女子让进院内，他有许多的话要同她讲，哪怕不能讲，看她进到院内，看她神仙样的美丽，他的生命，才没有那么快枯萎。

老仆剥夺了他的权利。他又不便对老仆明言。

他只好等待下一次机会，然而下次来的是他的哥哥吴均茂。这次，年轻的朱允炆居然和吴均茂说了几句话，夸奖了他的勤勉，表扬了他的忠心。这是他习惯的语言，皇帝对臣工的语言。要是在过去，他说出这样的话，受到表扬的臣工要山呼万岁，匍匐在地谢主隆恩。而现在，这个制作瓷器的工匠只是微微一笑，欣然接受了他的恩赏。这样的落差时时提醒着年轻的朱允炆，他已然不是大明王朝的皇帝，而是朝不保夕的亡命人。他的表扬不能再用帝王对工匠恩赏的语气，应该是对恩公的感激。这样的错位，也让吴均茂感到怪异，心想我无所求地照应着你们，你居然以恩赏的语气和我说话，似乎能照应你们是我吴均茂三世修来的福气。他在心底对这三人多了些不满。

吴均茂走后，老仆本着忠心，冒死婉转提醒年轻的皇帝，这样的对话容易让人生疑，还是不要和人说话的好。这让朱允炆心底里又蹿出了怒火。如此这般，连说句话的自在都没有，苟活在世又有何用。他将这怒火发泄出来，吓得两位仆人跪伏在地，连称奴才罪该万死。年轻的皇帝再次确认了自己的身份，如果没有这两位忠诚的仆人，他早已成为孤魂野鬼。他伸手扶起两位仆人，表达了由衷的感激和歉意。两位刚刚站立起来的仆人再次匍匐在地老泪纵横，表示圣上这样的恩典，他们惟有肝脑涂地，九死而无悔。年轻的皇帝感动了，他在感动之余吐露了心声，说，那洗衣的女子，下次让她进院里说话，挡在院外有失礼节。老仆顿时明白了皇帝的心。这让他犯起愁来，不知该如何处置。他只能装糊涂。下次，吴均茂再来，老仆对吴均茂说，上次送衣服的是令妹吧。吴均茂说是。老仆说，公子让我转达对令妹的谢意，下次，可让令妹在我们这院里洗衣服，不用再送来送去。老仆提醒他的皇帝不要用居高临下的语气和吴均茂说话，却不知，他的言语里，同样弥漫着他习惯的高高在上，没有由衷的感激，有的只是恩赏，仿佛能让她在院里洗衣，是她前世修来的齐天洪福。

吴均茂说，这样怕是不妥，小妹虽是窑工人家女子，也是视名节如生命的。

的确，一个妙龄女子，如何能在这三个男子生活的院子里替他们洗衣做饭。

吴均茂心里，对他们的不满又多了一重。

吴桐自从见过两次朱允炆，心事如春天的藤蔓一样疯长。第一次，她见得真切，玉树临风的公子，为何有那么多心事与哀伤？他似乎有满腹话要对我讲，他想说什么呢？吴桐本想送回衣服时和他说上几句话，可那老仆将她挡在了门外。她分明感觉得到，公子也是想见她的。

公子不自由。

她以为，是仆人限制了公子。后来哥哥回来，她问哥哥，那三人是什么人，你说是亲戚，哪有这样不通情理的亲戚？我给他们洗了几个月的衣服，连院门都不让我进。又说，那公子似乎可怜。哥哥喝止，不许打听他们的事，也不许对外人说起。

不知为何，她和公子没有说上话，自从公子出现后，她的心，渐渐不在周工巧身上了。和周工巧一起说话时也是心不在焉。她心心念念的只有那公子。那是她从未接触过的一类人，那人的身上似乎有魔力。她居然为了公子睡不着觉。

公子出现在了她的梦里，如梦如幻，那是一种幸福而又哀伤的感觉。她和周工巧在一起的时候是快乐的，可是，她的心里，从未涌起过这样的感觉。她现在明白了，她和周工巧之间的爱，是妹妹对哥哥的爱，和男女间的爱有着本质区别。她开始思念那神秘的公子，她不知该如何对周工巧说，周工巧那时对她许下了诺言，他要复兴周家的瓷窑，他要重振家门，他要在完成这一切之后风风光光迎娶吴桐，他要让吴桐成为横峰最为幸福的女子。吴桐苦恼，不知该如何婉转地告诉周工巧，她现在不能答应嫁给他，她也不知该如何再去见那公子一面，哥哥现在已不许她再去见他们。

她的心事，不为人知。

两只黄莺，在门前的梧桐绿荫里不停地叫，叫得吴桐心烦意乱，她拾起一块瓷片，朝那黄莺儿扔去。

该死的黄莺儿。她这样骂。

无所有处

梅娘并没拿先生卖碗的钱去赌。

五年前，先生想在上饶买房，儿子迟早要分家另过。先生将藏了多年的存折拿出来。没想到先生居然瞒着她存私房钱，梅娘且喜且恨道，胆子不小，敢藏私房钱。

心里终究高兴。

先生说，给儿子买房交首付。这些年来，看中再喜欢的宝贝，也没敢动它。

梅娘说，亏你藏了私房钱，不然哪来钱交首付。

没承想，当天梅娘就将那存折和先生的身份证一起拿去银行，取得一毛不留，当即约了赌友，连赌三天三夜，输得精光回家。先生真生气了，闹着要离婚。梅娘自知理亏，也知道这次先生真气了。两口子相处几十年，“离婚”二字，第一次从先生嘴里吐出。她知道先生轻易不会说这话，说出的话，九头牛难拉回。先生将梅娘送回娘家，对年近八十的老岳母说，岳母大人，我把您女儿给退回了，恕小婿无能，实在养不起。过十天，岳母大人亲自送回梅娘，一同送回的还有二十万元，这是岳母岳父存了多年的养老钱。岳母说，人、钱，都送回了，给我面子，下次我们再不管。先生大喜。殊不知，送回梅娘，心里就后悔了，以为梅娘隔天就会回来，转眼过了七八天，梅娘没回，手机关机，音讯全无。先生正愁如何下台阶，老岳母忽然将梅娘送回，哪里肯要老人家的钱。梅娘有段时间没赌，先生也认识到自己的错，不再出去寻瓷器，陪着梅娘旅游了两次。先生心疼起钱来，一趟旅行，省下的钱可以买几件心仪的瓷器。先生的心，终究又被瓷器勾走。梅娘在家百般无聊，随先生雅集了几回，觉得浑身不自在，就去赌场看牌。赌友劝她，看有什么意思？打点小牌吧。梅娘说，不打，这次真的戒。看牌时，有人要上厕所什么的，她就帮人顶一两局。慢慢赌瘾又犯了，先是赌点小的，没半年，又一如从前。

昨天先生喝得烂醉，几个学生送他回。在外按门铃，梅娘不开门，学生们在外求了半天，梅娘才开，让学生把先生扔在沙发上，骂，去哪里喝了，平时不见醉的？学生解释，说，上饶做房产的大老板魏总请客，魏总收了先生一对碗，得了二十八万，现金。学生将一大包钱交给梅娘，说，师娘您点点。

梅娘冷了脸说，哪个魏总？

学生说，上饶梅之韵房产开发公司的魏国庆啊，两只碗，二十八万，说只要是先生的藏品，有多少他收多少，只要先生舍得出手，价钱好商量。又请先生喝茅台，先生一高兴，就多喝了几杯。

送走学生，梅娘没点钱。若在平时，定是约牌友去赌了。二十八万，可好好过把赌瘾。

梅娘看都没看那钱，呆地坐沙发上，看着哼哼叽叽叫口渴的先生。梅娘心软，泡了浓茶，待不烫时扶先生喝下。先生喝了就吐，梅娘又拿过垃圾桶，扶先生翻过身来，轻敲着先生的背，扶先生吐尽了，又拿水让先生漱口，又用热毛巾给先生擦背，再尽力将歪歪扭扭的先生扶到床上，给脱了衣服，让先生睡得舒坦。

梅娘和先生结婚几十年，第一次这样服侍先生。可惜先生烂醉如泥，要是知道，怕是要感激得老泪纵横。服侍先生睡沉稳了，梅娘回到客厅，瓷坐一宿。次日一大早，梅娘装好那包钱，径直去上饶找魏国庆了。到上饶时，尚不到九点。魏国庆的公司，梅娘是知道的。每次到上饶，梅之韵地产公司的广告牌绕都绕不过。不过，她从来没有找过魏国庆。有什么好找的呢，几十年前的旧事，如今都是花甲老人了。梅娘从来没有动过这样的心，三十岁时没动过，四十岁时没动过，五六十岁更不可能动了。再说了，梅娘最恨的，应该就是魏国庆。最爱的人呢？是先生么？昨晚想了一晚，梅娘觉得，先生虽是冷落了她，但这几十年来，只有先生处处让着她，关心着她，她泰然享受着先生的关心，几时又真心关心过先生的？她是从当年嫁先生时，就觉得自己是下嫁了。可有什么办法呢，当时那么多人追求她，有钱的，有权的，长相英俊的，可她偏偏嫁了先生，只为先生是个文化人，作家。是比大学生还有面子还受人尊重的人。

梅娘在魏国庆公司对面街边的小店吃早点，边吃边注意着魏国庆公司的大门。这天她吃得特别多，一碗粉，外加两个包子。她要让自己精神抖擞。这是什么事呢？魏国庆是发财了，发财就可以作威作福？发财就可以作践人？差不多九点钟，梅娘看见一辆路虎开进魏国庆公司的铁栅门。梅娘付了小早餐，过马路就去了魏国庆的公司。魏国庆刚在办公室坐下来，泡杯茶准备喝，梅娘就闯了进来。魏国庆正要发火，什么人招呼都没有打就敢进他的办公室，一抬头，木了。

几十年没打交道了，小小上饶，都是有头有脸的人物，两人在各种场合照面是常有的，却从未说过话。魏国庆想打招呼，见梅娘怒气冲冲，不知哪里惹她了。一时倒不知怎么称呼她是好。

梅娘不客气，将那包钱扔在魏国庆的大班桌上。

魏国庆，你什么意思？

魏国庆见梅娘扔出一大包钱，明白梅娘因何而来。他故作糊涂，说，您这是所为何事？

梅娘说，为何事？不为何事。来拿回我家老吴卖你的那对碗。这是你的钱，还给你。

魏国庆说，吴老师反悔了？他怎么不来？

梅娘说，你别管他，我来不为别的，拿回我家的碗就走。

魏国庆说，买卖已成，哪能反悔。

梅娘冷笑，怎么不能悔，对天发的誓都能悔，还有什么不能悔的？我后悔了，不卖了。

魏国庆的脸红一阵白一阵说，梅娘，不，吴夫人，是这样的，那对碗不在我手上了。

梅娘说，昨晚才给你，今早就不在手上了，鬼才信！

魏国庆说，真不在手上了。你要是嫌钱少，我给你加一点。再加两万，三十万，如何？

梅娘脸色发白，说，魏国庆，你有钱，有钱就可以侮辱人？

魏国庆说，哎呀，你呀，几十年脾气没改，我怎么侮辱人了？

梅娘说，这碗值这么多钱吗？二十八万，你好大方，你这是在施舍我呢，还是看我可怜？我就是要饭也会绕过你家的。

魏国庆说，这么多年了，何必呢，我真没想到伤害你们，吴老师说儿子要结婚，他想尽点做父亲的责任。这对碗是精品，我确实需要。别说二十八万，三十八万，我也得出。

梅娘见魏国庆不像说谎，说，你告诉我，花这么高的价买这对碗做什么？

魏国庆面露难色，说，这个，真不能对你说。总之是，这对碗，对我来说，就值二十八万，吴老师肯让给我，是帮我，不是我有意在你面前摆阔。你还不了解我？这么多年，可曾在你面前摆过阔？

梅娘说，是的，我了解你，我是太了解你了。

魏国庆低下头，说，当年的事，是我不对。可是，那会儿，哪个知青不想回城呢？再说，我考上了大学……总之是我的错。可是这么多年，我是后悔的。你看我这公司，梅之韵。

梅娘说，说这些有什么用？我现在只要那对碗。拿不到碗，我就不走了。

魏国庆在屋里转了几个圈，走到门口看了看，将门关上。说，你这是为难我。好吧，对你说实话，你得给我保密，我相信你的为人，才敢对你说。那对碗，我送人了。

梅娘说，送什么人了？

魏国庆说，你这是为难我，生意上往来的朋友。

梅娘沉默半晌，说，好，不为难你。

拿起那包钱，从里面拿出十扎，说，这对碗，不庸说过，值十八万，多出十万，还你。

说着将余下的钱放进包里，转身要走。

魏国庆急忙挡住梅娘，说，这事，吴先生知道？

梅娘说，他不知道，我说了算。

魏国庆说，那，你怎么和先生交代。你把钱退我什么理由？一个愿买，一个愿卖，货真价实，凭什么到手的钱要退我十万？吴先生知道我们的事？我猜他不知。你这样一闹，不是让吴先生生疑？平白无事，闹出事来？

梅娘说，不用你操心，就说我赌钱输了。你是知道的，横峰大名鼎鼎的赌痴。二十八万没有输完，还余下了十万，不庸知道，要给菩萨烧高香了。往后，不许再找我家老吴买东西。我们家的东西，捐给博物馆也不卖你。

魏国庆看着梅娘匆匆离去，一时不知说什么是好。他是想买先生那对碗送人。也咨询过懂行的，那对碗，也就值十七八万。他知道吴不庸痴迷了一辈子瓷器，若不是遇上难事，断不肯变卖藏品。想到当年是自己负了梅娘，现在，他身家数亿，十万元不过寻常一瓶酒钱，没等先生报价，他自己先出了二十八万，真心是想帮梅娘一把，以此减少内疚。又说想再多收先生一些瓷器，纯粹是一片好心。没想到，几十年过去了，梅娘还是这执拗性格。想到此处，只是摇头苦笑。

魏国庆当年插队在横峰，和梅娘爱得水深火热。两人海誓山盟，抵不过城乡之隔。恢复高考那年，魏国庆考上了大学，他拿着录取通知书的那一刻，犹豫了要不要告诉梅娘，思之再三，觉得还是应该告诉她。没想到，梅娘比他还高兴。那一夜，两人在岑港河边高大的泡桐树下说了一宿情话，梅娘兴奋地规划着未来的生活。三年时间，梅娘愿意等。她在梦想着他大学毕业回来娶她。那一夜，梅娘和魏国庆第一次有了肉体之欢。梅娘倚着魏国庆的肩头睡着了。魏国庆睡不着。他突然有些恼梅娘不懂事，太傻，太一厢情愿。又觉得梅娘心机太深，之前一直没把身子给他，见他上大学了，就主动了。梅娘靠在魏国庆的肩头做了一夜美梦。清晨被树头的两只黄莺叫醒。她偎在魏国庆的怀里说，国庆，你看那两只黄莺，它们是夫妻吗？它们真幸福。

魏国庆选择了大好前程。当着梅娘的面，分手的话没说出口，到大学后，他给梅娘写信，让她别等。他说三年时间太长。梅娘明白她这是被魏国庆抛弃了。她怀孕了，悄悄去做了人流。后来，她嫁给吴不庸。那时魏国庆还在读大学一年级。梅娘写信给魏国庆，同时还寄上了吴不庸发表小说的杂志。那是文学狂热的年代，作家的光环远胜大学生。魏国庆收到信后，心安理得地开始了新的恋爱。大学毕业，他分在省城，当了个小小办事员。八十年代末，一个同学请他吃饭，一顿吃掉三百多块，那是他一个半月的工资。同学在海南做生意。是年，魏国庆也辞职下海，闯海南没有赚到钱，后来到深圳，在一家电子厂跑业务，慢慢做到业务经理，有了稳定客户，后来自己找合伙人开了小作坊，作坊慢慢做大，赚取了第一桶金。几年前，回上饶，进军地产，生意做得红火。他是典型的生意人，对横峰窑瓷器本无半点兴趣。只是他生意要求到一个关键先生，这关键先生不贪财，不贪色，对横峰窑的瓷器情有独钟。魏国庆使人四处打听哪里有好的横峰窑瓷器，都说这事只有找吴不庸啊。魏国庆这才找到瓷痴先生。昨天那对碗，连夜送到关键先生手中，关键先生兴奋得连夸魏总有眼光，会办事。问魏国庆多少钱收来的。魏国庆说，挺贵的，花了五万。关键先生说，你这是捡漏了。一定要给魏国庆钱。魏国庆不要，关键先生正色道，你不要钱，这碗我就不要了。魏国庆这才给了关键先生银行卡号，先生当即转账五万给他。关键先生说，这样的精品，市面上很难得。

魏国庆不惜成本寻横峰窑精品，这样的事，早在上饶收藏圈悄悄传遍了。只是一般的货，他根本看不上眼。这天，他公司的顾问，大名鼎鼎的风水师，名叫李一圣的，给魏国庆电话，说他有个朋友，手里有件稀罕货，家里传了有百十年，一直没舍得出手，现在也是遇上了难事，也是和魏总有缘，想拿来请魏总看看。

说起这李一圣，也是个神人，精通周易八卦，奇门遁甲。当年魏国庆在深圳做生意时，偶然和李一圣结识，说起来居然都是江西老乡，言谈甚是投缘。那时魏国庆电子厂的生意已经上路，手中有点闲钱，投在股市，不想亏损惨重。李一圣问魏国庆的生辰八字，又问他常买的股票。笑道，你是木命，买钢铁股，金克木啊，不亏死才怪。魏国庆问，那该买什么股？李一圣说了一支。魏国庆说，不是要退市的么。李一圣微微一笑，说，魏兄听我的，一年之内，必有厚报。魏国庆半信半疑，还是听了李一圣的，将股票全部换成那只 ST 票，买进不到半月就停牌，出重组公告，半年后重组成功复牌，连涨十三个涨停板，半年时间又涨三倍。自此，魏国庆奉李一圣为神明。后来他公司渐渐做大，每项投资之前，必找李一圣来算一卦。他的生意这些年越做越顺，他认为这里有李一圣不小的功劳，每年花几十万，请李一圣做他公司的风水顾问。对李一圣，差不多是言听计从。

这边梅娘刚走，李一圣就陪他的朋友过来了。一个黄瘦的小个子，看上去四十来岁。怀里抱了半尺见方的锦盒，一脸愁容，跟在李一圣后面，也没什么话。李一圣就介绍，说这个是魏总，咱们上饶有名的大老板，这位是余先生，朋友介绍来的，说是手中有件宝，横峰窑不出世的稀罕物。也是家里急着用钱，这才想着要找有缘人出手。将来缓过这道坎，还是想再赎回去的。

魏国庆招呼二人坐下，要看那宝贝。余先生依旧抱着那锦盒，似乎犹豫不决，不太想出手。

李一圣说，怎么啦，余兄，不想卖了？你这宝贝，在咱们上饶，除了魏总，别人怕是出不起你想要的价钱。

余先生这才将那锦盒放在茶几上，说，如果不是遇到过不去的坎，断不敢做这不孝之事，出卖祖宗传下来的宝。

说着，轻轻将那锦盒打开，里面包着一层明黄缎子。又揭开缎子，露出一件瓷器来。原来是件瓷笔筒。笔筒堪堪双手一握粗细，高约半尺。典型龙泉窑青釉，釉色如玉，釉下刻有缠枝莲花。

魏国庆说，这东西，什么来头，我看也就是一般的瓷器。

余先生冷笑，一般的瓷器？您看看这件瓷器底部。

说着，小心拿起瓷笔筒，双手持稳，生怕一不留神摔坏了宝物。转过底部，一字一句道，魏总，您看这上面，写的什么？建文四年，三月日，横峰造，吴氏均茂志。

魏国庆说，这有什么特别？

余先生说，有什么特别？您知道，这建文是谁的年号？

魏国庆说，明朝的建文皇帝啊，这个我还是晓得的。

余先生说，正是，建文被他叔叔夺了皇位，朱棣下令销毁所有建文款器物。宫中官窑瓷器悉数被毁，民窑传世下来的建文款瓷器，真实可信的，只有两件，一件是建文款瓷笔架，另一件就是这只瓷笔筒。都是咱们横峰窑当年的制瓷大师吴均茂所造。本来两件器物是配对的。不知何故，在流传过程中失散了。瓷笔架传到民国时，当时一位大收藏家酷爱明朝瓷器，收集齐了大明各时期的瓷器，独缺建文款。后来他用所有藏品，换了那件建文瓷笔架。现在，那件瓷笔架藏在大英博物馆。魏总您可以上网查。

魏国庆上网一查，果然有建文款横峰窑瓷笔架的相关信息。

说，您手中这件怎么得来的？

余先生长叹一声，说来惭愧，也不光彩，你们都知道，咱们江西出美女，我的祖奶奶，是被选秀进了宫的。她老人家在宫里，还没来得及见上皇帝一面呢，就革命了。清帝退位，太监宫女们偷盗宫里的文物成风，我祖奶奶也趁乱拿了些东西一路逃回江西。你们知道，头次革命，二次革命，接着国共在江西又打。乱世生活艰难，我祖奶奶从宫里拿出来的东西都被变卖光了，只有这件瓷笔筒，祖奶奶没舍得变卖，因为这瓷器上写了“横峰”二字，是咱们家乡瓷窑里烧出来的宝贝。祖奶奶嫁人时，就把这件瓷器带到了我祖爷爷家，祖爷爷传给我爷爷，我爷爷传给我父亲，再传到我手上。“文革”时，怕被当四旧给抄了，埋在门前的水塘里十几年。

魏国庆说，听起来是蛮传奇的。只是，我也不懂。一圣，你觉得怎样？

李一圣说，文物我是外行。我给您算了一卦，近来您行壬子大运，诸事大吉。想做的事，大可放手去做。

魏国庆说，余先生，想问一下，为何现在要出手这样一件传家宝。

余先生面露难色，把脸转向李一圣。说，家丑不便外扬。

李一圣说，余先生，魏总也不是外人，不妨以诚相待。

魏国庆说，正是，正是。

余先生说，说来惭愧，家父是从政的，官至正厅，也不算小了，这几年反腐，家父被牵连其中，我托人找了紧要的关系，说是只要钱花得到位，保证能轻判，我家银行账户都被冻结了，哪里还能拿得出钱来，这也是为了救家父，才出此下策。

魏国庆长叹一声，轻轻拿过那件瓷器，说，看上去，很平常的东西，没想到有这样的来头，难得。不知余先生想要什么价。

余先生说，越是宝贝，看上去越平常。这样的孤品，其实不适合私下交易。我请专家评估过，说要是放在嘉德、保利拍卖，三百万起拍价，什么价成交就不好说了，拍出三千万都未可知。

魏国庆说，那你为何不送去拍卖？

余先生说，不是不想，是不能。

魏国庆说，可以理解。只是，这么贵的东西，我也不懂，得找懂行的人看看。

余先生说，我这里有博物院李主任、文物研究院张教授出的证书，这两位都是大专家，经常在电视台上做节目的，您也许看过他们的节目呢。

魏国庆说，我平时看电视只看新闻联播。知道你要来，约好了一位本土专家。研究横峰窑，国内只怕没有人能比得过他的。

李一圣说，横峰还有这样的专家？不知是哪位？

魏国庆说，外号瓷痴，研究了半辈子横峰窑，是目前国内最大的横峰瓷器藏家。这件东西真不真，值什么价，他一看就知。

李一圣说，瓷痴，我倒是没听说过。

魏国庆说，隔行如隔山。瓷痴先生你不认得，梅娘，你是知道的。

李一圣说，这个自然，当年在深圳打拼，咱们是无话不谈的。

魏国庆说，这个瓷痴，就是梅娘现在的先生。

李一圣说，这下就复杂了。

魏国庆说，本来是约好了，满昼和瓷痴见面，让他给掌掌眼的，只是今早出了点意外，我不方便和瓷痴见面了，这样，一圣，你全权代表我，带余先生和他的宝贝去见瓷痴，如果瓷痴说东西真，咱们再来谈价。

魏国庆给了李一圣瓷痴的电话，冷月的电话。说，正事谈完了，咱们喝茶。

余先生说，魏总大忙人，不便打扰。

起身告辞。

出得魏总公司，余先生说，完了，完了，咱们这买卖要黄。

李一圣说，我看魏总很感兴趣，而且让我全权代表，这事算是成了。只是价钱，我估计魏总能给你砍下去三分之一。二百万成交没问题。

余先生说，你是不知，瓷痴，吴不庸，咱们这圈子里，哪个不晓得他。魏总请他来掌眼，这事百分之百要黄。

李一圣说，我看也未必，这个瓷痴就不是人？

余先生说，是人。

李一圣说，是人就没问题。大不了，咱们把他拉下水。

两人一合计，李一圣让余先生暂时别露面，他先去会会这瓷痴，然后见机行事。两人议毕，李一圣就给瓷痴打电话。先生听说是魏总的顾问，全权代表魏总，很热情。李一圣问先生在哪里，他想和先生见面。先生说聂家畈竹林。李一圣说，哪个聂家畈竹林，没听说过呀。先生说，在横峰县呢，你设导航过来吧。李一圣说，好，马上过来。

差不多一小时，李一圣和余先生到了。让余先生在车上等，李一圣一路电话，在冷月的指挥下，找到聂家畈竹林。“竹林七闲”，外加一个瓷痴先生，吹拉弹唱，好不自在。见李一圣来，“七闲”也没有闲下，正在合奏李健的《传奇》。只有冷月，一曲终了，才过来和李一圣打招呼。又介绍先生和李一圣认得。又指着重新开始了合奏的几个闲人一一介绍，这个是张生，七闲的老师，那个卷头发瘦高个子是横峰有名的诗人，那拉二胡的是文学家，那长发红衣美女是政协的……李一圣说，你们真的是快活胜神仙啊。冷月说，周末嘛，累了一周，大家放松一下，比打麻将不是好多了么？

李一圣说，好多了，你们这里文风盛啊。

冰月说，你和先生说话，我去合奏，失陪了。

先生坐在一块巨石上。痛风比之前好多了。就和李一圣闲聊起来。闲聊中，知道先生现在正缺钱用，李一圣想这事有了三分把握。又聊对魏总的看法。不料先生盛赞魏总，实在，没有钱人的架子。李一圣就说起，魏总想请他来看件瓷器，东西呢，魏总看过了，很喜欢，价钱也没问题，就是一样，是真是假，凭先生一句话，先生说真，回去就成交，三百万，先生说假，让宝主哪儿来回哪儿去。

三百万？先生一惊。什么东西值三百万？

先生研究了大半辈子横峰瓷器，当然知道横峰瓷器的市场价位。别说三百万，三十万的都难得一见。一来横峰窑是民窑，二来横峰窑被藏家认知不够，眼下不是收藏热门，藏家限于江西。三百万的横峰窑瓷器，先生还没见过。价位一出，先生就摇头，说，恐怕有诈。

李一圣说，我也不懂，你说三百万的东西不可能有，那，据说，有一款瓷笔架，现在值天价。

先生说，我知道你说的是建文款横峰瓷笔架，那是孤品，建文款的孤品啊。

李一圣说，据说，传世的不只是瓷笔架，还有一个瓷笔筒。两件宝，原本是一组的。

先生哈哈大笑了起来，说，你回去告诉魏总，这东西，我不用看了，假货无疑。

李一圣说，你这样太过武断，宝物在宝主家，传了有一百多年了。是当年从宫里流出来的。

先生笑道，那宝主的祖上，不是宫里的太监，就是宫女。

李一圣说，你怎么知道？

先生说，都是这路数。只是，不知他为何要出让这宝物。

李一圣说，听说，是他父亲涉贪，被打老虎了。

先生说，哦，骗子们倒是与时俱进。

李一圣知道，这瓷痴，是糊弄不了的。

说，先生，咱们借一步说话。

先生说，我痛风呢，借哪里说话？

李一圣指了远处停的车，说，车上说话。宝物在车上，你先去看一眼，如何？

先生想了想，说，好吧。你扶着我一把。

和冷月招呼了一声，李一圣扶着先生，去远处停的车上。

余先生在车上正不安地候着。先生看了一眼余先生，觉得眼熟，只是记不真切哪里见过。李一圣扶先生上车，关上车门，对余先生说，再往前开，寻个僻静处。余先生就开了有一里多路，停到山脚无人处。拿出那瓷笔筒，先生接过，上下左右看了一圈，说，好东西。

余先生双目放光，您也觉得是真东西。

瓷痴先生说，我说是好东西，没说是真东西？

李一圣说，此话怎讲？

先生说，说好，是老的，横峰窑没错，胎底、釉色，是个高手做的。东西是明末清楚的老货。只是这款，是后人写了重新挂釉烧过的。值个二三万吧。

余先生一伸大拇指，说，先生高人，真人面前不说假话，也说不了假话。

李一圣说，咱们就打开天窗说亮话。

就把和余先生商量的事说了。说，先生您看，事呢，就这么个事。您如果参与，咱们就拉个手，赌个咒，天知地知我们三人知。事成了，咱们三人平分，卖三百万，一人一百万。要是先生无意，就和魏总说你拿不准，只要不挡我们的财路，事成了，也少不了先生的好处。

先生看着李一圣，说，魏总让你全权代表他，他很信任你呀。

李一圣说，我和魏总的事，三言两语说不清。这些年来，我帮他赚了上亿，他给我的，九牛一毛都算不上。

先生说，我要帮你们，算我一份，我要不表态，事成了也有我一分好处，如果挡你们的道，没有好下场。是这样不是？

余先生说，正是。

先生说，那，我是没得选了。

余先生喜道，先生的意思，愿意合作？

先生说，可是，我要同你们合作了，对不起我的祖宗啊。你们有所不知，这个吴均茂，是我的祖上。横峰吴氏家族谱上写得清清楚楚。我不能对不起祖宗，不能眼看别人打着我祖宗的名号造假而不闻不问。

余先生冷笑道，这是要和我们作对了。

先生说，我不和任何人作对。魏总若是不问我，我什么都不说，若是问起，我知无不言，言无不尽。至于你们刚才对我说的这些，我当没听见，下了这车，咱们没见过面。

先生说完拉开车门下车，头也不回地走了。

气得余先生和李一圣骂娘。

先生走了有二十余米，忽听身后李一圣在喊，先生，你知道，魏总为何高价买你那对碗？

先生一愣，停下脚步，却没回头。

魏总明知道这对碗最多值十八万，却给了你二十八万，想知道为什么吗？

先生还是没有回头。

李一圣说，魏国庆和梅娘是什么关系，你可能蒙在鼓里。

先生在颤抖，依然没回头。

李一圣说，魏总是你的敌人，你要帮你的敌人吗？

先生忍着痛，加快了步伐，一瘸一拐，快速朝竹林走去。

李一圣和余先生在身后骂，一根筋，老不死。

先生已是老泪纵横。

梅娘嫁他前和一个知青好过，这事，他知道。甚至，梅娘嫁他前堕过胎，他也知道。他不在意。谁没有过去？他因此而更加怜惜梅娘。若是没有这段往事，梅娘也不会嫁他。只是，没想到那个人是魏国庆。他知道，梅娘一生没有真心爱过他吴不庸，梅娘心里一直有魏国庆，这个伤了她的人，她却一直放在心里，而怜惜了她一生的男人，她却没有爱过。他是该恨魏国庆的，魏国庆让他一辈子活在阴影中，也让梅娘活在阴影中。可是，再恨，也不能用这样下作的手段骗魏国庆。果真这样，有辱的，是祖上吴均茂那个响当当的名字。

非想非非想处

转眼，大明王朝的落难皇帝一行三人在横峰已有半年。我的祖上姑奶奶吴桐，自上次见过建文帝后，再没有机会去见。我的祖上吴均茂不让她见。他以一个男人的敏锐，以经见世事的阅历，感觉到这一行三人的危险与麻烦。他不知三人的身份，但他知道，这一行三人和他这窑工世家不是一个世界的人，他不能让自己最疼爱的妹妹陷进去。

瓷痴先生吴不庸端起魏国庆泡的茶。现在，他沉浸在祖上的故事里。这故事，源自他的考据加想象，他曾经一个字一个字写下，收进未能出版的专著里。

他从未对人讲起过这些，包括梅娘。

梅娘和先生坐在茶几一侧。魏国庆在另一侧。

那天，先生和李一圣谈崩，再无心雅集，满腹怒气回到家。梅娘在家。他以为梅娘在赌场，端坐在沙发前的梅娘让先生很是意外。梅娘面前整齐码着那包钱。

梅娘说，回来了。

先生的怒气消了大半。

梅娘说，不庸，我有话对你说。

梅娘很少这样严肃。

先生小心端坐在梅娘对面。

我今早去找魏国庆了，梅娘说。

先生说，我知道。

梅娘说，我去找他，把那对碗要回来，不卖他。
先生说，不卖就不卖。
梅娘说，他已将碗送人。
先生说，那就罢了，随缘。
梅娘说，碗卖得太贵。他多给了十万块。
先生说，我一时心贪。
梅娘说，愿打愿挨，不怪你。
先生说，不怪我。
梅娘说，我退了他十万，咱不占人家便宜。
先生说，有气节，咱们再穷不能穷了气节，你做得对。
梅娘说，你不恼我？
先生说，好好的，为何要恼？
梅娘说，有件事，我一直瞒着你。
先生说，你想说就说，想瞒，必有不好说的苦衷。
梅娘说，你为何对我这样好，好得我想恨你都恨不起来。
先生说，值得。
梅娘说，你知道，我嫁你前，和一个知青好过。
先生眼皮一跳，低下了头，说，知道。
梅娘说，那人，是魏国庆。
先生眼皮再跳，说，知道。
梅娘说，你都知道。
先生说，都知道。
梅娘说，知道你还多收人家十万？
先生说，昨天不知，今天才知。
梅娘说，对不起，这几十年，只是你对我好，我从未对你好。
先生说，我应当对你好。
梅娘说，我戒赌了，这次说到做到。我要对你好。
先生说，是我不好，我再也不收藏瓷器了，这满屋子的东西，慢慢散给有缘人。

梅娘说，你喜欢吃鱼，我去市场买了鱼，我来做饭。

我祖上姑奶奶得了病，相思病，她爱上了那个神秘的公子。茶不思，饭不香。我的祖上吴均茂看在眼里，急在心上。他知道妹妹的心思，知道妹妹的病因。他想，得给妹妹定下亲事了。他和夫人商量，想从众多提亲的人里选一个家境、人品、能力各方面都好的男子。夫人说，论人品、能力、手艺，对妹妹好，周工巧最合适。吴均茂说，只是，周工巧是福建人，家道中落，妹妹嫁过去，怕是要吃苦。夫人说，李公子呢？吴均茂说，哪个李公子？夫人说，你忘了，总来横峰贩瓷器的李云峰先生的公子。吴均茂当然知道，李云峰是他的大客户，我祖上吴均茂窑场生产的瓷器，有三分之一是李云峰经销的。只是，吴均茂说，李云峰心机太甚，城府太深，他儿子看上去比他还精，再说了，他家在九江，离横峰太远，桐妹妹嫁过去，有个不开心了，回趟娘家都难，我不放心。夫人说，要不我去问问桐妹妹，也许她自己有主见。吴均茂说，就是太有主见，我不该教也读书识字。

吴不庸又喝了一盅茶，说，人生一世，最不能说清的，就是这“情”字。夫人梅娘不说话。那天和先生说了心里话，越发敬先生，君子如玉，先生是君子，是温润的玉，和先生比起来，魏国庆不过是块石头。

可是，再这样下去，茶不思饭不想，桐妹妹有个三长两短，你怎么和死去的爹娘交代。我祖上夫人说。吴均茂长叹一声，说，我是愁死了。夫人说，我去找桐妹子吧。吴均茂说，也只有这样了。夫人去问吴桐，说你兄长想给你找个满意的人家，不知你怎么想。长兄如父，长嫂如娘。嫂子嫁过来时，吴桐才八岁，嫂子待吴桐如娘。听嫂子这样问，吴桐眼泪叭叭直掉。几天茶饭不思，人整个瘦得不成形了。嫂子轻轻抹去吴桐眼角的泪，说傻孩子，有什么心事你对嫂嫂说，嫂嫂给你做主。吴桐说，嫂嫂，我想去见一见那公子。嫂嫂说，哪个公子？吴桐说，就是那三个客人中间的那个公子。嫂嫂没有见过公子，也没见过那三个客人。她知道三人的存在，却从未见过。吴桐说，哥哥不让我去见他。嫂嫂说，你放心，我去和你哥说。嫂嫂去找吴均茂，吴均茂说，就知道是为他，这事万万不可。嫂嫂问为何不可。吴均茂说，实话对你说了罢，那三个人来历不明，说是在此躲仇家，我看那三人，不像一般富有之人，身上有种说不清道不明的威仪，我见了他们腿便发软，其中一个，一看就知武功高强，再说了，还有王道长这样的高人在背后相助，什么样的仇家，能把他们逼得躲在这乱哄哄的窑工之中？嫂嫂说，秦琼还有卖马之时，英雄难免落难处，越是英雄，越是值得咱们桐妹妹相托终身啊。吴均茂长叹一声说，这三人是什么人我们都不清楚，答应了王道长收留他们，是还他救命的恩情，咱们井水不犯河水，最好不要有别的纠葛。嫂嫂说，可是桐妹妹病成这样，再这样下去，有个三长两短，你后悔都来不及。

梅娘说，好一个痴情的女子。

魏国庆看一眼梅娘，低下了头。

吴不庸说：次日，吴均茂去建文隐居的地方送饭，老仆见他一脸青灰，心事重重，警觉地问我的祖上吴均茂，说，家里出什么事了。吴均茂说，没别的，只是舍妹染疾，卧床数日，心下焦急。建文皇帝这些天来也是坐立不安。王道长又为他们另寻了避难处，说最多两月就能安置妥当。他们不能在一处停留太久。建文帝说，此地甚好。老仆再进言，建文帝大怒，说不走就不走，大不了一死，这样仓皇逃命，生不如死。老仆知道年轻帝王的心思。他借口送王估，背着他的王上，把建文帝的心思对王估和盘托出。请王估拿主意。王估沉吟半晌，说这事交给他来办。是夜，王估来见了我的祖上吴均茂。

吴不庸讲到此，长叹一声，又喝了一杯茶。

说，无情最是帝王家。

魏国庆说：先生这故事讲得精彩，王估去找到你祖上吴均茂，说了些什么？这事史书上有记载么？

吴不庸说：史书哪会记载这些细节。

魏国庆说：那您如何而知？

吴不庸指了指自己的心，说：不过大胆假设，将心比心。

王估是个忠心的臣仆，他时时以晋文公的故事来激励落难的君王，并且以成为介之推式的人物留名青史而自律。他一方面为建文帝不停寻找着新的安身之所，一边悄悄联络忠于旧主的臣仆，梦想着有一天重新将以仁慈著称的年轻帝王扶上属于他的宝座。在这过程中，任何有利于这一目标的事他都会去做，而无益于这一目标的事他会坚决反对。当听说年轻的帝王在生死一线之际，仓皇逃命之间，还迷于女色而不能自拔，他的内心升起了丝丝缕缕的凄凉。他们这些臣子有着开天的雄心，而他们的主人，却可能是扶不起的阿斗。建文帝终究不是晋文公。但这样的凄凉只是升起在一瞬间，同时升起的悲壮感，让王佶更觉自己的事业神圣，并为自己人格之伟大而感动，明知不可为而为之，谋事在人，成事在天，他有太多的理由说服自己不要放弃。而现在，当务之急，是如何处理年轻帝王心里升起的岁月静好之心。他有几个选择，除掉吴桐，当然，包括他亲手救过性命的吴均茂，这个横峰百家窑口里最出色的工匠。他们一死，万事大喜，一了百了。这是最省事的方法，虽说年轻的帝王会因此怪罪他，但比起帝王的千秋大业，一个乡野女子的性命又算得了什么呢？王佶想到另一个选择，让吴桐成为帝王的侍寝之人。帝王正值青春年少，身边的确需要一个女子，如果这女子能让人放心，也许对安定帝王之心重振帝王之志有益而无害，将来功成，这小女子和吴家，还能博得天大的富贵与荣耀，这将是多么感人的传奇。只是如果选择这样做，是瞒不过吴均茂兄妹的，以诚相待，对他们讲实话，他们值得信赖吗？王佶不敢冒险。当然，也可带着帝王离开横峰，去到他为主人选择的下一个落脚点。可是帝王已经明确表示他不想走。这让王佶为难。无论如何，夜长梦多，今天晚上，他要做出选择。他决定先去会会吴均茂，他也不想用最粗暴的方法对待一条生命。更何况，杀了吴家兄妹，难免引起官府追查，只怕会露出蛛丝马迹。朱棣委派的重臣元老胡濙，一直在四处寻访建文帝的下落。只是王佶更加棋高一着，他的弟子们日夜监视着胡濙，胡濙在明处，王佶在暗处。这让建文帝总是能和胡濙保持相当安全的距离。但是，谁知道朱棣派出了多少个胡濙？

王佶深夜来访，吴均茂已经习惯。只是这次与往常不同，往常不过是交代吴均茂要注意的事，安稳他的心，给他银两。这次王佶见到吴均茂，直接让他寻私静处说话。吴均茂引王佶至内室。不知王佶有什么事要讲。王佶当时主意已定，直接问他对朱棣篡位有什么看法。吴均茂吓得面如土色，说在下一介草民，不敢妄议国是。王佑问吴均茂，可曾记得当初开窑时从窑口腾空而出的火中金龙。吴均茂说当然记得。王佑说，可知窑民怎么议论此事。吴均茂冷静了下来，说，窑民无知，以为横峰将出真龙。王佑冷笑，窑工无知，你是读书之人，也如此无知？吴均茂说，在下不明，请恩公明示。王佑说，此事不是预兆横峰窑工中要出真龙，而是真龙从火里逃生，要来到横峰啊。王佑言毕，冷眼看着吴均茂，不再说话。吴均茂并非痴人，听王佑如此明示，又想到那一行三人的奇怪之处，心中已经明白了八九分。跪倒在地，不能言语。王佑说，也是你的造化，得来天大的富贵荣耀。你护驾有功，将来天子复位，论功行赏，你当位极人臣。吴均茂说，在下一介窑工，哪里能……王佑打断吴均茂，说，另有一事。令妹正值芳华，天子青春年少，老夫有意成全你们吴家，从中做个月老，不知意下如何？王佑问得温和，吴均茂已从这温和背后感到杀气逼人，磕头如捣蒜，连声说恩公示我，如有用得着均茂之处，万死不辞。只是，均茂父母走得早，小妹幼失怙恃，乡野之人，怕是不敢高攀。王佑冷笑。好你个吴均茂，天大的恩宠你不要。你既已知内情，又不识抬举，这是要逼我了。吴均茂知道，王佑这是要杀他灭口。说，小子这条命，本就是先生给的。先生想要，随时可以拿去。王佑道，何止你的性命，一家数口，今夜只得跟你屈死了。背后抽出利刃，直指吴均茂咽喉。

吴不庸说到此处，又饮一杯茶，不再言语。

魏国庆说：先生别停，请接着讲啊。

吴不庸说：故事本是不庸编造，历史上哪有记载，有线索的，无非先祖制造了一款瓷笔架，笔架后面留有底款。建文帝是死是活，也是各有说法。说书人说书，无非将自己内心所喜所恶，映照在故事之中。这结局，你们自己去续吧。

魏国庆似有所悟。

半月前，魏国庆知道张一圣和那余先生作局骗他，被吴不庸给搅了局，内心对吴不庸又是感激，又是钦佩。于是托冷月约吴不庸，希望能当面表示感激。吴不庸和梅娘也想，过去的事都过去了，应该一笑泯恩仇了。于是三人坐在一起。坐在一起，却没有半句叙旧，说的都是建文款横峰窑瓷笔架的故事。都是极通达之人，许多事，不用明言，而内心，前嫌皆冰释矣。

魏国庆说，先生不说结局，那我也试着编结局，依我来看，王估放过了你的先祖吴不均，吴桐最终嫁给周工巧，建文帝虽有情，也奈何不得时势命运，据说在三清山出家了。

梅娘说，要我来看，王估是要杀吴均茂的，这时吴桐出现了，她听到了哥哥和王估的谈话，她告诉王估，他喜欢公子，不管公子是落难的皇帝，还是讨米要饭的叫花，她喜欢的就是那个人，不因为他的地位身份而改变她对他的爱，她愿意跟随公子亡命天涯。而且，吴桐告诉王估，他兄长内心是向着建文帝的，他冒死在床底下偷偷藏了一枚建文款瓷笔架，就是他忠于建文帝的证据。

魏国庆低下了头，他知道，梅娘在说吴桐，何尝又不是在说她自己。他也一样，在为建文开脱，也是在为自己开脱。

梅娘说，不庸，你别卖关子了，说说你的结尾吧。

吴不庸说，在我写的结局中，吴桐愿意跟那公子而去，王估却不放心吴均茂。吴均茂从床底挖出那件瓷笔架，交与王估，说，在下冒死保留此物，你们当信我，请恩公转呈詹碧云，明日，我自会给恩公一个交代。小妹清白，随詹公子，得明媒正娶。王估见到那款瓷器，心中感慨，知道吴均茂敢冒死为建文帝留一款瓷器，内心必是同情建文帝的，现又答应将小妹嫁他，自是一家人了。欢喜不已，将那瓷器连夜呈与建文帝，又将结亲之事言明。次日，王估为媒，老仆为证，在那小院里，吴桐与建文帝成亲。是夜，吴均茂一杯毒酒自尽。他知道，只有这样，建文帝臣仆们才会真正放心。安葬毕吴均茂，一行四人，悄然离开横峰，连同他们一起失踪的，还有窑工周工巧。

时光悠悠至万历二年十月十七日，神宗问内阁首辅张居正：闻建文帝当时逃逸，果否？张居正答曰：国史不载此事，但故老相传，言建文当靖难师入城，即削发披缁从间道出，人无知道。至正统间，忽于云南邮壁题诗一首：

沦落江湖四十秋，
归来白发已盈头。

乾坤有恨家何在？
江汉无情水自流。
长乐宫中云气散，
朝元阁上雨声愁。
新蒲细柳年年绿，
野老吞声哭未休。

御史觉其有异，召而问之。老僧坐地不跪，曰：吾欲归骨故园。乃验知为建文也。御史以闻，遂驿召来京，入宫验之，良是。是年已七八十矣。莫知其所终。

吴不庸言毕，三人静默无语，举杯吃茶。

窗外桐荫里，一双黄莺，鸣声缠绵。

2017 年 7 月 5 日

献给卓玛一家

人生只有两种事，就是幸福和愁苦；
一种口头说出来，一种心里暗想着。

——西藏谚语

三十三年前，我在县城读高中，热爱文学，满脑子不切实际的幻想。那是文学的黄金年代，十几岁的少男少女都会背几首北岛、顾城和舒婷。我喜欢金庸、古龙、梁羽生。初中到高中，几乎看完了他们所有的小说。后来读聂云岚的《玉娇龙》，很喜欢。许多年后，再读王度庐的《卧虎藏龙》，深觉与聂云岚的改编相去万里。高一时，我的同桌是个叫卓玛的女生。别以为叫卓玛就是藏族人，她是汉人，父亲姓卓，母亲姓马。在我们班女生们普遍叫张芳、李梅的年代，她的名字显得那样与众不同。更加与众不同的，是在几乎所有女生迷恋三毛、琼瑶时，她却喜欢扎西达娃和马原。我当时已读完了所有“金古梁”，又对三毛、琼瑶不感兴趣，正不知读什么是好，借了卓玛的书看，没想到从此改变了阅读方向。我从她那里才知道，原来世界上的小说，并不都是金大侠和古大侠那样的，还有扎西达娃和马原，还有莫言和余华。

我问卓玛，为什么会喜欢这样的小说。初看感觉怪怪的，也没有个完整的故事，一遍没有弄明白，再读一遍，也是似懂非懂，却觉得还想读第三遍。卓玛说这两个作家写的是西藏。卓玛告诉我，她的妈妈爸爸，就在马原笔下冈底斯山以南一个叫贡嘎的地方工作。她从小跟外婆一起生活，两三年才能见一次爸爸妈妈。她还告诉我，她是在西藏山南出生的，满百日被爸妈送回湖北。她读西藏题材的小说，只为了解她爸妈生活的地方。卓玛长得好看，话很少，总是心事重重的样子。我们高一时是同桌，我承认，我是喜欢她的。只是暗恋，少男少女，情窦初开那种，也说不清为什么，就是觉得她哪儿都好，看见她心里总是幸福的，见不着她心里就空荡荡。我们那会儿，男女生是不敢公开恋爱的。高二，我成绩不好，被分在第四小组最后一排，高三也在那个被老师遗忘的角落度过。卓玛成绩好，一直坐第二组第二、三排，那是优等生的位置。因为自卑，我只能默默喜欢她。高中毕业，她考上了医学院，而我落榜，早早出门在江湖上折腾，混到现在，说起来，我能当作家，也有卓玛的功劳。当初是她引我进了文学之门。高中毕业后，我们没再见过。三年前，高中同学建了个微信群，把我拉进去，我们有了联系，才知道，她大学毕业后去了她爸妈工作生活的城市，生活在冈底斯以南，当眼科医生，再过两年就要退休了。她经常会在群里发西藏美景美食的图片，邀请同学们到冈底斯旅行。

二〇一八年底，我和几个朋友到西藏山南出差，并没想到要联系她，一是多年没见，不知人家愿不愿见，怕给她添麻烦，二是多年过去了，当年的青葱少年如今老矣，我早已谢了顶，她也偶尔在群里感叹两鬓添了霜，不见为好，为少年心中的女神留个美好回忆。不承想，她在朋友圈看到我发在山南的照片，给我电话，倒没有一丁点多年未见的生疏，劈头盖脸问我几个意思，当了大作家不认老同学了？到山南也不联系她。我说哪里话，我是怕给你添麻烦。她说那还是见外啊，这么多年没见面，来了山南，没有尽地主之谊，知道的是你瞧不起我，不知道的以为我吝啬呢。我说我们一行好几个人呢。她说人越多越热闹啊，请你们吃顿饭，多几个人还能把我吃穷？第二天，她在一家藏餐厅宴请了我和我的朋友们。多年不见，完全认不出她来了，高原的紫外线将她的脸炙得黑里透红，但人精神，健康。她变了个人，健谈、开朗，能说会唱。席间，她不停敬酒，每敬一次酒都会唱首歌。从《青藏高原》到《我和山南有个约会》。她还会用藏语唱当地民歌。我和我的朋友们都很惊叹，同行的画家小如也是金嗓子，两人就这样你来我往，把负责接待我们一行的多吉才让先生“刚来西藏少喝酒”的叮嘱抛到了脑后。我说老同学记得你之前不唱歌的，现在变金嗓子了？她得意地说，不看看我生活在什么地方？琼结，雪村，那可是达娃卓玛的故乡。我是知道达娃卓玛和仓央嘉措的传说的。

和卓玛的交谈中，我才大略了解她的父母，还有她，和她孩子们的生活。听她一家人的故事如听传奇。我当时就说，我要以你一家人为原型写小说。回到广州，用了一个月，写了部三万字的中篇。小说写得很慢，写得辛苦，也很感动。写作过程中，我经常微信问卓玛细节，她有问必答，也很好奇我会怎么写她的故事。二〇一九年三月十日那天，我终于敲完了小说最后一个句号。坐在电脑前，看着电脑屏，喝一杯咖啡，准备回头润色。突然电脑出问题了，显示屏上，小说仿佛被人敲了 BACKSPACE 键，从最后一个句号开始，一个字一个字地在删除。吓得手忙脚乱，鼠标、键盘都控制不了。慌乱中我只好拔了电源。重新开机，却找不到那篇小说了。我在微信群里发求助信息，问哪个高手能帮我恢复。朋友们都很关心，一下子介绍了几个高手，有专门为 360 公司服务的，有在电脑城装机的高手，还有专门从事数据恢复的，听我一说，都说小菜一碟，分分钟搞定，高手们最后都说不好意思从来没有遇见过这样的情况。后来《花城》田老板介绍了一个公安厅的网警，据说是业内顶级高手，顶级高手忙碌了半天，依然一无所获。

卓玛一直在期待看小说。

我告诉卓玛，小说丢了。

她说看到我发的微信朋友圈，安慰我说：小说没有消逝，它藏在你的电脑深处，只是我们无法进入电脑将它找出来。

我认为她的想法很科幻。我说我会重新写。

卓玛说：人不能两次踏进同一条河流。重新写的，不是那部小说了。

我固执地想凭回忆将书稿重新写出来，但怎么也找到当初的感觉了。我把这事对锐强说了，锐强安慰我说：咱另起炉灶重写一篇吧，也许会更好呢。

锐强是那次一起进藏的朋友，小说家、历史学者，他的小说《在丰镇的街上号啕大哭》是那一年最好的中篇，这些年来他钻研历史，也是我见过最博学的人，在中央电视台讲武坛当过主讲嘉宾。他有超强的记忆力，也有惊人的阅读量，有人形容他是行走的历史书。你任意说一个年份，他就能说出那是唐某宗多少年或宋某宗多少年，那年发生了什么大事，谁任宰相，西夏谁当家，辽国发生了什么稀奇古怪的事，哪个诗人在那年写下了脍炙人口的诗，同年在欧洲发生了什么，高句丽发生了什么。说到文成公主，他能脱口而出，文成公主在贞观十五年由江夏王李道宗持节护送入藏，而金城公主嫁到西藏时，大唐王朝已由盛而衰。与锐强一起旅行是件趣事。同行的还有东北作家于晓威兄，于晓威兄名威，长得可一点也不威猛，黑而瘦，烟不离手，一天三包。还有女画家小如，中央美院毕业的才女，现任某影视公司艺术总监。我们进藏，是为创作一部与西藏历史文化有关的电影。作为艺术顾问团队，来做田野调查。这是我第一次进藏，一路上挺担心的，害怕身体吃不消。结果我一点事没有，倒是数次进藏的锐强兄，这次进藏就感冒了。晓威一直高原反应，看着让人揪心。我们在拉萨跨年，短暂停留，去了布达拉宫，大昭寺，八廓街。晓威淘到个老烟斗，欢喜得不得了。余下无甚可记。第三天，一行前往山南。十天前，这里刚下了一场大雪。接待陪同的多吉才让是个文化人，诗写得不错。多吉才让说西藏冬天很少下雪，十天前这场雪下得大，整整三天三夜，有些之前计划的地方都进不去了。高速公路两边的高山，朝阳面雪化得斑驳了，背阳面白山皑皑。高速公路在两山间沿幽蓝的雅鲁藏布江而行，千里冰封，江山如画，风景是内地不得见的美。

这次调查选择山南是锐强定的，锐强说，要了解西藏历史文化一定要到山南，西藏历史上几乎所有的第一都发生在山南。多吉才让用他那带有浓郁藏族特色的普通话对锐强表示钦佩。我说多吉才让先生您是不知道，我们的锐强教授，人称行走的“百科全书”，比百度厉害，咱们朋友圈有句话，“时事不决看凤凰，史事不决问锐强”，关于山南的历史，你不一定比他了解呢。锐强谦虚地说你别听他瞎吹，略知一二，略知一二，这些年每年进藏，山南是来过的，藏王墓、桑耶寺都去过的，只有雍布拉康未曾去，上次来时说是在复修，不对外开放，这次希望能进。多吉才让说你们放心，早就联系好了的。我说锐强兄，你说山南那么多第一，你给介绍一下呗。锐强说还是多吉才让先生介绍吧，我真的只是略知一二，不敢班门弄斧。多吉才让就转过身来面朝坐在后面的我们，介绍起山南的多个“第一”来：第一位藏王聂赤赞普。第一座宫殿雍布拉康，据史书记载始建于公元前二世纪。第一座佛堂昌珠寺，建于松赞干布时期，据说文成公主曾在该寺修行。第一块农田索当农田、第一座聚佛法僧于一体的寺庙桑耶寺、第一部经书邦贡恰加、第一部藏戏巴嘎布……多吉才让介绍时，锐强会偶尔发挥一下，多吉才让介绍第一位藏王时，锐强会补充说聂赤赞普是西藏山南地区的悉补野部地方首领；多吉才让介绍桑耶寺，锐强会补充说桑耶寺又名存想寺、无边寺，始建于公元八世纪，桑耶寺也是第一座兼具藏族、汉族、印度三种风格的寺院。一路说说笑笑，看见两边风景特别处，摇下车窗拍照片，不觉间就下高速进入山南市区了……

在那部消逝的小说中，我用大量篇幅描写山南风景，介绍山南历史文化。只不过，那部小说中没有我，没有锐强，没有晓威，没有我们这个团队，也没有多吉才让。那是一部纯粹的第三人称的小说。不像现在你们读到的这部小说，与其说是小说，不如说是散文。在那部消逝的小说中，男主角没有名字，我称他为“老头”，女主角也没有名字，就叫“姑娘”。故事开始时，“老头”和“姑娘”在格尔木至拉萨的列车上相遇。他们坐对面铺。“姑娘”上车后，拿出一本小说读，书是一九八七年作家出版社出版的《冈底斯的诱惑》。这本书吸引了“老头”。“老头”当年也写小说，梦想过入这套丛书。“老头”和“姑娘”打招呼，问“姑娘”要去哪里，为什么会有这本旧版书。“姑娘”说书是她妈妈留在老家的，书上有她妈妈做的笔记。老头问“姑娘”可否把书借给他看看，“姑娘”借给他。“老头”看到书的扉页写着“卓玛购于石首新华书店”。“老头”问“姑娘”，卓玛是你妈妈？“姑娘”说是。“老头”问“姑娘”石首在什么地方，“姑娘”说是她的故乡，湖北荆州的一个县。“老头”说你是藏族？“姑娘”说不是，妈妈是汉族人，姓卓。她爷爷、奶奶、外公、外婆都曾经在西藏工作，她妈妈也在西藏。他们聊了许多，到拉萨后，“老头”说他此行要去杰德秀镇，“姑娘”说她也要去，两人留了微信，说在杰德秀有机会再见。“老头”年轻时曾经在冈底斯以南地区工作，援藏教师。

后来也写小说，发表过一些西藏题材的小说。后来离开冈底斯以南，再后来去了美国，在大学教书，再没写小说。“老头”退休后，回冈底斯以南，是来怀旧的。冈底斯以南有他爱过的人，他爱的人执意留在冈底斯以南，而他执意要走，他们因此分手，再没见过面。在小说中，“老头”深爱过的人，原型是我的同学卓玛。“老头”和卓玛的故事，是卓玛和德吉央宗妈妈讲给我听的。小说中的“姑娘”，原型是卓玛的女儿陈娜。这次我到山南，没有见到卓玛的女儿，她女儿陈娜在北京读书，大四。卓玛和女儿关系紧张，这也是她的心病。我写下的是卓玛的心愿，我希望陈娜读到小说后，能更多理解她妈妈。在那篇小说中，“姑娘”大学刚毕业，“姑娘”在冈底斯以南出生，满百日就被送回内地。“姑娘”来冈底斯以南不是怀旧，是寻找困扰她多年的答案。“姑娘”一家三代都是内地援藏干部，年轻时入藏，退休后回到内地，孩子接过接力棒继续援藏，回内地退休的老人肩负起为儿女抚养儿女的责任。“姑娘”想弄明白，为什么她的父母要将幼小的她扔在老家不顾，那个叫冈底斯以南的地方，有什么在诱惑着她们。小说中“姑娘”的困惑，是我同学卓玛年轻时的困惑。她说当年她正是怀着这样的心情来西藏的。小说中，我虚构了“老头”的心事，“老头”近十年来一直爱做梦，做相同的梦。这样的事情，似乎不那么可信，谁会十年如一日做相同的梦呢？可这却是小说作者我生命中的真实，从童年记事起到十八岁，就一直做相同的梦，做了无数次，却无法将梦境复述。我将自身的经历移植给了“老头”，在小说中，“老头”十年如一日做梦。透露这些，是想告诉读者，小说中，会隐藏作者的秘密。从这个角度看，《红楼梦》的索隐一派，也不是全无道理。在梦里，“老头”觉得他是苍鹰，或者说，他并不是苍鹰，是他的灵魂附在苍鹰身体里，他感觉到他就是鹰，他在高天上孤独盘旋，俯瞰冈底斯山至念青唐古拉山以南的这片土地。这样的写法，明眼的读者看得出来，这是在模仿《权力的游戏》。回到正题，在小说中，“老头”附身苍鹰体内，打量着身下那苍茫的高原，在这片高原雪山之间，他曾经生活过五年，虽不像他爱的人那样热爱，但那五年他也走过冈底斯以南许多地方。只是他从没想象过以苍鹰的视角打量这片土地。雅鲁藏布江流经这里，江水漫漶，形成大片湿地和宽达三百余公里的稠密水网，江面最阔处达十余里，站在地上，一眼望去，江中有洲，洲后有江，江后有洲，仿佛无边无际的缥缈仙境。而从天空打量，他看到的是纠结在一起一大捆水做的绳子。那些碧绿的水做的绳子时粗时细，时而聚在一起，时而分散开来，将贡嘎、扎囊、桑日、加查、曲松、乃东、浪卡子这些冈底斯以南的县编织在一起，那些绳子都有自己的名字，雅砻河、温区河、沃卡河、增其河……大大小小四十一条河流，在高山和水做的绳子之间，串起数十块翡翠，当地人称之为措，拉姆措、羊卓雍措、哲古措……走到那些措边，要忍受高原缺氧和强劲如刀的冷风。而现在他是鹰，是高原的精灵，他有强劲的肺。在他的梦里，刚刚下过大雪，天地间除了河流白茫茫一片，他看见了在旷野里艰难行走的两个黑点，那是他和她。他的腿受了伤，她扶着他艰难前行。天黑了，他们的目的地在山那边的杰德秀。那是他振翅就能到达的地方，可是对于他们两个黑点来说，那是足以让他绝望的距离。如果没有她，他可能放弃了。正是那次受伤，他下决心要离开山南，他请求她一起回内地，他记得那天晚上，他去到她的宿舍，他敲门，她不开门。他说我敲门你不开，可我知道你在里面，我知道你在听我说话，这里太艰苦了，我知道你对这里有感情，你们家已经有一代人奉献给了这里，你也奉献了五年，五年来你走遍了冈底斯以南所有的村庄，你做了多少手术？给多少人带去了光明？你对得起自己的良知了，也对得起一个医生的职业操守，我们还要有自己的生活，我爱你，如果你也像我爱你一样爱我，如果你同意和我一起走你就开门，我在门外等你一夜，你什么时候想好了答应走了你就开门，我等你到天亮。他说等她到天亮，可他等到晚上十二点，实在太冷，他受不了。而她在屋里，一直没有回他的话。他对自己说她不会出来了，她要是想出来跟我一起走，就不用等到现在。而在屋内的她对自己说，再等等，如果这个男人真在屋外等一夜，我天亮就答应跟他走。他只等到了深夜十二点。他走了。他并没坚持到天亮。她担心他被冻坏，她开门，他刚走没多远。他听到开门声，看到从屋内倾泻出橘黄的灯光，和灯光中她心碎失望的样子。他转身往回跑。而这次，她关上了门，再没有开。

他们就这样错过了。

好吧，我的作家同学试图重述我的故事。他写下的我，和生活中真实的我，有重叠的地方，也有不同之处。他的小说从电脑中凭空消逝了，事实上，消逝的只是有形文字的我，而我的生命并不因为这些文字存在而存在，也不因这些文字消逝而消逝。只不过，我的同学无法通过有形的文字，将我的故事告诉更多的人。我有意从电脑中逃离，我要逃离他的故事，逃离他对我命运的安排，我要自己来讲述我的故事，“我”和“他”的故事，我和我孩子的故事。那天，我从微信群里看到同学来山南的消息，我们有三十多年没有见过面了。三十多年前，我们同桌。他那时真的很不起眼，又小又瘦，胆还小。事实上，他那时喜欢过我，还为我写情诗，偷偷塞在还我的书里。我怀疑他向我借书，主要是有机会在还书时塞进他写的诗。我知道，但我从没有回复过他，我假装不知道这一切。但我信赖他。那时我话很少，和同桌还能说上一些话。父母不在身边，我和外公外婆一起生活。外公外婆当然对我好，但我总有寄人篱下的感觉，我读《红楼梦》，特别能理解林黛玉，虽然老祖宗疼爱她，舅舅、舅母也爱她，表亲们对她也好，但她总是有寄人篱下的感觉。我和黛玉是一样的。周末回到外婆家，我总是抢着要干家务。舅舅、舅妈有时会拿表姐和我比，说你看你这么懒，你要有卓玛一半我都省心了。表姐因此和我闹别扭，说我心机重，会讨好她爸妈。我受了委屈也不敢对舅舅、舅妈说，更不敢对外婆、外公说。我要说了就变成打小报告了。我想爸爸、妈妈，可是爸爸、妈妈在遥远的西藏。如果他们在别的城市，我就可以在他们身边长大。可我去不了西藏，外婆说我三岁时去过一次，一去就感冒，高原反应严重，差一点就死在那里了，从此爸妈再不敢将我接去冈底斯以南。爸爸妈妈会有探亲假，有时爸爸妈妈一起回来，有时是他们分别回来。可是他们回来了，我不和他们亲近。不是不想和爸妈亲近，是不敢和他们太亲近，我怕太亲近了，他们走时我更伤心。爸爸、妈妈总是说对不起我。后来，爸爸牺牲了，听外婆说，我爸爸是英雄。我不要爸爸是英雄，我只要我的爸爸回家来，我后悔在爸爸回来时，我要故意装着对他反感不理他。二十世纪八十年代，很多援藏干部都回内地了。我外公、外婆也劝我妈回来，说现在时代不同了，你们回来，没有工作做点小生意也行，一家人在一起。我妈没回来。她有她坚持的理由。她说她回来了，爸爸一个人留在那里会孤独。但是在当时的我看来，还有什么理由，比陪伴自己孩子成长更重要呢。她可以回家，可以把爸爸带回家安息。说远了。我在微信里看到同学来山南了，就给他微信，略尽地主之谊。请他和他的同伴们一起吃饭，简单说了我这些年的情况，他说对我一家的故事感兴趣，要来我家拜访我先生和我儿子、儿媳。他想以我家人为原型写小说。当然，关于我和“老头”的故事，有些是他虚构的。我有个恋人，后来他离开我回了内地。但他和作家同学笔下的“老头”不一样，“他”不是作家，是内科医生。他去了美国，再没回来过。他该早就忘记了我。我们是医学院的同学，那年大学毕业，一起报名进藏。那时候，大学生还是比较理想主义的，我们心系国家，想着奔赴祖国最需要的地方。当然，我报名是有私心的，我想看看父母生活的地方，体验父母的生活。我也想到父亲的坟前献花，我想告诉父亲，我爱他，想他，很爱很想。父亲去世后，母亲身体就一年不如一年了，母亲退休后，回湖北老家生活，父亲的骨灰留在冈底斯以南。这是父亲生前就和母亲说好了的。母亲退休后，冈底斯以南的房子还留着，我在冈底斯以南还有家，我想回家看看。外公、外婆坚决反对我到西藏工作。一是他们年纪很大，没有多少时间了。二是母亲退休在家，一家人好不容易可以团圆，而我却要走。我说我们家没办法团圆了，父亲留在冈底斯以南，我要去陪伴父亲，我母亲就说卓玛想去就让她去吧。我当时只是想，在冈底斯以南工作三年，援藏期满就回湖北。他和我是同学，本来没想来西藏的，因为我，他也到了西藏。当时我们说好最多三年，是我不对，说好三年，他等了我五年。一切都是缘分，我和他终究是没有缘分的。如果我早一分钟开门，如果他再晚一分钟走，那么，我和他，将是完全不同的人生。他也许不会出国，而我，也就不会和作家同学在冈底斯以南重逢，不会讲这个故事，我的人生将是完全不同的故事。作家同学问我后悔吗，我说有什么好后悔的，我只是觉得对不起他。人生就是不停地小径分岔，每分每秒我们都在选择，每个选择背后，都指向完全不同的人生。就像现在，我从作家的电脑里逃走，他要重写一篇小说，而他重写的小说，已经是完全不同的人生命运故事，在新写的小说中，我将是完全另外的我，本来可能读到那个故事的读者，读到了现在这个故事，我间接改变了他们的人生，人与人在这尘世间，就是这样纠结在一起的，每个人都是独立的个体，但没有谁是真正的个体，没有谁能活成孤岛。他晚走一分钟，我早开门一分钟，就不会有我现在的家庭，我爱他们，这就是上天对我晚开一分钟门给予的补偿。他走了，再也没有回来过。开始他还给我写信，我没有回，他坚持写，于是我回信，说我要结婚了，我的爱人对我很好，有他照顾，我很幸福。他的确对我很好，细心。后来我的女儿出生了，女儿出生后身体不好，满百日就送回了老家，也是让我妈带。事实上，女儿出生后，我才真正理解我父母的难处。在西藏，冈底斯以南，像我们这样的家庭很多，我们爱这片土地，最大的困难是子女的问题。大多数家庭和我们一样，是把孩子留在内地。但这就是生活，是我们自己选择的生活。我的作家同学第二天到我家，我和先生接受了他的采访，我们聊得最多的，还是父母和孩子的问题，聊我当孩子时的想法，也聊我和孩子间的隔膜。女儿现在读大三，她和我几乎没什么话说，和她父亲还能聊一些，她从来不会主动给我电话。她上大学勤工俭学，学习之余兼两份职，我知道，她是恨我的。就像我当年，也恨过我的父母一样。我也不想解释，我是过来人，知道解释是没有用的，等有一天她当了母亲，就什么都明白了。我的作家同学问我，希望女儿将来到冈底斯以南工作吗，说实在话，我不希望。我们这个大家庭，已经两代人在这里，过着家人分离的生活了，我希望她能陪伴她的孩子成长。但如果她回到冈底斯以南，我也不会反对，甚至会欣慰。我妈自从退休回内地后，每次给我电话，总是会念叨她在这里的朋友们，她一生最好的年华在这里度过，老了回到内地，可是她的心在这里，魂在这里，她说她的家在冈底斯以南，她回到内地不是落叶归根，是漂泊老人。作家在他的小说中，虚构我女儿大学毕业后，踏上了我当年的征途。她也到了冈底斯以南，抱着和我当年一样的心愿，她在来的列车上，邂逅了我当年的恋人。我的同学想以这样的方式来圆我的梦。可我知道，这不可能。他不会来，我也不知道，是否该让他知道那些他不知道的事，是否该让女儿知道她不知道的事。这也是我从电脑里逃离的原因。他的虚构，不仅试图改变我的生活，也触碰了我内心深处的隐痛。在我同学写下的小说中，我女儿来到山南，见到了她的舅舅、舅妈、表哥、表姐们的生活。在小说中我已退休回到内地。我现在住的房子还留在这里，家里一切如故，我在等着有一天女儿回家，这里才是她的家，可她从来没有回过家。作家将我当年回家的故事放在了我女儿身上。女儿回到山南的家，发现了我为她准备的公主房，女儿第一次主动给我打电话，女儿在电话里喊我，妈，妈妈。女儿说我爱你妈妈。在作家的小说中，我和女儿因为这间公主房和解，这是我当年和妈妈的故事。女儿长这么大，还没有回过她的家。她不知道家是什么样，也不知道，虽然她没回过一天家，家里一直有她的卧室。从前旧房子有她的房间，十年前换新房子，也为她专门留了一间。有衣柜，有每年为她准备的衣服，有床有被子，屋子墙面刷了女儿喜欢的色彩。我从没有告诉过女儿。我希望有一天，女儿回到冈底斯以南，回到她的家，会喜欢她的公主房。说起来，我对不起我的同学，他来我家，没有好好招待他。本来准备下厨做点拿手藏餐，临时出了意外，我儿媳生病，送进医院了。儿子在移动公司工作，技术员，经常去野外，出差时间多。儿媳是公务员，本来工作不算太忙，这两年全区打扶贫攻坚战，全区要在二〇一九年脱贫，所有公务员都有定点帮扶对象。儿媳的帮扶对象在浪卡子县，熟悉冈底斯以南的都知道，那是地球上海拔最高的县城，海拔五千多米。我年轻时，每年会去浪卡子几次，跟随医疗队给当地村民做白内障切除手术，对那里比较熟悉。现在上了年纪，多年没上去过了。浪卡子县是冈底斯以南的边境县，在喜马拉雅山北麓，离山南市还有二百多公里，东与措美、扎囊交界，西与日喀则江孜、康马、仁布为邻，南与洛扎县和不丹王国接壤，北与日喀则尼木县和拉萨市曲水县隔江相望。在唐朝时，松赞干布将其归属约茹管辖，并命名为羊卓康晴布仁底阿玉，意思是雪域上方的牧场，易养牦牛的五部之乡。元朝时，在古镇打隆设立羊卓万户府。明朝时，在浪卡子设浪卡子宗。一九六〇年，浪卡子宗和白地宗合并设浪卡子县，归山南管辖。我儿媳去扶贫点前有点感冒，感冒在内地是小病，但在藏区却是要命的病。但那天是脱贫检查验收，一定得到，儿媳吃了感冒药，也没对领导说，就和同事一起去了浪卡子。在回来的路上，经过五〇三〇米的岗巴拉山口时，司机停车上卫生间，我儿媳也下车去卫生间，去过岗巴拉山口的知道，那儿长年风力在六七级，时在隆冬，寒风刺骨，我儿媳本来感冒，被冷风一吹，上车后开始发烧，同事们吓坏了，没敢回冈底斯以南，直接送到拉萨的医院。我们接到电话，一家人匆忙往拉萨赶。好在有惊无险，在医院住了一晚，打点滴，当晚就退烧了，第二天观察了半天，没有感染肺部，就出院了。

卓玛的儿媳住院，我告别卓玛，回到山南酒店。多吉才让安排了接下来几天的行程。每人工作重点不一样，安排走不同的路线。锐强多次进藏，对山南熟悉，除了和我们一道去雍布拉康外，要独自去走中印边境，并去隆子县玉麦乡，想要采访世代守边的牧民卓嘎、央宗姐妹。晓威哥要和植树造林的护林工一起生活，画家小如提议，不住宾馆，想到藏民家住。多吉才让当即打电话，联系了杰德秀的格桑曲珍家。格桑曲珍是邦典制作世家，听说我们要在她家住，请多吉才让转达了热情欢迎。锐强听说夜宿藏家，也来了兴致，说去隆子县可以晚一天，他也要去。小如本来打算独自去，现在锐强要和她一起去，反觉得不那么方便了，于是问我和晓威要不要去，晓威高原反应还没有缓过劲来，小如望着我，我说锐强不反对我就去，锐强说当然反对十分反对，我说反对无效我决定去了。事情就这样定了。小如提议带些菜去，大家一起做晚餐，每人做两个拿手的家乡菜。我说看来小如的厨艺是不错的啊。锐强说他做菜一般般但是能吃，我对自己的厨艺是比较自信的，当即三人各自开出要准备的菜，让多吉才让去准备原料配料，备好后，多吉才让开车送我们去了杰德秀镇。

从市区到杰德秀，也就一小时左右车程，沿途是残雪覆盖的荒野、农田，有肥大的斑头雁在田野里觅食，远处成群的黄牛悠闲啃着枯草。一路有零散民居，墙上刷着白色石灰，窗子则涂了黑色梯形边框。家家屋顶飘扬着鲜红的国旗和五色经幡。天空有苍鹰盘旋，暮色苍茫，夕阳西下，雪山顶上的高天由湛蓝渐变得灰蓝。汽车驶下公路，拐上一条有些坑洼的石子路，行了没几分钟，多吉才让说到了，车在路边一个院门外停下。院子有高大的红铁门，门两边各有一白底黑字的木牌，一边用汉字写着“杰德秀格桑曲珍邦典厂”，一边应该是藏文的“杰德秀格桑曲珍邦典厂”。我们一行下车，门口站着一位藏族老妈妈，穿着朴素藏袍，围着五彩围裙，头扎彩色丝带，手捧雪白哈达在迎接我们。站在她身边的是个三十来岁的藏族女青年。一个男孩子两三岁，皮肤黑而健康，脸上有着典型的高原红，一个漂亮的小女孩六七岁，两个孩子在跑来跑去。多吉才让用藏语和老妈妈说着什么，用藏语把我们一一介绍了，又介绍老妈妈，是这家的主人，也是邦典的制作行家，名叫德吉央宗，我们就叫她德吉妈妈，身边青年女子是她的女儿，也是邦典制作传承者，叫格桑曲珍。德吉妈妈给我们三人一一献上哈达。我们合十谢过阿妈。德吉妈妈引我们走进院子，才发现院内别有洞天，阔达数亩，进院右手边，一间石头盖成的一层房子，格桑曲珍汉语流利，介绍说这是展示厅，里面展示的是邦典成品和制作邦典的原料。中间一条水泥道，呈“干”字形，往前行百十米，右边一个院中院，一看就是他们一家人生活的起居之所，左边呈曲尺形两排房子。格桑曲珍说那边是邦典工厂，工人本来这时应该下班了，听说我们要参观，所以晚回一会儿在等着我们，现正在织邦典。一行在德吉妈妈带领下进了车间，阔大的车间里，两排木制手工织布机在吱嘎、吱嘎地响着，十余位藏族妇女正在织布机上忙碌。见我们参观，也不抬头看我们。德吉妈妈给我们介绍了邦典从羊毛纺成线到染色，到织成制作邦典的过程。邦典制作工艺十分复杂，要选用上好羊毛，经过梳毛捻线，捻线又分两种手法，细捻为经，粗捻为纬，然后上织机手工织图、着色、反复浆染、揉搓、晾晒，一条成品邦典才能完成。染色用的岩石和植物染料，羊毛线可以染出二十多种艳丽的色彩，而且绝不会褪色；捻线更是费时费力，男人干不了，所以自古就是女捻线，男织机。传统邦典要用五彩丝线或毛线织成，所用原材料颜色不同，有上百种之多。按丝线种类分有谢玛邦典、谢奥邦典、菊邦邦典等。藏区高原，天气一天数变，刚才还是晴天，转眼暴雨如注，转瞬又雨过天晴，每当雨过天晴，天空中总是能看到美丽的彩虹，这给了藏族先民灵感，于是模仿彩虹的色彩织出了五彩缤纷的邦典。蓝天彩虹、唐杰多吉、红黄六饰、夏扎白萨、德钦措吉、江珠白萨、甲尔珠、赛马珠、加尔察、欧琼、嘎查、色查。

格桑曲珍说，杰德秀生产毛织品有一千多年历史，生产围裙也已有五六百年。家家户户都有一台或多台织机，织造的氆氇曾为历代贡品，文成公主所穿的氆氇便是杰德秀织造的。拉萨八廓街出售的邦典，一大半出自杰德秀。她们家的产品远销印度、尼泊尔、不丹及西欧。格桑曲珍又介绍说每一两年，会流行不同颜色。我们也在德吉妈妈和格桑曲珍的指导下，实践了一把织布和纺线。那些织工这才下班，满脸笑容，不知说些什么的离开工厂回家去了。而室外，天已黑得严实。远处的白山在暮色中显得愈发高远、硕大、庄严。

我们跟随进了院中院，走进一间古色古香雕花描画的红门，眼前先是一间巨大的玻璃顶暖房。估计足有二百平方米。暖房里亮起了电灯，中间摆着沙发、茶几，茶几上摆着精美的铜壶和镶着金边的白瓷茶杯，沙发上铺着花纹繁复的纯羊毛卡垫。小如尖叫，说德吉妈妈您这玻璃花房太漂亮了。德吉妈妈露出慈祥的笑。她能听汉语，也能说一些，只是语速慢些。小如说您家太漂亮了，我们能先参观吗？德吉妈妈就带着我们一行参观她的家，进门右手一间，是平日做饭的厨房，进屋是一张茶几，上面有红铜制的餐具茶具，左手一排藏式木制沙发，上面铺着羊毛卡垫。右边与前方靠墙两排木柜子，上面是手工描绘的图案，色彩艳丽，花式繁复。一口老式烧柴的灶，灶膛正燃着木柴，屋里温暖如春。灶边一口巨大红铜制着的精美铜器，老妈妈介绍说是水缸。退出厨房，格桑曲珍指着左手边一间小房子，说那边还有个厨房，刚才这间是传统土灶厨房，左边那间是现代厨房，煤气灶具一应俱全。玻璃暖房左侧是卫生间、洗漱室。前方才是正房。掀开布帘，是客厅。同样中间大茶几，靠着墙一溜木制沙发床，上面一样铺着羊毛卡垫。德吉老妈妈说，晚上你们就睡这里。小如有些为难地说，我们三人都睡这里么？锐强坏笑着说，当然啦。不过呢，你可以睡最里头，这样和我他你选一个挨你睡，也可以睡中间，这样就不用选择困难了。我和锐强耍贫嘴各自争取自己靠着小如睡，说对方不可靠是坏人。德吉妈妈乐呵呵地望着我们耍贫嘴。格桑曲珍笑了起来，指着右手边说，这里还有间独立的客房。我和锐强就做出失望的样子。客厅也是靠墙两排从底到顶的木制柜子，柜子上一样描绘着繁复的图案。

墙上挂着唐卡，天花板上也描绘图案，整个客厅显得温暖而古典，有种低调的奢华感。客厅里面还有一进佛堂，佛堂里供奉着几尊鎏金度母，度母像前酥油灯长明，墙上挂满唐卡。退出佛堂、客厅。又参观了格桑曲珍夫妇和她孩子住的房间，和现代城市人家没有两样，冰箱、彩电、沙发、席梦思、西式衣柜一应俱全。我们惊叹这样的房子造价几何，在杰德秀是不是最好的。格桑曲珍说房子连家具一共花了一百多万，在杰德秀只能算得上中等人家。一行人回到玻璃暖房里，多吉才让已把买好的菜抬了进来。德吉妈妈让我们坐，喝茶，她去老厨房，给我们做传统藏族美食，我们也分工摘菜洗菜各自忙了起来。我做了一个玉米青豆牛肉粒、辣子鸡丁。小如烧土豆牛肉、红烧茄子。锐强青炒西葫芦、西红柿炒蛋。格桑曲珍给我们打下手，烧好一个菜，就用保温膜将菜包裹起来端过老厨房。我们烧菜时，格桑曲珍的女儿旺姆就缠着小如教她画画。小如先是画了一张德吉宗央妈妈做饭的速写，寥寥数笔，生动传神。德吉妈妈看了，欢喜得不得了，一个劲地夸小如长得漂亮啊手巧啊。小旺姆一下子迷上了小如，将小如当作偶像，叫小如仙女姐姐。仙女姐姐就手把手教旺姆画画。大家初次见面，居然没一点生分，如同一家人样。忙活了差不多近两个小时，才将六个菜都烧好。格桑曲珍用高压锅煮了米饭。那边德吉央宗妈妈做了主食。一直不怎么说话，让我们几乎忽略了的德吉央宗的女婿，做了一道主菜。汉藏美食排了满满一大桌，大家在老厨房围几而坐，一道道品尝美食。

老妈妈做了道主食，我们不知是什么，问，德吉妈妈说叫“帕查麻枯”。我们没有听明白，问格桑曲珍是什么意思，她说就是叫“帕查麻枯”。问汉语是什么意思，她说不上来，多吉才让也说不上来，就叫“帕查麻枯”。老妈妈介绍了制作过程，先揉面，捏成面疙瘩，投入沸水锅内煮熟，滤干，再用锅炼酥油，炼好后倒入煮熟的面疙瘩中，加红糖、碎奶渣，搅拌既成。吃起来酸中带甜，甜中透酸，甚是可口。德吉妈妈又说看我们爱吃米饭，就特意让她女婿做了一道“香寨”。“香寨”做起来比较麻烦，先是把土豆煮成八成熟，去皮，切小块待用，葱段入油锅内稍煎，入石槽中捣成泥状，凉水咖喱粉拌和成糊，入油锅内炒成油咖喱，羊肉酥油烹炒，入锅加水焖煮，熟后，再放入土豆、油咖喱、盐巴、生姜、茴香、丁香、胡椒、藏蔻，搅拌煮熟，撒上葱泥吃，真是美味无比。我们三人对藏族美食赞不绝口，也开玩笑贬损我们自己做的菜，德吉妈妈一家和多吉才让倒是对我们炒的菜赞美有加。旺姆喜欢吃我炒的青豆玉米粒，居然吃了一大碗米饭。饭毕已是晚上十点多。多吉才让起身告辞回山南。送走多吉，大家一起收拾餐具。围着茶几，喝着油茶，小如教旺姆画画，旺姆拿出她的藏文和汉语课本教我们认。一会儿，又唱起了她跟着电视里学的歌，又跳了一段鬼步舞。德吉妈妈怀里搂着像只猴不停扭动没有一会儿安静的孙儿，锐强和格桑曲珍聊着家常，问邦典厂一年的收益，工人一个月挣多少钱。一番问答下来，才知道与老一辈的传承人德吉妈妈不一样，格桑曲珍上过大学，还到北京参加过培训，也学过一些美术设计，给她制作的邦典注册了商标，并将传统邦典和时尚审美结合，在天猫开了品牌店。锐强又问格桑曲珍家里还有些什么人，格桑曲珍说她们兄弟姐妹四人，大哥扎西顿珠，成家立业自己盖了房子院子，跑运输做生意，大嫂在她家邦典厂做工，二哥在八廓街经营门店，姐姐师范毕业，在日喀则当中学老师，她最小，继承了邦典制作。我问格桑曲珍的老公是上门女婿么。格桑曲珍笑了起来，说她们没有上门女婿一说，藏族婚姻以婚后男方上女方家为主，也不一定，看各家经济条件和需要。我问那你们的孩子是随你姓还是随你老公姓。格桑曲珍说她们只有名字没有姓，名字都是一些父母对儿女祝福的话，比如她的名字，格桑是好运气幸福的意思，曲指法，也引申指佛法，珍是度母神，名字译成汉语就是幸福的法度母。还有些人是以孩子的出生日取名，比如生在星期天，就取名尼玛，生在星期一就取名达娃。锐强又开始卖弄学问，说其实藏族人也是有姓的，据《雍仲本教目录》《王统世袭明鉴》等史书记载，藏族最初是由神猴和岩魔女结合繁衍出的人类，就住在今天的泽当一带，后来逐渐发展成为赛、穆、党、东、札、珠六大氏族，各大氏族中又分化出若干小氏族和家族，各有自己的姓氏。一些藏族贵族有家族徽号，在后来的变迁中逐渐演化为姓氏。只是过去姓氏是贵族的特权，普通平民百姓没有姓，慢慢地就形成了现在这样的认知和习俗。格桑曲珍吃惊地望着锐强，说你对我们的文化这样了解？锐强说他每年都要来西藏的，差不多走遍了整个藏区。在一边教旺姆画画的小如笑着说，得了吧锐强，你在格桑面前讲藏文化，那是关公面前耍大刀，人家格桑曲珍可是西南民族大学毕业的，研究的就是藏族传统文化。格桑曲珍红着脸说没有、没有，我的知识很少的。我说，怎么没见您父亲。格桑曲珍脸上失去了笑容，说父亲在她还小时就生病走了。格桑说着动情地搂着母亲德吉央宗，说妈妈不容易，又当妈又当爹，把几个儿女都拉扯大，除了大哥上学少点外，她和二哥、姐姐都上了大学。

德吉央宗妈妈突然说后天是卓同志的祭日，家里要请喇嘛来念经。想起我同学卓玛说过，她的婚姻是杰德秀德吉央宗妈妈介绍的，莫非就是眼前这个德吉妈妈？德吉央宗说起的卓同志，莫不是卓玛的父亲？于是我问德吉妈妈，我说您认得卓玛么？德吉央宗问妈妈问哪个卓玛，她可认识好多个卓玛，我说是湖北来的卓玛，援藏医生。格桑曲珍用藏语和她妈妈说了几句什么，德吉央宗妈妈很高兴地说，怎么不熟，太熟悉了。格桑曲珍说，我妈妈和马阿姨是好姐妹啊，卓玛的爸爸卓伯伯是我们家的恩人，卓伯伯救了我大哥的命。

德吉央宗妈妈的普通话不太流畅，她和格桑曲珍共同讲述的故事，归纳如下：当年，卓远山十八岁，工程兵，入藏开汽车，部队驻扎在贡嘎，马桂花是西藏民族改革后首批援藏的农技员。卓远山服兵役期满后，留在山南路桥工程队开运输车，经人介绍，和同乡马桂花结婚成家。马桂花常到杰德秀指导农业生产，每次来就在德吉央宗家吃搭饭，她和德吉央宗年岁相仿，两人慢慢成了好姐妹。德吉央宗和同镇的强巴结婚后，两家亲人一样常有往来。卓远山是个豪爽的汉子，说话大声，走路风风火火，马桂花温柔娴静，他们一家很幸福。他们婚后第二年，马桂花生了儿子，孩子很健康，他们给孩子取汉名叫卓大海，又请强巴和德吉央宗给取了藏名。强巴说孩子就叫次仁嘉措吧，这是个吉祥的名字，长寿百岁，胸怀像大海一样宽广，汉名和藏名的意思也相近。第二年，德吉央宗也生了孩子，就是格桑曲珍的大哥扎西顿珠。两个孩子健康成长，两家人时有走动。卓大海三岁时，因感冒发烧引起急性肺炎，当时的医疗条件差，孩子没有活下来。卓远山差不多一年才从失去儿子的悲痛中走出来。第二年，马桂花又怀了孩子，但孩子在四个月时流产了，后来他们又失去了一个没有出生的孩子。扎西顿珠十岁时，马桂花才安全生下卓玛。孩子的名字，取了卓姓和马姓各一字，也是希望度母保佑孩子健康成长。卓玛满百日，马桂花坚持把她送回内地，她怕孩子在这里再有个感冒发烧什么的。卓玛三岁时，他们夫妇把孩子接过冈底斯以南来，孩子一来就高原反应，吓得赶紧将孩子送回，再也不敢接孩子过来。孩子们不在身边，卓远山、马桂花将德吉的孩子当成自己的孩子。卓远山特别喜欢扎西顿珠。看到卓远山喜欢顿珠，德吉央宗就说，要不咱们把这孩子拜结给你们吧。卓远山欢喜得不得了，两家结了干亲。扎西顿珠和干爹比和亲爹强巴亲，一有时间就缠着干爹。干爹那时在雅鲁藏布江边的路桥工地工作，扎西顿珠喜欢带着他的小伙伴去找干爹，干爹会带他们坐上工程车。那天扎西顿珠和几个小伙伴们在工地玩，卓远山在忙工作，小家伙们就在江边玩水，一个孩子不小心落水，另一个孩子去拉也掉了下去，扎西顿珠去拉，一连串掉下去三个孩子，岸上的孩子大声喊救命。卓远山和工友们听到呼救跑到江边，好几个人当即跳进水里救人。两个离岸近的孩子被救了起来，扎西被水冲到了江中间，一会儿沉下去，一会儿露出头来，被水卷了往下游而去。卓远山朝扎西游去，追了数百米，总算抓住扎西，又夹着扎西往岸边游，终是把扎西推上了岸，自己却被江水卷走了，次日，人们才在下游十里处的浅滩找到卓远山被冰冻的遗体。卓远山去世后，强巴陷入了悲伤之中，性情变得粗暴，经常打骂他的儿子扎西顿珠。有一次强巴喝多了酒，倒在雪地睡了一晚，从此落下病根，一到冬天就咳得厉害，拖了十来年，走了。马桂花身体本来不好，卓远山的死对她打击很大，她也没再婚，退休后回了内地。后来，她女儿卓玛来到冈底斯以南当医生，和德吉家也有联系。在卓玛的讲述中，她大学同学很爱她，只是因她不愿离开冈底斯以南，他才离她而去。而在他离去后，经德吉央宗介绍，和现在的先生结婚。但在德吉央宗的讲述中，事情另有隐情。德吉央宗记得，当时卓玛喜欢的那个男人也是个医生，卓玛和医生相爱是真的。卓玛没有讲的是，医生走后，她怀孕了。那时已是二十世纪九十年代初，人们的思想不再像从前那样保守，况且卓玛也是医生，她若不想要这孩子，也不是难事。可她想把孩子生下来。一晃过了四个月，卓玛的肚子大了起来，她索性也不避着人，卓玛同在援藏的姐妹也劝不了她，就把她怀孕的事写信告诉了马桂花，马桂花知道了这事，专门来山南，逼着女儿，要么把孩子流产，要么找个人结婚，如果两样都不选，她就去死。卓玛说，你说得好笑，你现在让我找个人结婚就能找？谁愿意娶我这大着肚子未婚先孕的。马桂花说只要女儿愿意，总是能找到的，她进藏这么多年，熟人多。她也求到了德吉央宗，德吉央宗正好认得一个援藏干部，也是湖北人，姓陈，离异，有个三岁的儿子。他离异是因爱人忍受不了两地分居，儿子跟他在冈底斯以南生活。德吉央宗对他说起卓玛，他说他知道卓玛，知道卓玛是优秀的眼科医生，也听说过卓玛和医生男友的故事，他愿意做那将要出生的孩子的爸爸。双方就约见了，卓玛对他印象还好，他对卓玛说，他对她的孩子，会和对自己的孩子一样。卓玛就这样匆匆结了婚。婚后，他们感情很好。婚后半年，卓玛生下了女儿陈娜，他们夫妻没再要孩子。卓玛对儿子比对陈娜还要好。儿子在冈底斯以南长大，陈娜在湖北老家出生的，出生后卓玛在老家休完产假，孩子就留在湖北，由退休在家的马桂花带大。十九年后，陈娜在北京上大学，毕业后就成了京漂，她宁愿一个人待在北京，也从来没在回过冈底斯以南。德吉央宗没见过陈娜，格桑曲珍说前年她去北京参加国家民委组织的活动时，专门见过陈娜。格桑曲珍去，也是受卓玛之请，希望能在她们母女间做些和解工作。算起来，陈娜是格桑曲珍的晚辈，年岁相差却不远，两人一见如故。格桑曲珍说陈娜对冈底斯以南其实也很感兴趣，只是嘴硬，她对陈娜讲冈底斯以南的风土，讲她经营的邦典厂，还有那些援藏者的生活，讲她知道的卓玛姐姐，她们互留了微信，这几年一直保持着联系。

大家东扯西拉地聊着，格桑曲珍的儿子终于安静了下来，他爸就抱他去休息了。德吉央宗妈妈也困了，小如就说很晚了，休息吧。旺姆却还精神，还要画画，格桑曲珍说明天学，仙女姐姐要睡觉了。小如说旺姆要不要和姐姐睡呀，旺姆看着她的妈妈，格桑曲珍说，好吧，不许玩太久。旺姆就跳下沙发，拉着小如去客房。格桑曲珍早就在客房沙发铺上了几层厚棉被和毛毯。里面小客房里也铺好了。老人一家去休息了。内客房里，传来小如和旺姆的笑声，我和锐强头靠头睡下，感叹藏民家的殷实与幸福。客房没有炉火，寒气逼人，睡意袭来，和锐强道了晚安。万籁俱寂，隐约中，听到有人在诵经。

我迷糊着问锐强听到没有。锐强说佛堂里放的录音……

次日将亮未亮小如就起来了，又将早醒了却蒙头在被子里的我和锐强叫起来，说她出去看了，东边天空朝霞美极了，一会儿可以看东山顶的日出。我和锐强不太情愿地起来，德吉央宗妈妈已经在老厨房里忙碌着，为我们做糌粑。我们洗漱毕，出门看日出，推开门，寒气扑面。外面已经有微的光，院子里的残雪在微光中隐约，东山尚暗，西边的高山尖，已提前感受了日光，山尖的雪色在微光里泛着浅的紫，天空浅橘浅蓝。景虽美，奈何太冷，三人在外面转了一圈，受不了冻，没等到日出，又跑回温暖的老厨房，看德吉央宗妈妈做糌粑，喝着甜茶，在德吉央宗妈妈的教导下用手抓起糌粑面，边揉边吃边喝油茶，一天美好的时光就这样开始了。

差不多早上九点钟，格桑曲珍来问我们要不要和她妈妈一起去茶馆喝甜茶。原来镇上的女人们，每天早上都要去茶馆喝甜茶的。德吉妈妈每天早上八点钟就去，喝到十点钟，然后开始一天的劳作。她对女儿说家里有贵客，她想去喝茶，又怕怠慢了我们。小如说太好了我们一起去茶馆啊。德吉央宗妈妈脸上笑开成一朵花，牵着打扮得漂漂亮亮的旺姆，领着我们一行出大院门左拐，走一百多米石子路，右拐上一条黑青的柏油路，顺路右拐，行不到二百米，就进入杰德秀镇区了。路上不时遇上着传统藏袍的妇女，见到德吉央宗，和她用藏语打招呼。德吉央宗大约是向她们介绍了我们，于是她们双手举过了头顶合十对我们道扎西德勒，我们也学着她们的样子双手合十举过头顶，弯腰致意道扎西德勒。转过右拐弯道，左拐，路边出现大片宏伟的建筑。锐强看见了路标，说，这是著名的顿布曲果寺啊。经过寺院门口，不时有藏民转着手摇经筒进寺。我们一行经过寺院门前转经筒长廊。德吉央宗走在前面，伸出手一个一个转动着经筒，我们也学着她的样子一路转着经筒。经过寺院，前面就到了镇子边缘，右拐，一条小街，街边全是低矮的老房子，房门口挂着厚的棉布帘。德吉央宗妈妈说，这一条街都是茶馆。她说带我们去的那家，是她妹妹开的。小旺姆在前面跑了进去，德吉央宗妈妈招呼着我们，掀开棉布帘，将我们一一让进屋内。室内光线昏暗，茶馆不大，估计也就二十来个平方米，进门右边一个烧茶的小炉灶，围灶坐着几个中老年女人，见到我们进去，都开心地笑，像盛开的花朵。和我们道扎西德勒。前面靠窗，有四个喝茶的卡座，茶几，木椅上垫着卡垫。屋里飘浮着浓浓的奶茶香。我们在靠窗的位置坐下，德吉央宗为我们叫了甜茶，就和她的老姐妹们围坐在一起聊天。不一会儿，茶馆老板、德吉央宗的妹妹给我们沏好了甜茶，一喝，才知道，原来甜茶就是我们平时喝的奶茶，只是奶味更加醇厚。德吉央宗的妹妹问我们好喝不，我们都说好喝。那边喝茶的妈妈们，邀请我们转坐过去烤火、喝茶。那些老妈妈看上去比德吉央宗年轻，但都不会说汉语。德吉央宗妈妈不仅能说，能认识得不少的汉字。我听她们似乎在说起卓远山和马桂花，还说起了卓玛。德吉央宗妈妈做起翻译，说她们都在夸奖卓玛一家人。一个老妈妈说她的眼睛不好了长了白内障，是卓玛给她做的手术。女人们在一起，似乎借由卓玛一家，回忆起了一些陈年旧事，几个老妈妈边说边揩眼泪，一会儿又爆出欢乐的笑声。德吉央宗妈妈也没有翻译，我们就默默喝茶，沉浸在这上午茶的美好时光里。喝了一小时左右。我们告别茶馆众人，经过顿布曲果寺，德吉央宗妈妈带我们进去，请喇嘛给我们祈福，一行人回到邦典厂，那些喝过早茶的女工们，这时才三三两两来到工厂。又听一个女人说了些什么，原来离工厂一公里左右的河边有僧人在做法事，那些女工又放下了手中的工作，一起去看法事，再回到工厂时，已经是十一点。我问格桑曲珍，工人这样管理怎么计工资。她说计件，大家都自由自在惯了的，每天有时间就来厂里织一会儿，一天做上四五个小时，能挣上五十来元。

厂里的工人开始工作，我们三人在小旺姆的带领下，在镇子里转了一圈。杰德秀古镇不大，横竖几条老街，最负盛名的鲁康街，据说有六七百年历史，是当时山南地区最大的物资交流市场，青海、四川、云南等省，甚至印度、尼泊尔、不丹等国都会有商人慕名而来，鼎盛时杰德秀有商户二三百家。我们到达时在隆冬，街上除了些本地居民外，偶尔能见三五游客。青石路面的街不宽，两边商铺多是出售邦典、氆氇、酥油、奶渣、藏碗、铜器、银器、服装、鞋帽、家电。也有联通、移动公司的营业点，有银行、邮局。在镇上转悠到下午，回德吉央宗妈妈家，已经做好了午饭在等我们。德吉央宗的大儿子扎西顿珠和他的妻子、孩子们都来了。原来德吉央宗告诉她儿子，他卓干爹故乡来人了。扎西顿珠脸膛黑红，脸上有着典型高原男人的硬朗和深深的沟壑。见我们进门，扎西顿珠深弯下腰，双手合十高举过头顶，快步迎了过来道扎西德勒，拉着我的手到玻璃暖房的餐桌边坐下，暖房阳光明亮，温暖如春。我们一行脱下厚的大衣，坐下来吃饭。为了照顾我们三人的习惯，中午又是米饭，烧了大盘羊肉、牛肉，煮了本地出产的土豆，土豆糯香，比别处吃到的不一样。我一口气吃了四个，对米饭倒一点兴趣没有。边吃饭，自然又要说到扎西顿珠的干爹，他的救命恩人卓远山。扎西顿珠从背后沙发上拿过来一个高约一尺、宽约半尺的相框，相框里一张黑白照片，照片上一英俊长脸中年男子。扎西顿珠用衣袖揩着相框递给我，说这是他干爹的照片，是他最珍贵的。扎西顿珠不善言谈，所述故事，和德吉央宗讲过的差不多。不过他讲了些儿时记忆中的幸福时光，讲卓远山开车带他去过贡嘎县城，去过山南，去过拉萨，在当时，镇上大多数人最远也就去过贡嘎县，这使得他在小伙伴们中很是骄傲。扎西顿珠说干爹还带他去过拉姆拉错，告诉他站在湖边，能看到自己的前世今生。我问扎西顿珠看见了什么，他说记不清了。总之是，那时候，他最喜欢的事，就是坐着卓远山的车去很远的地方，见别的小伙伴见不到的风景和城市。吃过午饭，我们又在小镇周边转了一会儿，天色渐暗。多吉才让电话来了，问今晚回不回市里，明天安排了去浪卡子的。又问住得还行？晚上冷不冷？我说很好，就是给德吉妈妈一家添麻烦了，晚上来接我们吧。当天，我们告别了德吉央宗一家。旺姆和小如已经混得很亲密，小尾巴一样黏着她。听说我们要走，旺姆牵着小如的衣裙。小如说，旺姆，和姐姐再见了。旺姆的大眼里突然就涌出晶亮的泪水，她转过身，背对小如，也不和她说再见。小如蹲下来，抱着旺姆，亲吻她的脸，说旺姆要好好画画哦，姐姐明年再来看你。小如说着将挂在胸前的玉挂件摘下，挂在旺姆的脖子上，说旺姆看到这个就记得姐姐了，不要忘了姐姐，要多画画哦，长大了，跟姐姐一样考中央美院。旺姆眼里泪汪汪的。格桑曲珍抱过了旺姆，说，我们家来来往往客人很多，她从来没这样黏过别人，和你是特别亲昵。又说旺姆和姐姐再见。旺姆委屈地和小如说再见。我们一行上车，车走远了，格桑曲珍还抱着小旺姆站在路边挥手。小如突然控制不住失声痛哭起来。我们不知该说什么好。小如和旺姆只是相处了一天，就有这样深的感情，想到卓远山和扎西顿珠，想到扎西顿珠的父亲强巴在卓远山死后的痛苦，那份感情该是如何深沉。小如突然说我们不该来的。我们安慰她说旺姆爱画画，你这个会画画的神仙姐姐，在她心里种下的是一颗种子，许多年后，这颗种子会在她的心底发芽、开花。

接下来半个月，我们一行走遍了冈底斯以南每个县。离开冈底斯以南这么久，我心底里印象最深的，还是我们离开德吉家时，旺姆那水汪汪的大眼睛，想到那大眼睛，总是想起画家艾轩的画。在我那已经消逝的小说中，我曾用大量篇幅描写旺姆的大眼睛，也写到旺姆和小如分别的这一幕。不过，在那篇小说中，旺姆喜欢的不是小如，而是卓玛的女儿陈娜。我曾对卓玛承诺，要以她家三代为原型写小说，我要在小说中，帮她完成未竟的心愿。我要让她深爱过的男人在多年后从大洋彼岸回到中国，回到西藏，回到山南，他应该知道这世界上还有个女儿。我要让他们的女儿陈娜原谅她妈妈，让母女和解，还要让她重新认识她的父亲，那个和她没有血缘关系的父亲。我要让她来到冈底斯以南，对父亲说声谢谢。我要让陈娜回到冈底斯以南，走遍她祖父、祖母、外公、外婆、父亲、母亲们走过的冈底斯以南的土地，走遍这冈底斯山至念青唐古拉山以南，雅鲁藏布江在此地漫滩而成的数百公里的湿地，走遍这西藏文明的发祥地，走遍这里六百多公里的边境线，走遍山南乃东、扎囊、贡嘎、桑日、琼结、曲松、措美、洛扎、加查、隆子、错那、浪卡子十二个县区，二十四个镇，五十六个乡，五百九十六个行政村。我要陈娜明白，她们一家三代，为了大爱舍了小家，让她明白她的父亲母亲，她的祖父祖母，她的外公外婆，她们是挚爱着她的。她的血脉里流淌着她们的崇高血液。她应该为此而自豪。我要让她一路寻找着先辈的足迹来到冈底斯以南，最后来到德吉央宗家。我要让她明白，冈底斯以南，念青唐古拉以南，雅鲁藏布江中游的这片土地，有着怎样的诱惑。

在小说中，我虚构了她和亲生父亲相认。

小说开头，她的父亲“老头”和她，他们同时坐上了从格尔木到拉萨的列车，同一节车厢，同一个包间，面对面的两个铺。我让她手中拿着马原的小说《冈底斯的诱惑》，我让老头和她因为这本书开始旅行中的聊天。当然，在小说中，她的母亲已经离开冈底斯以南回到内地，而独自归来的她，发现家里居然有为她准备的房间，母亲每年为她添置的新衣整齐地放在衣柜，等候着她随时归来。我还写了旺姆和她之间的情感。在小说的结尾，我让她做出了和她母亲当年一样的决定，留在冈底斯以南当美术老师，这样她就可以陪伴着旺姆成长。

遗憾的是，那部小说从我的电脑里消逝了，我再也无法重写。半年之后，我再次打开电脑，将我所定的小说，和小说中人物原型的故事，一一记录下来，并以此篇文字，献给我二〇一八年底二〇一九年初的山南之行，献给我的同学卓玛一家。

补记：写完上面的文字的最后一个句号，时在二〇一九年九月一日晚上十一时，我接到卓玛微信，谢谢我为她写的小说。她说女儿陈娜看了我发给她的小说，决定国庆节回冈底斯以南的家。我说小说刚敲完最后一个句号，我没有发给任何人。卓玛说你别卖关子了，一会儿说什么小说突然消逝了，一会儿说刚敲完最后一个句号，陈娜说你把小说发给她了。我什么时候将小说发给陈娜了？我不记得了。我记得，我问格桑曲珍要过陈娜的联系方式。那，“老头”呢？陈娜是否会在前往拉萨的列车上遇到她父亲？我知道，那是我的梦，也是卓玛的梦。愿所有善良的人好梦成真。

2019 年 11 月 10 日定稿于广州

不断说话

真的无言并非沉默，而是不断说话。

——阿尔贝·加缪

那么，好吧，你听我说。

这么多年来，我一直生活在南方。我是木命，南方雨水充沛，适宜树木生长。事实上，在南方，我从来未长成一棵树，而更像一株麦子，在城市的街边生长，谦卑而顽强。南方多河，我生活的木头镇就有一条河，河名忘川，是珠江的支流。这条河为什么叫了忘川这样一个充满虚幻感的名字？我没有考据过，也未曾打听。事实上，在木头镇安家多年，内心深处总觉得我是这小镇的过客，我从未关心小镇的过去、现在与未来，就像小镇不曾关心我的过去、现在与未来一样。这样说，并不意味着我不热爱这小镇，热爱和归属感是两回事。我热爱南方，热爱这南方的小镇，热爱小镇的繁华，还有那流经小镇的河流。有了河，就有桥，小镇有许多桥。最著名的要数忘川大桥，一座银灰色的钢铁水泥结构大桥，铁路公路两用。从我工作的八楼窗口往下看，就能看到忘川大桥。对这座桥，我说不上喜欢或不喜欢，在我的词典里，它就是一堆没有生命的钢铁水泥。不停地有行人走过，有汽车通过，有火车穿过。行人与汽车总是那么拥挤，火车穿过时，钢铁与钢铁发出快节奏的撞击声冰凉刺耳，让我想起达利的某些超现实主义油画。我爱达利，这个热爱享乐、声名与金钱的艺术家，他对世界的想象时常激发我工作的灵感。这是一个崇尚享乐、声名与金钱的时代，有关崇高的词汇已日渐稀薄。我是世俗中人，自然不能免俗。但标志着成功的金钱与声名，一直与我无缘。

说说这座桥，它将在后面的述说中，成为一个重要的道具。

据说有诗人为这座桥赋过诗，还用上了“长虹卧波”之类俗极的词。还有一个摄影师，数年如一日地在拍摄这座桥。这位摄影师是我的朋友，许多年前，作为小镇第一代打工者，他随着工程兵团来到小镇搞建设，转业后留在了小镇，并在政府某部门谋得一官半职，位不高，权不重。他喜欢和我这样的打工仔混在一起，是个不适合走仕途的人。这些年来，他一直在坚持拍摄忘川大桥，每周至少一次，风雨无阻。对此，我的摄影师朋友有他的见解，他说他要用相机记录时间的重量，他不知道自己会拍到什么，但他的直觉告诉他，这项工作有意义。我问他知不知道莫奈，那个伟大的印象派画家。他问我莫奈是哪里人。我告诉他，莫奈为鲁昂大教堂绘制了三十余幅油画，有时他在不同的角度同时支开几块画布，他奔走于几块画布之间，捕捉阳光走过大教堂时留下的痕迹。莫奈说他每天都会有一些头天未曾见到的新发现，于是赶紧将其补上，但同时也会失去一些东西。我对我的摄影师朋友说，你坚持拍摄忘川大桥，是在做一件和莫奈反复绘画鲁昂大教堂一样伟大的事情。他笑笑，说其实也是一种惯性，他拍了几年，积累了上万张照片，但一直未找到意义所在。直到有一天，他拿着一沓照片给我看，他眼里的光亮告诉我，他找到了想要的东西。从此，众声喧哗，上帝无言。

在很长的时间里，这座桥，在小镇大抵是被人忽略的。近半年来，情况发生了变化，因为不断有人爬上桥去寻死，忘川大桥一时间声名远播。时至今日，许多人大抵都淡忘了第一个爬上大桥的人，我的摄影师朋友不会忘却，我也不曾忘却。那天我坐在窗口，像现在一样，望着窗外发呆，其时正是春天，忘川大桥桥头高大的木棉盛开满树的红，像没有温度的火。我看到许多人往桥上拥，我看到车辆像一群甲虫，从桥的两头向中间挤，然后被警戒线挡在了桥上，于是甲虫们见缝就往前面钻，还有甲虫从四面八方汇集而来。我是先发现满桥的甲虫，然后再发现有人爬上了桥的。那次，爬桥人从桥上一跃而下。从我的角度看，他更像是一朵木棉花，轻盈地从钢架桥上飘零。

后来我想，是他那件醒目的红衣给了我这深刻的印象。而我的摄影师朋友，用相机记录下了整个过程。红衣人从桥上跃下的一瞬间，被他定格在镜头上，美轮美奂。第二天，这座桥，连同那跳桥的人，一起出现在了报纸和电视上。我从报纸上得知他跳桥的原因，这原因如同那个有关彩虹的比喻一样司空见惯，比比皆是。

一个打工仔，被厂里的机器弄断了手。老板不肯赔钱，原因是他并不是开冲床的工人，只是一个做搬运的杂工，却跑进了冲床车间乱动机器。也许，他是想学会一门技术，比方说开冲床，这样他将能拿到比当杂工高一些的工资；也许，只是出于好奇，他还很年轻，正是好奇心很强的年龄。总之是，他不该摸那冲床。他失去了一只手，被老板踢出了厂。他可能也想过许多办法为自己讨还公道，然而未有结果。如果不是走投无路，他不会想到用放弃生命来示警。他爬上了钢架桥。现在，没有人知道，他在爬上桥之前，经历了怎样的心理，也没有人想要知道。蜂拥而至的记者们站在客观的立场报道了此事，他们采访了老板，让老板也有表达的机会。我还记得那老板的样子，他身体单瘦，背有些驼，脸上很疲惫。老板似乎很无奈，他说金融风暴来了，他这样的小企业，本来就风雨飘摇，他说那打工仔不是冲床工却要跑去开冲床，被弄断了手，他也很同情，虽哀其不幸，但更怒其不争。这个“其”，当然是指那断了手的打工仔。老板说他对打工仔的事不负责任。记者问老板，那该谁负责？老板说这个问题你不要问我。后来的结果怎样我们不得而知，报纸和电视未有跟进，第二天，媒体又找到了比跳桥有噱头的新闻。

我的摄影师朋友，大约是第一个见到红衣打工仔爬上桥的人。他说当时他和平时一样，在忘川大桥上寻找。当他看到有人在爬桥时，本能地举起了手中的相机，记录下了红衣打工仔从爬桥到跳下来的全过程。他拍下了一组美得残忍的照片，却让我感到一丝隔膜与冰冷。后来的很长一段时间，我们的交往淡了下来。这事过去后不久，在桥边的人行道上，出现了一个乞讨的女人，女人长时间跪着。她的面前摊开着一张报纸，报纸上报道了红衣打工仔的跳桥事件。她的面前还摊开着一张白纸，上面写着一些话，大意是，她是那跳桥孩子的母亲，来城里处理孩子的后事，也拿到了一些抚恤金，但钱被小偷偷了，她回不了家，希望好心的路人施舍一点回家的路费。报纸和白纸的四角压着几块石子，一些零星的钞票散落在纸上。我每天都从女人身边经过，也曾经往她的面前扔过硬币。女人在桥上待了很久，以至于我把她当成了桥身的某个固定结构，直到某一天她突然消失。也许她筹集齐了回家的路费吧，我想。后来我偶然在木头镇火车站广场见到了那女人，她依然在乞讨，但面前白纸上的求助换了一个说法。我无权谴责她利用人们的同情心骗人。当街跪下，是需要极大勇气的。也许，当跪下成为一种职业习惯时，她的内心已然麻木。但她的第一次跪下，一定经历了我们难以想象的挣扎，我一直想不明白，是什么给了她这样做的勇气。

那个乞讨女人离开忘川大桥后，我总觉得这桥上缺了点什么。在木棉花把一树的红变成绿时，我差不多已忘记那个跳桥人，以及那桥上缺损的部件——乞讨的女人。桥像一个受了冷落的孩子，时不时总要不甘寂寞地捣蛋一下，以期引起人们的注意。又有人爬上了忘川大桥。过程和前一次差不多，围观的人越来越多，上一层的桥面，汽车把桥堵得严严实实，只有下面一层的铁路上，时速二百五十公里的准高速动车有力划过，钢铁与钢铁发出坚硬的声音，动车组将广州、东莞和深圳串在一起，成为所谓一小时生活圈，成为所谓的“深莞穗三地同城”。自从金融风暴后，报纸上关于“深莞穗同城”，“广佛同城”的讨论就多了起来。这对我的生活多少有一些间接影响，至少它像画在我老板面前的一个饼，让我的老板看到了希望。金融风暴后，许多的企业都减少了广告投入，特别是房地产首先感受到了冬寒。地产广告的投入量锐减，导致我打工的公司业务量锐减。开始时，老板还在安抚我们，说：冬天来了，春天还会远吗？说：寒冬杀死的是抵抗力差的动物，大自然优胜劣汰，我们的竞争对手将在这次寒冬中死去一大片，我们只要坚持下来，就是胜利。说：现在我们要像虫子一样蛰伏，冬眠，但是冬眠不是休息，是一种主动的、积极的生存策略。老板说完这些话后不到两个月，就陆续辞退了一半的平面设计师。这也是她主动的、积极的生存策略之一种。作为一名文案，我在公司苟活了下来，但从此一个人要做三个人的工作。就算这样，我仍然对老板感恩戴德。最起码老板认为我应该对她感恩戴德……那天的结果似乎有所不同，爬上桥去的人，最后爬了下来。这样的结果，自然令许多人失望，值得欣慰的是，他的诉求似乎得到了解决。后来，隔一段时间，就会有人爬上忘川大桥，但再也没人从桥上跳下来过。每一次有人爬桥，总是会引来媒体的关注。在媒体关注的同时，人们也开始了对爬桥者的谴责，甚至有人建议要严惩“跳桥秀”。还有人算了一笔账，得出结论，每次有人跳桥，造成的社会直接经济损失高达六百五十三点八万元。我不懂经济，不知他如何得出这精确的数字。我只知道，爬桥寻死的人多了，我这看客也渐渐麻木，只隐隐期待有人从桥上跳下来，给我这平庸的生活来点刺激。

在木头镇，我的生活与这桥息息相关。这些年来，我记不清多少次从桥上经过了，桥的一边，是我工作的地方，另一边，是我的家。我每天早晨从桥南往桥北上班，晚上从桥北往桥南睡觉。自有人跳桥后，经过这桥时，我总爱抬头琢磨。我怀疑，这桥被什么力量施了魔法，不然为何总有人要爬上去？是什么让这么多的人以生命为赌注来发出自己的声音？也许这些人都和我一样，有着强烈的说话的欲望，但他们说出的话无人倾听，他们发出的声音淹没在众声喧哗里。我们都想说话，都热衷于说话，却越来越少人有倾听的耐心。我也是这样的人。走过忘川桥，当我停下脚步，触摸大桥冰凉或灼热的钢铁时，也曾有爬上去的冲动。好几次，我一抬头，总看见那凌空的钢架上坐着一个穿红衣的男孩，喧嚣的世界在那一瞬间退到了远方，我的世界变成了一幅黑白画面，也不纯是黑白，在无边的黑白中，那男孩的衣服是红色，不是暖色的红，是冷红。我一直疑心那是我的梦境或者幻觉，但接下来，那男孩冲我招手，他的声音缓缓爬进我的耳朵里：

别走呀，你听我说……

有时候，男孩不说话，望着远方发呆。风吹动着他的红衣，他的两条腿吊着，一前一后晃荡。他的一只胳膊上，缠着厚厚的白纱布。每当这时，我背上的汗毛就无声立起，有电流从发梢到脚心，瞬间掠过我的身体。我落荒而逃。我害怕我经受不了桥上那红衣男孩的诱惑，当真爬上去倾听他的诉说。我对公司的同事说起过这事。同事们冲我笑笑，说：好冷！他们不是真感觉到冷，他们以为我在说冷笑话。过了两天，我又对他们说我看到了那红衣男孩坐在桥上。我当时并未意识到，我这样的诉说，让我变得有点像祥林嫂。是的，祥林嫂为什么要反复地诉说他的阿毛？是什么让祥林嫂有那反复诉说的强烈愿望？我不清楚。我只知道一点，桥上那个勇敢跳下去的男孩，那个断了手的工仔，他一定也曾有过强烈的诉说愿望。他是否也和祥林嫂一样，未能觅到一个倾听者？想到这些，我的胃就会收缩。我害怕我也成为这样的人。一次一次，我说我想爬上那座桥，我说那桥上有一个红衣男孩。我的同事们都习惯了。于是他们说：是呀，真有一个红衣男孩，我们也看见过。

我说是真的有，我没骗你们。

他们笑着说：我们也说的是真的，没骗你。

我发现，我无法和他们沟通。我们不是一代人，我出门打工时，他们还在读小学，现在我们是同事，他们叫我老师，或者前辈。这让我感觉到光阴的无情。我的同辈们，在金融风暴来临后离去，被大浪淘沙，更年轻的一代坚持了下来。他们和我不一样，有工作的时候，他们玩命工作，但工作再累，他们也不会忘了半夜三更起床，打开电脑，在网络上“偷白菜”“摸美女”。他们极力鼓动我加入他们的行列，我无动于衷，就像我对他们诉说那红衣男孩一样。我们关心的问题有着太大的差别。我知道这个世界，人人都需要多一些轻松与快乐，人们需要后现代式的消解，需要生活的轻。而我的生活是一块开花的石头，长满了时间的重。和他们，我变得无话可说，但我说话的欲望却与日俱增。对老板自然不能说这些，说了她会毫不犹豫地炒掉我。回到家里也不能说，我不能让家人为我操心。后来，我在桥下遇见了她，我莫明其妙地觉得，我和她之间会发生一些事情。我觉得，也许，她会是我最好的倾听者。

该说说她了。但真要说时，才发现我对她所知甚少。我想她可能和我相反，她在桥北居住，在桥南上班，于是我们经常会在早晨和傍晚，在桥上相遇。相遇的次数太多了，也许我们的目光不止一次有过交流，而且，她让我想起了一些久远的事，一些久远的人。我们就这样认识了。从未打过招呼，但已俨然是老熟人。有时，如果一连两三天，我未在桥上碰见她，心里便会有一些失落，担心。有时我又怀疑她是否是一个真实的存在，或许她只是我心有所思投射出的一个幻影。或许，她是我的——反物质。不止一次，在我们相视一望，然后擦肩而过时，我产生过要摸一下她的想法：用一根手指头，轻轻地触碰一下她，感受她是否真实存在。但我不敢，我害怕她真是我的反物质。据说宇宙中的万物，有正物质，必有其反物质，而当正物质和它的反物质相接触之后，会释放出惊人的能量。据说一个人的正物质与反物质相接触产生的能量，比扔在广岛的原子弹要大数万倍，足以毁掉我们的地球。

我耽于幻想。我幻想着和我的反物质相识，我们一起逛街，走遍小镇的每一寸土地，最重要的是我们说话，不断说话，把这一辈子的话都说完，把上辈子没能说的，下辈子可能说的话都说完。但我们必得保持应有的距离，我们不能有任何亲昵的行为，哪怕是牵一下手，后果都将是万劫不复。

我对她说：我在桥上看到了那红衣男孩。

她说：是的，我知道。

她不说她相信，而说她知道。我当时应该想到"相信"和"知道"这两个词的区别，但我当时忽略了这一点。

我说：别人都不相信我。

她说：我相信你。

这一次，她说的是相信，没有说知道。

她说她和我一样，每次经过忘川大桥时，总有想爬上去的冲动。她还说她不能站在楼顶，每次站在楼顶，她都有想跳下去的念头。自由落体，一定是世上最美的飞翔。我说我和她一样，我也不能站在楼顶。为此，我总是租住有防盗网的房子，其实不是为了防盗，是为了防止我哪天禁不住飞翔的诱惑从楼上跳下去。

又有人爬上了忘川大桥。这一次，爬上去的人，在桥上磨蹭了足足五个小时。我站在楼上看风景。我看见桥上挤满了被堵塞的车流和看热闹的人群，我看见警察到了现场，他们在桥面上拉起了两道警戒线，还铺上了充气垫。我的第一反应，居然是给我的摄影师朋友打电话。然而我的摄影师朋友接过电话就说他现在没空，说忘川大桥有人爬桥了，第十九个，说晚上再给我电话。我苦笑，继续看那爬桥的人。爬桥人穿一件白衣，开始是坐着的，还在桥上拉了一条长长的横幅，大约又是有什么事情无法通过正常渠道解决，那横幅上肯定写着他的诉求。我看不清横幅上的字。桥下聚集的人越来越多，我看到警察也来了，桥上的人似乎也兴奋了起来。他开始从钢架上站起来，摇摇晃晃地从一边走向另一边，于是，下面的警察就拖着充气垫跟着他移动。他的举动，让我们疲惫的眼睛获得了短暂的快感。我的同事们都挤到了窗口，随着爬桥人的摇晃而惊呼。但那爬桥人似乎是高空杂技演员出身，他伸开双臂平衡身体，他的身体看似左摇左晃，但他的下盘稳重扎实。他来回走动，只是短时间获得了我和我的同事们的好感，走了几个来回之后，就显得了无新意。甚至于，在桥下随着他的走动而移动充气垫的警察，也有了一种被他戏弄的感觉，我是这样想的，因为那些警察现在不再随着他的走动而移动充气垫了。爬桥人大约也觉察到了这一点，他停了下来，似乎在思考着怎样出新出奇……这是一个需要创意的时代，就像我所从事的工作。我在广告公司打工，公司的主打业务是房地产广告。现在我正在做一家逆市开盘的高尚住宅的广告创意。我一直觉得，做楼盘广告创意，是这世界上最不靠谱的工作。我们要为那些大同小异的楼盘的目标客户想象出他们所能想象到的未来的生活，还要为他们的目标客户想象出他们不敢想象或者想象不到的生活。想象出青山绿水早就了无新意，想象中的欧美风情亚平宁半岛风情同样是过时的创意。我们这些广告策划师，做的是绞尽脑汁无中生有的工作。干我们这行，一个策划师的职场寿命，不会高于五年。三年，你的想象力就被会榨干，你能想象到的都被想象过了。如果这三五年内你不能积累足够的资源自立门户，或是讨得老板喜欢升为总监之类，那你大约就只能改行。这话是我刚入行时，我的老师对我说的。而现在，我当了六年广告策划师，我的想象力早已枯竭，现在不过靠东抄西拼剽窃别人的创意混日子，我想象不出都市里的富人们梦想中要过的是什么样的生活。西班牙、普吉岛、香榭丽舍大街，甚至……白宫……我们这一行的众多策划师，用思维创造了一轮又一轮时尚浪潮，引领着城市的中产阶级和资产阶级，把世界上奢华的、浪漫的地方走了一大圈，现在又开始向非洲那些穷得鸟不拉屎的地方进军了。把中产阶级和资产阶级引向一种臆想的、脱离本真的生活，我这样的无产者擅于此道。有时我很为自己的工作感到荒唐和可笑，怎么就会有人相信这种虚拟的生活，相信模型师和平面设计师用一双手做出来的骗局。而创造出这些假象的人，却生活在这小镇的贫民窟。也许，正是因为现实中对奢华的缺失，才让我们这些设计师有了想入非非的空间？就像人没有翅膀，却总在内心深处萌动着飞翔的欲望。而这世界上的大多数人在沉默着，我的创意，与他们的生活无关。他们住在亲嘴楼里，他们生活在流水线上……他们，把自己搁在桥上，然后像一朵花那样飘零……是的，现在，在那钢铁的桥上，那白衣的跳桥者，又有了新的创意，他开始像猴子一样往更高处爬。他要不断出新出奇，但他的能力有限，如果他能做一个倒挂金钩，或是像评书中说的那样，一个燕子三抄水，从一边掠到另一边，也许会博得更多的喝彩，然而他没有那种能力。他往上爬了两米，又坐了下来。我的脑子里没有了创意。窗外的一切，又变成了一幅黑白画面，那白衣男人坐在桥上。我又看见了那穿红衣的男孩，他就坐在白衣男子对面。我喊我的同事们，我说你们看，桥上现在有两个人，一个穿白衣，一个穿红衣。同事们也看见了桥上的另外那个人，他们说，你真的是个色盲，那哪里是红衣，那人分明穿的黄衣。也许，我真的是色盲，我的世界经常是黑白的。但黑白世界中的那一抹冷红，是那么刺眼。我看见红衣人和白衣人，他们面对面坐着，似乎在谈判，或是在谈心。

我把注意力从桥上拉回到电脑屏幕。我绞尽脑汁，意欲想出一些词语。

老板过来了，老板的脸色很不好，有些发黄。

老板说，你的方案做好没有？

我说我还在寻找灵感。

老板说你的灵感这么难找么？你要找到什么时候？

我的同事悄悄在 QQ 上给我发来一句话：等你找到，生个娃都老死了。配着这句话的，还有《武林外传》中同福客栈的老板娘。

我说，老板，搞创意真不是这样枯想能想出来的。

老板说，是不是让我给你配几个美女你才有灵感？

我想说还真是这样的。过去我们公司为什么创意做得好？因为我们有一个团队，几个人坐在一起，喝着咖啡，胡吹乱侃。我们的创意，就是不断说话中不经意跳出来的，一点星火，我们抓住它，七嘴八舌，创意渐渐浮出水面。而现在，就我一个人苦思冥想，哪里能想得出来。但是我没敢说。我低着头，说我努力。老板永远不会知道，我需要交流，需要说话，不说话，我的脑子就是一团糨糊，我的思想就是一潭死水。老板说，明天如果再做不出方案来，我只好另请高明了。老板说你知道，现在金融风暴。金融风暴之前，老板对我们要好得多，风暴来了，设计人才开始过剩，老板同我们说话底气足了许多。这一天终于来了。我想，死猪不怕开水烫。我看着窗外，我看见那白衣的爬桥人终于爬下了桥。他很快就被警察带走了。然而，后爬上去的那人却坐在桥上没下来。

那人不是上去谈判的么，怎么自己倒不下来了？

我的同事这样问。

我说，我早说过，那人不是上去谈判的。后来上去的红衣男子，其实就是春天的时候那跳桥而亡的男孩。

是，那红衣男人是个鬼，好了吧。我的同事这样说。

现在，红衣男子（我的同事说是黄衣男子，难道我真的见了鬼？）坐在了桥上，下面似乎有人在劝他下来。这样坚持了没多久，又有人爬上了桥。真的见鬼了，今天似乎在小镇举办爬桥大赛。最后上去的选手身手矫健，三下两下就到了红衣男子（我的同事仍坚持说是黄衣男子）身后，真正有创意的事情发生了。我们看见后上的选手迅速朝红衣男子——好吧，亲爱的同事们，那就黄衣男子——推出了一掌，我们看见那黄衣男子从桥上坠落……漂亮的自由落体！后上的选手英雄一样，朝桥下的人挥手致意……

到晚上下班时，我还是没能找到灵感。我知道，明天，也许我要重新开始找工作了。我在办公室里坐到很晚，天黑了，同事们都已离去。小镇亮起一城灯火，璀璨夺目。窗外的忘川大桥也亮起了霓虹。灯火倒映在水面，半江瑟瑟半江红。小镇真美，美得奢华。我第一次发现，站在我工作的窗口看小镇，小镇如此多媚。我知道，也许这是我最后一次从这个角度欣赏小镇的娇媚了。我再次发现我的懦弱与不自信，我知道，失去这份工作之后，我将很难再在广告创意这一行里找到自己的位置。我的经历当然能让我找到新工作，但一个再也没有了创意的创意师，在新的公司里，一般都不会挨过试用期。我突然发现，这么多年来，我不停地胡思乱想，把自己的想象耗尽了，现在只余下一具空壳。我感到了寒意与恐惧。对明天，我失去了信心。离开办公室时，已经是晚上十点。我步行回家，经过忘川大桥。走到桥中间，我趴在桥栏上，望着桥下流动的灯火与七彩的波光。逝者如斯，不舍昼夜。我看到我的青春年华随着河水消逝……

我不想回家。

奇迹总是伴随我的胡思乱想而出现，就像此刻。我渴望她出现，她果然就出现了。远远地，我感觉到她在朝我走来，我也朝她走去。我们在桥上相遇。然后，我们都站住了。我望着她，她也望着我。对视着，就这样对视着，我感觉脚下的河停止了流逝，时光在那一瞬间转换到了另外的维度。

这么晚。她说。

这么晚。我说。

我们可能再一次擦肩而过。我们已经擦肩而过上千次。

能陪我说说话吗？她在擦肩而过的一瞬间，停下脚步。

她说的正是我想说的话。如果你忙，那就，算了。我知道，这样的要求，很，唐突。

我不忙。这要求很合理，一点也不唐突。

我，可能要失业了。她说。

我的心一跳。我想说的也是这话，但是我没有说。

我们开始了一小段时间的沉默。桥面上的车，比白天明显少了许多，行人也渐渐少了。

去喝杯咖啡，或者……我说。

就随便走走吧。她说。

找一个可以说话的地方。

找不到说话的地方，找不到说话的人，在这小镇。她这样说时，我抬头望了一下钢架桥。她也抬头望着悬在空中的钢架。

或者……我说。

我们相视一笑，她明白了我在想什么。说，很奇怪的想法。

当然，我们并没有真爬上去，三更半夜，一男一女，爬上钢架桥聊天，除非疯了。就算我们不疯，也会把桥上的行人吓疯。

只是想想。我说。

我们就靠在桥栏上，我面朝桥面，她面朝江水。

这么晚，你不回家，你爱人，她不会生气吧。她问。

我说：她才不会管我呢。我们俩，像陌生人一样生活着。

我不明白我为什么这样说。这样说容易给人造成误解，但却是事实。于是我开始解释，我说我们俩感情还是很好的，只是，我们没有时间交流。我老婆，在一家塑胶厂打工，每天我还在睡梦中，她就上班去了，我已进入梦乡她才回来。她总是在加班，没完没了地加班。她变成了一台加班机器，她喜欢加班，要是连续几天没有班加，她就会变得惶恐不安。没有班加的时候，我希望她多给我一些温情，她说，不是有了孩子么。似乎夫妻间做爱就是为了生孩子。她很认真地问过我，做那事真的那么有意思？她说她讨厌那事，她说男人在做爱的时候很龌龊。但这些，似乎都是遥远的记忆了。自从去年冬天，她加班越来越多。真的很奇怪，为什么金融风暴来了，她们工厂的生意一点不受影响。她说不是不受影响，是厂里大裁员，因此她们加班就多了。我多希望她的厂里少点活做，不用天天加班。有时我坚持着晚点睡，我要等她回来，我渴望着她的身体。她理解我的需求，但她实在太累，说来你也许不相信，她能在和我做爱时睡着。后来，我们之间，这样的事就越来越少。你看，我对你说这些，是不是有点不妥。你呢？说说你吧。本来是你想找人说话，倒变成我在喋喋不休了。

她望着江面，风吹动着她的长发。桥面的灯光，照着她的脸。她的脸色不大好，很忧郁的样子。

夏天还好一点。她说，我不能过冬，每到冬天，我就会失眠，会忧郁。

我渴望她说一说她的家庭，作为交换，我刚才说了我的家庭情况。然而她没有回应我的话题。

怎么说呢，她说，我的工作很简单，就是给领导写讲话稿。我每天从上班开始，就在写讲话稿，一直写到下班。我们有那么多的领导，从一把手到部门领导，大大小小十几个，每个领导每天都有会议，有会议就要讲话。而我的工作，就是为他们写讲话稿。这是一件看似简单，实际上很复杂的工作。比如同一个会议，书记该说什么，副书记该说什么，宣传科长怎么说，办公室主任怎么说，这都有分寸，有讲究，一点不能弄错。我还要揣摩每个领导的意图、喜好，要让我写出来的话，经领导的口说出来后，外人听了，像是领导自己的意思，领导也觉得，那就是他的意思。我感觉到，我是一个演员，每天在演着不同的角色。在一个角色与另一个角色之间不停地转换。有时又觉得，我不是演员，而是编剧。这，时时让我觉出荒诞感，我觉得我活在虚拟之中，一切都是那么地不真实。我记得有一次开会，会议室里坐了十几个领导，他们在一起谈论学习某份文件的心得体会。而十几个人的讲话稿，全都出自我一人之手。

我说我能想象出这样的情景是多么地可笑。

每个人都一本正经地坐在那里读着手中的讲话稿，她说，他们在大谈学习心得与体会。自然，书记的心得体会是最深的，几个副手次之，但是几个副手的体会，却不能分出高低来，得在同一个理解层面，接下来，下面各部门领导的见解，自然不能比书记副书记深刻，他们的理解要片面得多。他们围在会议桌边谈心得体会时，我坐在后面，装模作样做会议记录，当他们一个个都在说着我写出来的话时，我感觉到，其实是我一个人在说话，又觉得我一句话也没有说。最为荒诞的是，他们这些领导，也都知道他们的发言稿出自我一人之手。但他们一个个正襟危坐，认认真真走过场，一本正经搞形式。这就是机关。

我说我给私人老板打工，老板不爱开会，但工作没有做好她会骂人。

她说这一点我比你好，我们老板不会骂我，但是我们老板会给我小鞋穿。我可能又要回到工厂，或者公司里去打工了。我在公司里打了十年工，相比之下，在政府机关打工，还是比在公司里好得多，我们很少加班，如果加班，也会按国家规定付给三倍的加班工资……我的工作出了纰漏。你知道的，我们的许多领导，都是洗脚上田的农民，肚子里没有几滴墨水。因此在写讲话稿时，我一直是很小心的，尽量不使用生僻的词，如果实在要用，我都会在这个词的后面注上拼音，同时用同音的汉字标出来。你知道，作为一个领导，他们的形象是很重要的，如果讲话时读了错字，会觉得很没面子。他们丢了面子，首先想到的不会是怎么提高自身的修养，以免下次再犯这样的错误，他们首先就会迁怒于写稿的人，而且要迁怒也不会直说，直说显得他们没文化，他们会给人小鞋穿。

她说着当着我的面脱掉了鞋，让我看她的脚。她的脚小巧而精致。她说你看我的脚，是不是很小，原来我的脚是很大的，穿小鞋多了，就变小了。她这样说时，我感觉声音不是出自她的嘴里，而是来自桥上的某个地方。

我说你很幽默。

她说好在我平时细心，昨天，我又犯了这样的错误，我在为我们分管城建的副书记写讲话稿时，用上了“兢兢业业”这个词，我知道我们的领导习惯把“兢”字念成“克”字，于是在兢字的后面用汉语拼音和同音字“京”注了音。接下来我写了一个词，“点缀”，又用了一个词，叫“冉冉升起”。我没有想到，他连这两个字都不认识。他在读到点缀时，犹豫了好一会儿。下面听他讲话的人都看出来了，显然，他遇到了不认识的字。好在坐在他身边的另一位领导瞟了一眼他的讲话稿，轻声提醒了他这个字的正确读音，于是他咳嗽了一声，开始继续读，但是接下来的“冉冉升起”，副书记毫不犹豫地读成了“再再升起”，下面的笑声提醒他，他读错字了。我当时就感觉头皮发麻。真是防不胜防！

副书记说你了？我问。

副书记并没有对我说什么，但是他的脸色很难看……

我说难看怕什么，难看你装着没看见。我知道这话只是说说，像我们这样的人，从乡村走向城市，学会的生存第一课就是看人脸色。

桥上的行人越来越少了。我换了一个姿势，趴在桥栏上，我也盯着桥下的水，听着她的诉说。她的声音越来越遥远，像来自遥远的外星。我似乎在听，又似乎没听。我知道，她的这些话，是断不能在她打工的单位和同事们说的。回到家中呢？也许，她还没有成家。也许，她的先生和我的爱人一样，每天忙着加班加点，根本没有时间听她的这些诉说。

谢谢你，听我说了这么多。说出来了，心里好受多了。

我说，谢什么呢，感谢你对我的信任。时间不早了，你该回家了，再不回家，你先生该着急了。

我不清楚为什么要这样说，我这样说，包藏着怎样不可告人的心思？我是故意把话题往她的先生身上在引么？她看了一下时间，说，那，我先走了。

我说这么晚了，我送送你吧。

她说，不用。

她走了，走得很快，很坚定。看着她的背影消逝在桥的尽头，我有些怅然。我也该回家了。家里黑灯瞎火，妻子还没有回来。我洗了个凉水澡，一点睡意也没有。看看时间，快十二点。打开电视，看了一会儿丰胸广告。电视里的人都是话痨。看着丰胸广告，我开始想念起还在流水线上加班的妻子。我突然想去接她下班。我还从来没有去过她打工的工业区，也很少关心她在工厂里怎么生活。我很想她，我们有好多天都没有说过话了。我打了一辆摩的，去到妻子打工的工业区，找到了她打工的那家塑胶厂。厂子里灯火通明，那是我曾经的生活。厂门口的门卫室里坐着两个小保安，他们脸上的青春痘让我觉出了自己已老迈不堪。

我问保安，今晚几点钟下班？

一个保安没理我。

一个保安说，不清楚，反正不会早于两点。

我想再和保安聊点什么，关于金融风暴，关于打工、加班、劳动法、物权法、土地流转、资本论、剩余价值、腾笼换鸟、产业升级、贫富差距、中国威胁论……然而两个保安显然对我要谈论的话题不感兴趣。一个趴在桌上打瞌睡，一个站着，耳朵上戴了耳机，听 MP3。他听得很投入，一边听，身体一边抖动。我说老乡你听谁的歌？我想，既然他对我想谈的问题不感兴趣，那我就迁就他，谈他感兴趣的话题。我需要说话，不然这漫长的等待会让人发疯。听音乐的保安斜了我一眼，说，郁可唯。

郁可唯？

快乐女生你不看么？湖南卫视的。

我说看过一点点，看到一个女孩，一脸苍白，坐在那里弹着单调的吉他，声音怪怪的。

保安把耳机从耳朵上摘下来，他的眼里放着光：那是曾轶可，你觉得她唱得怎么样？

我说我也说不清，我不懂音乐。

保安却激动了，说，我真是不明白那个绵羊音怎么就进了全国十强。我从前还挺喜欢高晓松的，自从他力挺曾轶可之后，我对高胖子就失望了。上一周的排名赛你看没看，幸好包小柏又来了，他是那一晚唯一让人尊敬的评委。

在打瞌睡的保安这时突然跳了起来，说：你懂什么，不懂音乐就别在这里瞎说，我就力挺曾轶可，我觉得她的歌很有特色。一个五音不全的人，能唱歌唱到全国十强赛的舞台，这本身就是奇迹。不是吗？

也许，这个保安说得对。人们需要奇迹，于是诞生了各种各样的草根英雄。

两个小保安开始为自己的偶像争执起来。我的同事也看快乐女生。他们也和这小保安一样，分成了“贬曾”和“挺曾”两派。而坐收渔利的一定是电视台，被伤害的，一定是受争议的人。我的同事们说湖南卫视需要她的坚持，有了她的存在就有了争议，有了争议就有了收视率。我对这些不感兴趣。绵羊音高胖子包小柏快女不属于我的世界。我知道，我和这两个小保安之间，失去了对话的平台。许多年前，当我也和这两个小保安一样年轻时，我在工厂里打工，我做过不下二十种工，但那时的我，或者说我们，把打工生活弄得很苦很累，我们不懂得生活的轻，我们那一代人的眉宇间，总是写着家庭、责任、未来太多本不该是我们那个年龄承受的东西。我们那一代人，还很快学会了许多的坏，学会了利用手中可怜的权势欺负比自己更为弱小的同类。我们那一代的保安，会因为某个女工过了关门时间才回工厂而把那女工给睡了。这样的事情，现在的打工者不敢相信，现在的小年轻无法想象，晚点了进不了厂意味着什么。两个小保安还在争论，他们真好，为了自己的偶像。而我没有偶像。我突然为自己没有偶像而悲伤。现在，我看着他们，像隔了千山万水，隔了时间空间。两年前，当我听不懂周杰伦在唱些什么的时候，我就感觉到我已经落伍于这个时代了。后来周杰伦唱了一曲《青花瓷》，我也有些欣赏他的音乐了，我正在为我能听懂周杰伦而欣慰，庆幸自己还没那么落伍于这个时代的时候，他们却在谈论着绵羊音了。绵羊音是什么音？看着两个争得面红耳赤的小保安，我知趣地退到了厂门外的阴影里。

也许，我可以想一想我要做的策划案……快乐女生。快乐。你快乐吗？你快乐所以我快乐。我不快乐……有一星光在我的脑海里闪过。在快乐和楼盘之间画出一条连线。我想，改天我也要去看快乐女生。什么国有资产流失、什么基尼系数、什么位卑未敢忘忧国、什么先天下之忧而忧、后天下之乐而乐……我不要忧，我不要重，我要消解，我要快乐，娱乐至死。我突然想到了，北京有几个打工仔鼓捣了一个打工乐队，三年前曾经到木头镇的工业区搞过演出，那个带头的打工仔，在台上卖力地唱着“打工打工最光荣”，我当时很愤怒，恨不得在那小子脸上开一果酱铺子。台下，我的兄弟姐妹们跟着他一起唱，“打工打工最光荣嘿打工打工最光荣……”。她们，我的姐姐妹妹们，她们那一瞬间真快乐吗？她们真的以为“打工打工最光荣”？现在，此时，这一刻，我原谅了那个唱“打工打工最光荣”的打工仔。我觉得，他那首歌是反讽的，是后现代的，只是许多人误读了。人们需要麻木。我看到了希望，脑子里开始有了一些广告方案的雏形。

陆续有骑着自行车的男人来到厂门口，他们大抵是来接自己爱人下班的。一些推摊车售卖炒粉麻辣烫的小贩，也陆续聚在了厂门口。炒田螺散发出辛辣的香，与另一家摊位上臭豆腐的臭混合在一起，弥漫在工业区的夜空。我终于听到了电铃声，伴随着电铃声的是一片欢呼，接着从工厂里涌出人流，潮水一样。是的，潮水，虽然很俗但很准确的比喻。当然，说她们像一群出围的鸭子更形象，虽说这个比喻我在感情上不能接受。我要在人流中找到我妻子。但那些拥出来的女工，她们穿着相同的工衣，有着相同的疲惫，我突然发现，我无法从她们中间认出我妻子，她们长着相同的面孔，像从流水线上流下来的标准化产品。她们的五官是模糊的，表情是模糊的。色彩再一次从我的视觉里消逝。我眼前的画面像记忆一样，变成了黑白灰的单色，只有色度的变化，没有色相的变化。工厂的记忆于我已经很遥远。我曾在工厂打工十年，我不在工厂打工已经十年，我对流水线已经陌生。但这些黑白灰的记忆，那些青春的刺痛，却与我记忆中的影像重叠了，我看见了一张和小保安一样青春年少的脸，那是多年前的我，我看见我和妻走在一起。许多年前，我们坐在同一条流水线上。我们在工厂里相识，在珠三角的工厂里。我们一起加班，一起逛街，工友拿我们开玩笑，要我们请吃“拖糖”。对，“拖糖”，想到这个词，我鼻子发酸。对于我来说，这个词，已经是久远的记忆。这个词，似乎只出现在南方工厂的打工人中间。这是她们创造的词汇，是她们对美好爱情与幸福生活的特别祝福，是北方乡土文化与港台都市文化结合的产物，是农业文明与工业文明交媾的见证。

你怎么来了？妻认出我来，走到我面前，扯了一把发呆的我。我看见了她，灰色的工衣，模糊的五官。我没有认出她来，但我想，她认出了我，那她就是我的妻了。

小芳、吴姐，我老公来接我了。五官模糊的妻这样对另外两个同样五官模糊的女工说。

这是你老公呀，你老公好帅哦。那两个女工嬉笑着说。

我像在梦游一样，机械地和小芳、吴姐打招呼，然后跟着五官模糊的，但我觉得应该就是我妻的人一起走在回家的路上。妻伸手牵住了我的手。你怎么来了？妻又问我。我说，不能来接你吗？妻说，能。我听得出，妻很高兴，很兴奋，很意外。我甚至看见她拿手背在揩眼泪。我说，知道吗，刚才在厂门口等你时，我突然看到了我们一起在金宝厂打工的情景。妻说，金宝厂？我说，是啊，不记得金宝厂了？妻说怎么不记得，怎能不记得？那是哪一年的事？一九九五年，那时你多好，每天晚上下班后，都会给我买炒粉，把炒粉送到我的宿舍。那时我们在一条流水线上，我在你的上手工位，我有些笨手笨脚，经常堆拉，你总是不声不响，做完了自己的，就帮我做。你总是不说话。但是我想和你说话。我想，这人真奇怪，每天都在帮我，却从不和我打招呼。你记得吗，有一次出粮了，我去镇上的邮局寄钱，正好你也在，我想和你打招呼，结果你却把目光从我的头顶上移开，像不认得我。可是回到工位上，你依然是帮我做事。后来我知道了，你是高中生。你可能不知道，那时拉上好几个姐妹在偷偷喜欢你。这事我一直没有对你说，我怕说了你的尾巴就翘到天上去了。我想，你这人真是高傲，眼睛长到了天上。好，你不理我，我也不理你。后来你做到了拉长，再后来做到了主管。我们这些拉妹都不叫你主管，都叫你大哥。你还记得吗？那时厂里有一个叫小余的女孩子，我们都叫她小鱼儿。小鱼儿喜欢你，她有一个老乡在追她，经常晚上到厂门口找她，每次保安上来传话时，你都会说，小鱼儿，你男朋友来了，我批准你不用加班了，你快下去吧。你知道她喜欢你，她那么漂亮。我知道，如果我和她竞争，我肯定不是她的对手。这让我很伤心，我甚至想过离开金宝厂。可是有一天，保安再一次上来对小鱼儿说她男朋友在厂门口找她，你又和平时一样对小鱼儿说小鱼儿你不用加班了你下去吧，小鱼儿没有像平时一样说她要加班，说她不下去，说她下了班之后再下去。小鱼儿下班了。她走到楼下，突然在窗外大声叫着你的名字，骂你是王八蛋，是混账，然后她就哭了。

听着妻的诉说，我的记忆中渐渐浮现出小鱼儿的样子。小鱼儿的样子，与我在桥上遇见的她，又渐渐融合在了一起。那一瞬间，我以为我是在梦中。是的，妻说得没错，小鱼儿骂了我，哭了，弄得我不知所措。我跑出车间，她见了我，不理我，往宿舍的楼上走。我说小鱼儿你别走，你怎么啦，我有什么做得不好，你直接说。小鱼儿还是不理我，往楼上走，她走到了宿舍的楼顶。我跟了上去，小鱼儿站在楼顶，背对着我。我说小鱼儿，你……小鱼儿突然转过身，抱住了我。小鱼儿说大哥你是个木头人吗？你怎么这么狠心！我不是木头人，可我不能伤害她。这些，我从来没有对谁说起过。

后来她就离开了金宝厂，妻说，你可能到现在都不知道她为什么离开金宝厂。我真的没有想到，你会看上平庸的我。这些你都不记得了？后来我们俩好了，你走到哪里，我就跟到哪里。东莞、深圳、佛山、中山、广州……我们打工走过了多少地方，长安、厚街、虎门，一直走到木头镇。那时的你真的很好，很细心，很体贴人。可是这两年来，你变了，你还记得你有多久没有和我说过话了吗？回到家里，我就像个哑巴一样。我真的没有想到你会来接我。你知道吗，小吴、小芳，她们的老公，每天晚上都骑自行车来接她们下班。她们总是问我，你为什么不来接我，我说你很忙，要加班。从厂里到家，这么远，这么晚，我每天回家都是提心吊胆的。这条路上，经常有人打劫。我们厂就有好多人在这里被抢过，好在我身上从来没有带过钱，人老珠黄，也无色可以劫。你在听我说话吗？

一路上，我有一肚子的话想对妻说，可是她一直在说。她的话让我无言以对。

我想我们该做一次爱了。我们开始抚摸。妻说，我以为你忘记我是你老婆了？

我不知道妻为什么这样说，明明是她忘记了她是我妻子，明明是她说男人在做爱的时候很龌龊。

你怎么突然想到来接我了？你肯定有什么心事？你是不是做了对不起我的事？

相互的信任已经掺进了怀疑的水分。可是，我不值得怀疑吗？那桥上的女子总在我心里拂之不去。小鱼儿，她是小鱼儿吗？我的情绪一下子跌入了谷底。我不想再说什么。

第二天，报纸上最抓人眼球的报道，就是昨天发生在忘川大桥的爬桥事件。媒体为我们大致勾画出了昨天爬桥事件的轮廓。此次爬桥事件可谓一波三折，亮点迭出：

一包工头甲因工程发包商欠他的债爬上了桥，街道某工作人员乙上桥劝说包工头，包工头被劝下，工作人员乙却在劝说过程中触动了伤心事，留在桥上不肯下来，某见义勇为的路人丙见交通堵塞达五小时之久，忍无可忍，爬上桥将乙推下了桥，致乙摔伤，两腿骨折，可能瘫痪。

我的同事们，在热情洋溢地讨论着昨天的跳桥事件。焦点聚集在那个把人推下桥的丙身上，而最初的爬桥者甲已被忽略。不单是我的同事，接下来数天，无论是网络还是电视上，争论的焦点都在丙的身上。我的摄影师朋友给我短信，让我晚上看某电视台的一档谈话节目，他说他将作为嘉宾出镜谈论忘川大桥接连发生的跳桥事件。悲剧很快演变成了娱乐事件，这个时代有着一种巨大的力量，能把一切沉重的事物轻松转化为无厘头式的娱乐。每个人都成了事件的参与者，他们很快乐。跳桥的人为他们制造了快乐。你快乐吗？我很快乐。快乐老家。是的，我想，如果老板来问我，我就要提出我的“快乐老家”的广告概念了。然而，老板只是来公司转了一圈就匆匆离去，她没有问我广告策划案的事。我也快乐，天不绝我。我用一天的时间，把快乐老家的广告策划案做出来。我大叫了一声，对我的同事们说，我把策划案做出来了。然而我的同事们只是漠然地看着我，没有一个人表示祝贺，也没有人提出先睹为快。他们也有他们的压力，我的策划案的出笼，并不能减轻他们的压力，反而增加了他们的压力，他们有理由漠视。但是我想把我的快乐与人分享。我想到了她，到现在，我还不知道她的名字，我就叫她小鱼儿吧。我知道，她一定会分享我的快乐。下班后，我在桥上徘徊，但是我没有遇见她。一连几天，我都没能再遇见她。她就像一道流星，瞬间划过我的天空，那么短暂，那么耀眼。我想，她将成为我生命途中最美好的珍藏。噢，小鱼儿！每晚十点到十一点，我依然在桥上徘徊复徘徊。我有些为她担心，不知道在她身上发生了什么。我能想到的，全都是坏事。自从上次去接妻下班后，我开始每晚去接她下班。但是我们再也找不到第一次接她下班时的感觉。妻也不再一路和我说那么多的话。我说你怎么不说话了。妻说我不想说了，想听你说，很久没听你说过话了。你是没有话对我说了吗？我再次想到了她，小鱼儿，那在桥上相遇的女子。

妻说，你有心事，你瞒不了我的。

我说哪有什么心事，工作压力太大。

是的，我的工作压力太大。这不是借口。快乐老家的策划案被老板否了。老板根本没有看我的方案，她只看到了“快乐”二字，就把方案书扔到了桌子上。快乐的老板失去了快乐。老板有些歇斯底里，她从来不这样。同事们都冲我偷偷吐舌头。失去了快乐的老板，在几天不露面之后来到公司，把我们每个员工都骂了个狗血淋头，然后就把自己关在了办公室里。我们这些员工都提心吊胆，知道老板心情不好，都埋头装模作样工作，但我的脑子里什么都没有。我望着窗外，窗外的天空灰蒙蒙的。

今天没有人跳桥。

我觉得今天应该有人跳桥。

然而从早晨到天黑，没有出现我感觉中的应该。晚上回家时，经过忘川桥，我不想回家。我趴在桥栏上。天空渐渐黑了下来，桥上的灯亮了，城市的灯亮了。我抬头望着悬在头顶的钢铁桥架。是的，我想爬上去。不为寻死，也许只为试一试这桥是否像传说中那样轻易就能爬上去。

远远过来一人，那人穿了一件治安员的服装。他从我的身边走过时，直直地盯着我打量了好几眼。我避开他的目光，望着桥下的河水。他走了。我想再试一试，看能不能爬上这桥。那人又折回来了。这次他在我的面前停了下来。我们开始了这样的对话：

你想干什么？

我不想干什么。

不想干什么，你在这里干什么？

不干什么。

不干什么？我看你是想爬桥！

我没有想爬桥。

我看你就是想爬桥。

我在报纸上听说了，自从这桥隔三岔五有人爬上寻死之后，让管辖本地的领导觉得脸上无光，于是在桥上增设了两名守桥人，专门看护这大桥，以阻止那些试图爬桥的人。我想，他一定是那两名守桥人之一。现在，我就叫他守桥人吧。

守桥人大约觉得我是个想爬桥的人。

我警告你，别想在我的眼皮子底下爬上桥去。守桥人说。

我说我不爬桥，我干吗要爬桥呢，我就算爬桥也要在大白天爬不是，晚上爬，哪里能引起必要的关注呢。

守桥人说，嗯，你这话在理。那你真不是想爬桥的？

我说我真不想爬桥。

守桥人说，真不想爬桥那你在这里干什么？

我说我等人，你看，我等的人来了。是的，我等的人来了。你看，那不是？

我远远地看见了她。我对守桥人说我等的人就是她，我的朋友。

我和她打招呼。她看着我，像看着一个陌生人。我说你好，好多天都没有见到你了。

我说这些天，我每天晚上都在桥上等你。我害怕你出了什么事。我还想说，我有太多的话要对她说。但是她没有理会我，像见了鬼一样匆匆离去。

守桥人对我更不放心了。守桥人说，你真的认得她？

我说我真的认得她。

守桥人说你真的在等她？

我说我真的在等她。

守桥人说那我问你，她叫什么名字。

我说你真的可笑，你又不认得她，我胡乱说一个名字，你也不知我说的是真是假。

守桥人说那你胡乱说一个？

我说她姓余，我叫她小鱼儿。

守桥人笑了，说，你骗人。我问你，你到底想干什么？

我说不干什么，我在这桥上看一会儿风景总是可以的吧。

守桥人说，对不起，请你离开。

我说为什么？难道这桥上不能待吗？法律规定了这桥上不能待吗？

守桥人冷笑一声，你是什么人，也敢谈法律？！

我决定留在桥上。不是要爬桥，现在离我妻子下班还有好几个小时，我无处可去，我想在桥上多待一会儿。之前我待在桥上是想等她，现在她像陌生人一样不认我，她离去了，我本欲离开的，可是守桥人的话让我有些受不了，现在不查暂住证了，我不再怕这些治安员，在过去，像我这样的打工仔，见了治安，早就吓得两腿发软了，哪里还敢这样和他们啰唆。但此一时，彼一时也。现在，只要我不干非法的勾当，谁也无权干涉我待在这桥上。我故意和守桥人玩起了“躲猫猫”。我往桥南走，走到离守桥人十多米时停了下来，双手攀着桥栏，作势要往上爬。一直警惕地盯着我的守桥人，远远地大喝一声，朝我跑来。我松开双手，把手抱在胸前，望着一江忘川水，心里的得意像一群鸽子，在急速拍打翅膀，欢腾起一片稀里哗啦。我的脚甚至有些得意地抖动着，如果够胆，我甚至想吹吹口哨。

你小子找死。守桥人气喘吁吁跑到我面前。

我对他的愤慨充耳不闻。我开始往桥的北面走，走到离他二十来米，又开始作势往桥上爬。守桥人再次朝我跑了过来。他终于明白了我在戏弄他。我再作势要爬时，他不跑了，手背在背后，踱着方步，一步三摇地走到我面前，冷笑一声，爬呀，往桥上爬呀，怎么不爬了，不爬是龟儿。

我终于找到了一件有趣的事可以打发寂寞。我觉得这守桥人其实蛮可爱。自从前几天，那路人把爬桥人一掌推下桥后，守桥就成了这个守桥人的责任。我知道，如果有人爬上了桥，守桥人也许饭碗不保。我说谁说我要爬桥了，我根本不想爬桥，我只是想在这里待一会儿，可你身为守桥人，却想逼我爬桥寻死，我要去你上司那里告你。守桥人说，我逼你爬桥寻死了吗？我说你刚才不是还在命令我往桥上爬吗？你刚才不是还在说不爬是龟儿吗？好，是你让我爬上去的，那我就爬，反正活着也没有什么意思了。说着我又攀住了桥栏。守桥人大约以为我是不敢真爬的，冷笑着，站在那里不动。他不动，我就没了台阶可下，只好硬着头皮往桥上爬。当初设计这桥的人，大约是为了桥梁外形的美观，用许多的钢架，在桥的上空架起了一道彩虹。设计师也许从美学力学地质学方方面面都考虑到了，他哪里会想到，多年后的今天，他的得意之作，会因为太容易攀爬而被人诟病。我没费什么力就爬到了半米之高。我的腿有些发软，抬头往上望，听见一个声音在说：

爬上来吧，你听我说……

我看见那穿着红衣断了手腕的打工仔站在桥上冲着我笑。我正不知所措，腰就被人抱住了。守桥人把我从桥上扯下来。我心里的石头才算落了地。我说你把我弄下来干吗。守桥人一只手掐着我的脖子，而他脖子上的青筋却肿得凸了起来。

你他妈的疯了，你真往上爬。你知道吗，现在政府出了政策，凡爬桥者，处以治安拘留七天。老子一个电话，就把你关进号子，有你小子受的。守桥人冲我吼。

我说你打呀，你要敢把我拘留，我就告你逼我爬桥。

守桥人指着我的鼻子，说你他妈的以为我不敢？老子现在就打电话。

我知道他是真愤怒了。我知道人的忍耐是有限度的。我不敢再玩下去了。玩下去的后果是可以想见的。我对守桥人挥手说了一声晚安。我要去接我妻子下班了。

见到妻子，我对她说了晚上发生在桥上的事。妻吓得不轻，说你玩什么，玩躲猫猫？你找死啊。

我有点喜欢上了守桥人。每天早晨上班，那小子就已守在桥头；每天晚上下班，他还守在桥上，有点风雨无阻的意思。每次经过忘川桥，我会故意同他打招呼。他板着脸，不理会我。现在，他知道我不会爬桥寻死了，也不再警惕我。我故意站在离他不远的地方，做出要爬桥的样子。他干脆背过脸去，装着没看见。时间就这样一天天过去了，我还在广告公司上班。老板终于同意了我的方案，因为我没有拿出新的方案，她只好把我的方案交给了客户。客户的满意，让她重新审视了我的方案，她还对她那天的态度表示了歉意。老板把我叫到她的办公室，示意我关上办公室的门。我站在她办公桌的对面，她指着办公桌对面的椅子说，坐。我就坐下。她说，这次的方案做得还不错，客户同意了你的创意，现在要把这创意落到细处，把每一个环节都做好。她说，前一段时间，我心情不好，对你发脾气了，对不起。我看着她，我发觉这一段时间来，我那年轻漂亮的老板，好像一下子老了十岁。其实老板比我还要小两岁，今年三十刚出头，她平时保养得很好，总是给人一种容光焕发的样子，然而这一次，我发现她脸上的皮肤似乎失去了往日的光泽。她大约发现了我一直在盯着她的脸看，我们的目光还撞上了一次，我赶紧收回了多少有点放肆的目光。我说您是老板，老板对打工仔发脾气是正常的，有什么对得起对不起呢？我说老板您太客气了。老板说，什么老板不老板的，你在我的公司里打工，我是你的老板，你一离开公司，我们就是平等的了。又说，有时想一想，真还不如你们打工的好。我知道我们老板，从一个打工妹做到今天不容易。我也听说过，在她的背后，有着一些不为人知的背景。这个背景，使得她年过三十，事业有成，却一直未成家，也未恋爱。我突然从老板的眼里看到了疲惫与失落，这两样东西，是我所熟悉的。家里，出了点事。老板说。又说，希望，有一天你离开公司了，想起我这曾经的老板时，不会骂我，不会恨我。我说老板您说什么话，只要您不炒我鱿鱼，我是不会离开公司的。

我以为老板会对我说说她家里出的事。我想老板和我一样，也是一个需要倾诉的人，她既然开了头，一定会接着往下说的。也许她还会说出一些她的隐私来，我乐于享受别人的隐私。于是我带着鼓励的语调对老板说，您家里的事，现在过去了吗？我只差要对老板说，老板您有什么心事对我讲，我这人一贯守口如瓶，你对我说的话，我会让它烂在肚子里的。然而老板并没有对我倾诉的意思，她说，好啦，你知道，我是心情不好才冲你发脾气的。老板的意思，是希望我不要把不好的情绪带到工作中去。

我的情绪没有好起来，也并不那么坏，只是生活依然是那么无聊。我每天经过忘川桥，总是渴望着平淡如水的生活中发生一些什么。发生一些什么呢？我也不清楚，只是有一些隐约的期待。她再没有出现过，我已能平静接受这一现实，我变得不再失望，因为我对再次遇见她已不怀期望。但我还是爱怀念，我不止站在上次与她聊天的地方，恍惚还能看见她的样子，她说她的工作，她的上司，说她每天写下的发言稿，说她写了领导认不出的字让领导出了丑的忧郁样子。我突然意识到，也许，她失去了那份不错的工作，如她所说，重新回到了公司或是工厂里打工；也许，她离开了木头镇，去了其他的地方。我又想，她若是离开木头镇，为什么不对我说？又想，她为什么要对我说？小鱼儿，她真的是小鱼儿吗？我试图望清她的来路，但我一无所获。

你还想不想爬桥？我听见有人问我话。转过头，我看见守桥人。他在这桥上守了快一个月，南方强烈的紫外线，把他的脸晒成了酱油色。他的眼睛里，明显少了守桥之初的得意与敏锐，现在，他的脸上堆满了疲惫。

你问我，为什么不爬桥了？

是啊，他的眼里有一星光闪过。说，为什么不爬桥了？

我说我从来没想过要爬桥。

我记得你当时是想爬桥来着，他说。摸出一盒烟，问我要不要来一支。我说谢谢，我不会。他自己点上了一支，说，不吸烟好，我也是近来才学会吸烟的。你知道，这工作，真他妈的太枯燥了，得抽点烟提神。他点上了烟，也学着我的样子，趴在桥栏上，望着远方，默默地抽烟，几大口就把一支烟抽完了，他把烟蒂扔向了桥下。我和他，都趴在那里，静静地看着那烟蒂飘落，没入忘川。

我说，是很无聊，这工作。

你做什么工作？他问。

我说，广告策划。

好工作，你是大学生？

我说，大学生有什么用，现在大学生多如牛毛，找不到工作的大学生也多如牛毛。去年房地产火爆的时候，我们公司要招几个平面设计师，收到最少一千份的简历，我们从中挑三十人面试，说起来都是美院毕业的，让画一幅速写都画不好，最后挑了三个基本功相对好一点的，但做起事来根本不是那么回事，一个月的试用期没过，就知难而退自己走人了。

你是哪里人？他问。

湖北。

湖北哪里？

荆州。

我知道荆州，没有去过。我是四川的，他说。我看你像有心事，每天晚上都要在桥上待个把小时。

我说，你看出来了？

他说，这有什么看不出来的呢，我守这桥，今天满一个月。这一个月来，我看你天天晚上都待在这桥上，你真的是在等人吗？

也许吧。我有太多的话想说，但我觉得，这守桥人，不会是我理想中的听众。我说，一个月？这么快。

有了这次交谈，我觉得，我和守桥人差不多是朋友了。每天晚上，我下班时，他都会同我打招呼。然后问我抽不抽烟，学着抽一支也成。于是我接过他递来的烟，也抽一支。我们趴在桥栏上说话。他的话很多，他对我说他的姐姐，他说他有个姐姐，其实不是姐姐，是他的嫂子，只不过，嫂子对他比亲弟弟还要好，他就把她当亲姐姐了，他说他平时都喊她叫姐姐。他说他的这份工作，是他姐姐帮他找到的。他说他是当过兵的，当兵是他的梦想，他当兵的部队就驻扎在木头镇的某座山里。他说本来他的梦想，是先当上兵，然后争取转士官。可是他在部队里养了两年猪。后来他不想转士官了，退伍后，就在木头镇的俊阖厂当保安。我说俊阖厂我知道，去年底倒闭了，据说是金融风暴后珠三角倒闭的第一家工厂，随后而来的，就是席卷珠三角的工厂倒闭狂潮。他说，俊阖厂倒闭之后，我就失业了，我姐姐就劝我去学点技术，比如重新去读书，读职业学校，学线切割，模具制作，或者学数控，都是不错的。我知道学这些技术得很多钱。我姐姐说钱不是问题，我的学费她给出。但我还是不想去学，一来是我没有心思在学校待着，二来我不想看我哥的脸色。我哥这人不好，有几个小钱，就不知道自己是谁了，他要帮了谁芝麻绿豆大一点小忙，都会记一辈子，时时不忘拿出来说一说，提醒你不要忘了报他的恩。同时他又是个健忘的人，你对他好了九十九次，有一次对他不好，他就会忘了你前面九十九次的好。我姐说不用管你哥，我用我自己的钱。我姐的钱和我哥的钱是分开的。但我还是不想用我姐的钱，我知道，终有一天，她将不再是我嫂子，不是我姐姐。我又找了一份保安的工。你知道，当保安，也就是混时间。一个月前，我姐给我争取了这份工，守桥。我姐说，好好干，她会帮我想办法转成正式工。

你姐是干什么的，好像很有一些本事。我问。

他笑了，他说他姐姐是在街道办工作的。他说起他姐姐时，眼里的光彩是那样动人。

其实，你见过我姐姐的。他突然冲我神秘一笑。

我，见过你姐姐？怎么可能？

你还记得吗，我们第一次见面，我以为你要爬桥，你骗我说你在等人。结果你胡乱指了一个人说你在等她，那个人，就是我姐姐。

我眼前的世界，再一次变成了黑白的世界。守桥人的声音很遥远而又陌生。这世界真的是很小。我一直不相信小说和电视剧中的那些巧合，但生活中，巧合却无处不在。我的心里再次扑腾过一群鸽子。我知道，在我和她之间，上天自有安排，隐隐之中，命运为我和她的再次相遇留下了草蛇灰线。

那两个曾经为自己的偶像争得面红耳赤的小保安不见了，我已经有一段时间没见他们。现在坐在保安室的是个老头。老头很热情，问我找谁。我问那俩小保安去哪里了，老头说开除了。老头说得很平淡，就这么千八百人的厂，还用得着专门请两个保安么，我一个人就足够了。老头问我，你和保安是什么关系。我说不是什么关系，我是来接我妻子下班的。老头就问谁是我妻子，我说你才来多久说了你也不认得。老头说看你的样子，像个干部，你在哪个厂里做？我说我不在厂里做，我也不是干部，我要是干部，还会让我老婆在你们厂没完没了地加班么，你们这厂，真他妈一黑厂。老头的脸一下子黑了，比被紫外线晒成酱油色的守桥人还要黑。老头不快地说，我们厂怎么是黑厂了。我说天天这样加班要死人的你知道么，这还不是黑厂。我想到了曾经在一本书中看到的一句话：资本的生命冲动是增殖价值。那本书中，对资本如何通过延长劳动时间，从而获取更多的剩余劳动力进行了深刻的分析。我又有点走神了。最近我总是这样爱走神。

加这点班就死人了？人又不是豆腐做的。工人加班又不是不给加班费。老头的话把我拉回了现实。老头问我，你老家是农村的么？我说是。老头说，那你肯定没有种过田。我说我怎么没有种过田，耕田耙田我样样会，清明泡种谷雨下秧，有什么不会。老头说，种过田那你还说在工厂里会做死人？工厂里加班有种田苦么？有搞双抢苦么？年轻人哪，真是身在福中不知福。没有工厂，你们哪里有工做。

我说你这老头真是奇了怪了，你的意思，是这工厂的老板养活了我们这些打工仔？

老头说，可不是？

我说可是你别忘了，没有这些打工仔打工妹提供廉价劳动力，也没有这些老板的今天。你说说看，老板们赚取的哪一个铜板里没有工人的血汗。

老头说，又没有谁逼他们来打工，周瑜打黄盖，一个愿打一个愿挨。

老头的话让我很生气，看他年龄，也像是从旧社会过来的人，怎么说起话来这样一副奴相。话不投机，我不想和他多说，走到厂对面，等妻下班。时间过得慢极。终于，下班的铃声响了。我说怎么搞的，加到两点钟了。妻说，你要不耐烦等就不用来接我了，这么多年都没来接过我。我说我什么时候不耐烦了。妻说你看你，一见我就鼻子不是鼻子眼不是眼的。我说不是不耐烦接你，是你们这门卫老头，真真气死我了，没见过这样维护老板利益的人。妻说，你说他呀，你知道他是谁么？我说是谁？妻说，是我们老板他爸，原来一直在四川农村生活的，听说是老伴去世了，在家里待得凄惶，就来城里和他儿子一起生活。来了又闲不住，烦死人了，一天到晚嘴碎得很，见到什么看不惯的事都爱说，我们工位上要是不小心掉下去一个零件，他看见了可以数落你半天。又说厂里根本用不着请人看门，说两个小保安每天上班都在玩，让老板把保安炒了，他当起了门卫。

我说难怪这么维护老板的利益，敢情这厂是他们家的。如果这老头的儿子不是这家工厂的老板，而是厂里的一个打工仔，他肯定不会说这样的话了。

妻说，我们都烦死他了。又说，往后你不用来接我了，接了这一段时间，我很知足了。

我说你这说的什么话。

妻说，你上班也很辛苦。用不着两个人都弄得这么苦，老夫老妻，又不是谈恋爱的时候。

我说，你不是羡慕工友有老公来接么。

妻叹了一口气，说，人不都是虚荣的嘛，她们有人接，我没人接，会觉得失落些。可真让你天天来接我，我又不忍心，觉得自己太过分了。你还记得吗，那个吴姐？

哪个吴姐？

就那天你来接我，我对你说起过的，我的工友，我们每天下班都一起走的那个。

我说我记起来了，怎么啦？

真的没有想到，吴姐的老公在外面有了外遇。真是人心隔肚皮。他老公每天晚上都会骑了自行车来接吴姐，两个人恩恩爱爱，我还一直羡慕她们两口子感情好呢，哪里能想得到呢。

是吗？吴姐他老公干吗的？当老板吗？

老板，当老板搞外遇还说得过去，她老公一个补鞋的，也搞起了外遇。

我说你这话就不对了，难道只有老板才能搞外遇，补鞋的就不能搞外遇了？

妻挖了我一眼，说，你说这话，是不是也想搞？又说，我真想不通，吴姐的老公要钱没钱，要长相没长相，怎么会有女人喜欢他。听说喜欢他的那女孩子才十九岁，来她老公那里补鞋认得的，两人怎么就好上了。

我说，不说吴姐了，清官难断家务事，管那么多闲事干嘛。

妻说，也不是想管，也管不着，不就是发两句感慨么。你说咱们从家里出来打工，怎么不学人城里人的好，专学了城里人的这些坏毛病。还有那个小芳，你也是见过的。我说小芳怎么了。妻说，小芳的老公对她多好啊，可是她和我们主管……不说了，反正不知道现在的人都怎么了，疯了一样，让人越来越搞不懂了。

妻说，好在你不是那样的人。

你是那样的人吗？妻在肯定之后，又来了一句反问。

我不知道自己是不是那样的人，我不知道自己是什么样的人。有时觉得自己是圣人，身在江湖，却心忧天下；有时又觉得自己是魔鬼，内心深处有着太多的破坏欲，我甚至渴望这世界来一场疾风暴雨，摧枯拉朽，但另一方面，又渴望安宁，厌倦动荡。其实我们最不了解的人往往就是自己。我也搞不懂，我为什么会对那个只说过一次话的女子有了牵挂。她是一个谜，是我心灵异化的一个投影。然而守桥人却说她是他姐姐，那么，她又是真实存在了。

我想，下次见到那守桥人，我要问一问他，关于他的姐姐，我渴望了解更多的信息。

你的姐姐？现在，好吗？

然而，我一直没有问出这句话。我每天和守桥人聊一会儿天，抽完一支烟，然后我待在桥上发呆，然后离去。我再也没有见到她。她在我脑海里的样子，已变成了一团雾，已经和小鱼儿一样面目模糊，已经和我的妻子一样面目模糊。时间就这样过去了。我的生活一成不变，像钟表一样机械而准确。秋天就这样过去了。我想到她似乎说过她不喜欢冬天，冬天会让人忧郁，让人失眠。

我想再也不能这样下去了，我要再次和守桥人谈谈他的姐姐。可是我们见面时，守桥人却对我说，也许，下个月他就要离开这里了。我说为什么，是你姐姐想办法给你转正了吗？那，我要先祝贺你了。我故意把话题往他姐姐身上引。守桥人苦涩地一笑，说，不是的。我说那是为什么呢？守桥人说，已经八十三天没有人爬桥了，要是再过七天还没有人爬桥，可能就用不着我们守桥了。我突然觉得守桥人的职业是一个悖论。他守桥，是为了阻止有人爬桥寻死，应该说是希望没有人爬桥才好，但真没有人爬桥了，守桥人的意义就得不到体现，他就有可能失去这份工作。

我只好安慰他，说，不要急，这不是还有七天吗？七天内，谁知道会发生什么呢。上帝创造这个世界，不也就只用了七天吗。

那天我们没能再谈到他的姐姐，但我们谈了发生在忘川大桥上的一次次爬桥寻死的事件。谈到了那个从桥上跳下的红衣打工仔。我对守桥人说，我经常看到那个打工仔坐在桥梁上，风吹动着他的衣襟，他望着远方，远方也许是故乡的方向。他的两条腿悬在空中，一前一后地晃荡着。守桥人说，你别吓唬我。我说我真没有吓唬你，我为什么要吓唬你呢。有时他还会和我说话，他说爬上来吧，你听我说。他要对我说什么呢？他也和我一样，有着不断说话的欲望吗？

你从来没有看到过吗？那个红衣打工仔。我问守桥人。

守桥人说从来没有。他说他开始守桥时，最害怕有人爬上桥，要是有人爬上去了，那就是他工作的失误，是他没能及时阻止别人爬桥。可是随着时间的推移，现在他却渴望有人爬桥了，要是再没有人爬桥，就算上面不取消他的这个岗位，他也觉得这工作太枯燥乏味。他说他也想不通，为什么有那么多的人会选择这座桥来爬。他说从那个红衣打工仔跳下来之后，短短几个月时间，这座桥上已发生了十九起爬桥寻死事件了，平均每半个月不到就要发生一件。我说这是个复杂的问题。我说，也许，是这座桥有奇怪的魔力吧。我说，每次我走到这里，就是那个红衣打工仔跳下去的地方，我就会有爬上桥去的冲动，你没有吗？守桥人说他没有，说他从来没有这样的感觉。我说，你姐姐说过，她也有这种感觉。

我姐姐？守桥人说，我姐姐对谁说，对你说的，你们真的认识？

我说我们真认识，我为什么要骗你。

守桥人说，那，那天你和我姐姐打招呼，她为什么不认你。

我说，也许，你姐姐不想让你知道，我和她认识吧。

守桥人突然愤怒了，我不知道他的愤怒从何而来。

你怎么和我姐姐认识的，你们是什么关系。

我说你别这么紧张，我每天上班和下班都走这座桥，你姐也走这座桥，我们经常在这座桥上相遇，相遇的次数多了，虽没说过话，却也算得上是认识了。我说我们其实只说过一次话。我说，好久没有见过你姐姐了，她，现在为什么不走这座桥上下班了？守桥人没有回答我的问话。他掏出烟，自己往嘴里塞了一支，看了我一眼，把烟盒朝我伸了过来。我抽出了一支。他给我点上烟，自己也点着了。我们趴在桥栏上，望着远方，什么话也没有说。抽完了一支烟，他又续上一支，我们就这样，把他那一包烟都抽完了，我的舌头抽麻木了，我的嘴抽起了泡，我感觉头晕乎乎的。守桥人说他要下班了。你还不走？他问我。我说我的头很晕，有些恶心。守桥人说，你不常抽烟的，一连抽了这么多支，你是抽醉了。我说抽烟能抽醉吗，只听说过喝酒喝醉的。守桥人说，你没听说过的事多了，你以为你什么都知道吗？

我默然无语。是的，我以为我什么都知道，其实，我什么都不知道。我以为我能看懂一些东西，其实我连自己都看不懂。

走啦。你没事吧。守桥人说。

我感觉脚下的大桥在震动，一列动车从我的脚下穿过。我说你走吧，不要为工作的事发愁，也许，七天之内，有人会爬上这座桥的。

七天之内，真的会有人爬上桥去吗？看着守桥人远去的背影，我这样问自己。鬼才知道。我这样回答。我想到了我的摄影师朋友。我有好长时间没有见到我的摄影师朋友了，我曾对守桥人说起过我的这个朋友，我说我可以介绍你们认识。守桥人说，你是说吴大哥吗，我们认识，他经常到这桥上来拍照的。我只有苦笑了，我想到每次有人跳桥，我要电话通知他时，他总是已经在现场了，我总是比他慢一拍。我又想了另外一个问题，守桥人渴望有人再跳一次桥，这样他才能保住自己的工作，不知我的摄影师朋友，是否也和守桥人一样，渴望多一些人跳桥，这样他的记录才会更具有轰动性。

我渴望得到答案，我不想回家，妻也不让我再接他。我给了摄影师朋友一个电话，我问他在哪里，他说他在工作室。他的工作室就在桥南不远的地方。摄影师朋友问我什么风把我吹来了，我说东南西北风发财在广东。摄影师朋友说你的脸很红，走路也打飘，你是喝多了酒吗？我说不是的，我抽烟抽醉了。朋友说，你遇到了什么不开心的事了吗？我说没有，我是有一个问题想来问你。什么问题？朋友问我。我说了守桥人遇到的悖论，我问我的摄影师朋友，这个问题对于他来说，是否也是一个悖论。朋友想了一会儿，说，摄影师只是生活的记录者，不是编剧，不会去预设生活，改编生活，假设生活。我的摄影师朋友说到编剧时，我又想到了她，她曾说过她像一个编剧，她的领导们，每天在认真背诵着她写下的台词。我的摄影师朋友继续在说，他说他追求的是真实，有人跳桥，是真实；如果没人跳了，那也是真实。他说摄影的力量，是靠真实来传达的。他说他也和守桥人交流过，他也在关注守桥人。其实守桥人只想到了一层，如果再隔一段时间没有人跳桥，也许他会丢了工作，但他忘记了，如果再有人跳桥，他是阻止还是不阻止，他要是成功阻止了，还是没有人跳桥，还是无法证明他工作的价值，如果他不阻止，还是有人爬桥跳桥，那么说明派专人守桥，是在做无用功，也许他还是要失去工作。我的摄影师朋友说着，让我帮他挑照片，他拿出了一堆照片，全都是关于跳桥的，他说他做了跟踪，每一个跳桥人为什么要跳桥，他都有记录。朋友说，你帮我挑挑，把那些刺痛了你的照片挑出来。

我漫不经心地挑着照片，我说挑这些照片做什么。我的朋友说他要办一个展览，题目就叫《桥》，他说他的想法，这展览就办在桥上，他要在桥栏的两边，展出一百幅跳桥的照片。我说这个想法很有创意，你的展出一定会轰动，你一定会出大名。我的摄影师朋友漫不经心地看了我一眼，我从他的眼光里看到了一丝不屑和嘲讽。他说他这样做不是为了出名，而是为了让每一个从这桥上经过的人，看到这些照片之后会多想一想，多问几个为什么。我的摄影师朋友大谈了一阵他的创意之后，突然长叹一声，道，为了这事，我已经使出了浑身解数，能找的人都找遍了，但没有一个部门同意我在桥上做这个摄影展。办展难，难于上青天！

这七天比平常的七天要快。每天晚上，我都会和守桥人在桥上相遇，但是现在，我们之间好像突然无话可说了。我们趴在桥栏上，抽一支他递给我的烟，再抽一支我递给他的烟，我也学会了抽烟，自从那天烟醉之后，我总觉得嘴里能淡出鸟来，而抽上一支烟，能短时缓解这种乏味感。我们抽着烟，在心里数着日子。七天、六天、五天、四天，我们在倒计时。

忘川大桥是平静的，没有人爬桥，没有人寻死。

我是不是很坏？倒计时的第三天，守桥人在吸完了一支烟后，突然问我。

我说，小孩子才用“好”和“坏”这样简单的词汇来归纳人。

七天过去了，守桥人的命运并没有发生变化，他还守在桥上。那天我经过忘川桥时，他一脸兴奋，被太阳晒得发亮的脸上，一双眼睛显得格外亮，远远地，我就看到一嘴白牙在闪耀。他告诉我，他最担心的事没有发生，他说上面说了，暂时不撤掉守桥的岗哨。也许，他还要在桥上坚持一个月，或是两个月，或是更长久的时间。我对他的幸运表达了我的祝福。我对他说，我可能再不会天天晚上在这桥上发呆了，我打工的公司没有了，被查封了。我们老板，原来是某位领导的相好，这位领导直接掌握着房地产商的利益。这位领导被双规了。拔出萝卜带出泥，我们老板的公司，最终也被扯了出来。

守桥人说，你失业了？

我说，失业了。

守桥人说，拿到工资没有？

我说还拿什么工资，老板都不知跑哪里去了。

守桥人说，那怎么办？

我笑，凉拌。我说，要不，我爬上桥去为自己讨工资？

守桥人一愣。

我说，这样，你也不用担心撤掉守桥的岗位了。

守桥人说，还是别爬的好，爬了又不跳，是要被拘留的。

我笑了，拍拍他的肩，说你真可爱，你以为我真会去爬桥啊，要跳桥，那也是我们老板去跳桥。

守桥人掏出手机看了时间，说时间到了，他要下班了。我说再陪我一会儿嘛，守桥人说，不了，回去晚了，姐姐会担心的。

姐姐。守桥人的姐姐。我的胸口，突然有些隐隐地痛。我以为我忘记了她，却原来我一直无法忘记。那个像梦一样出现在我生命中的幻影，我至今不清楚，她是否真实地存在过。我徘徊在忘川大桥上，渴望着生命中出现奇迹，渴望着她和平常一样，从桥南走向桥北，我们在桥的中间相遇。我有许多的话要同她说，我要对她讲我打工的故事，讲二十年前，一个天真的少年如何离开故乡，渐渐变成现在这个样子，讲我在工厂里曾经遇见过一个叫小鱼儿的女孩，那个女孩，和她长得一模一样。那是少年的情怀，是生命中一些不再的过往。然而，这一切，只是我的一厢情愿，她没有出现。我在桥上徘徊复徘徊，那穿红衣的打工仔，不知何时又坐在了桥梁上，两条腿悬空着，一前一后地晃荡。我眼前的世界再次变成了无边的黑与白，只有那打工仔的红衣，像一朵木棉花，燃烧着冰凉的火。

爬上来吧，我告诉你真相。

他用声音在诱惑我。

我为什么要上去，我为什么要知道真相，什么是真相？我说我才不上来。

红衣打工仔说，我知道，你会上来的，你很孤独，你很焦虑，你需要倾诉，而我，是你最好的听众。红衣打工仔说着朝我伸出了手，我迟疑了一下，缓缓地朝他伸出了手。红衣打工仔说，这就对了。然而他并没有握住我的手，他只是朝我招了招手，我觉得他的手上有一股强大的引力，我感觉到了轻，感觉到自己像纸糊的一样飘了起来，我轻盈地落在忘川桥的钢梁上。

你终于是上来了。她说。

我就知道，你迟早会爬上来的。她又说。

我突然发现，站在我面前的，根本不是红衣打工仔，而是她。我的恐惧让这世界一下子退到了远方。

怎么，你害怕了。你不是一直在找我吗，原来，你也是个叶公。

我说，我没害怕，只是，太突然了。这样一说，我果然不觉得害怕了。

她在大桥的横梁上坐下，我也坐下，我们并排坐在一起。我有许多的问题要问她，我有几辈子的话要对她说，可是她只是冲我笑，说，什么都不要说，你看远方，她说，她的经验，当一个人为眼前的生活所困，看不清方向，看不清事物的本质时，最好的办法就是站在一个高的地方，看着远方。于是，我看远方。远方，是顺着忘川大桥延伸的铁轨。她说，你看到了什么。我说我看到了铁轨。她说，铁轨的尽头呢？我说，那是我来的方向。我看见，从铁轨的尽头，慢慢走来一个少年，少年背着简单的行李，少年的眼睛是那样清澈透亮，像未曾出山的泉水，少年的眼里闪动的是期望和梦想。我知道那少年是我，是我的过去。我看见我的过去从远方朝我走来，我看见我的变化，二十年的时光，得到了许多，也失去了许多。少年走得很慢，仿佛一个世纪那样久长，少年和我擦肩而过，他似乎飞了起来，然后落到了铁轨的另一方。我转过身，目送着少年远去，他的背渐渐佝偻了下来，他变得苍老不堪，他渐渐消逝在了铁轨的尽头。我不知道，在我的身下，何时聚集了许多的人，熟悉的，陌生的，我看见了守桥人，守桥人和警察们一起维护秩序。我看见了我的摄影师朋友，他手中的镜头像黑洞洞的炮口，冲着我不停闪光。我看见了我的妻，她在哭喊着什么，一位警察手持大喇叭，大声问我有什么话要说。我转头看身边的她，她不知何时已悄然消逝。在她坐过的地方，忘川桥的钢铁横梁上，一朵莲花悄然开放。

我对警察说，那么，好吧，你听我说。这么多年来，我一直生活在南方……

2009年7月30日于广州龙口西

二人转

黄细妹开了间微马达厂，厂子说大不大，说小也不算小；他这名字，很易让人误为女性，不知其父母因何为其取名细妹，尚待考证；加之他身材瘦且小，说话尖细而急快，倒是有几分女气。因此曾得一绰号“姑娘”。据说，这“姑娘”的绰号，还是当初他打工时的一位老板所赠。老板或是无心，偶然听说他叫黄细妹，又见他长得有几分女气，便说我还以为你是个姑娘呢。这话是在大庭广众下说的，黄姑娘的名字不胫而走。他当时羞得脸色绯红。老板拊掌大笑，说你看看，一说脸还红，越发像个姑娘了。此是人物前史，此处略过不表。却说忽然一日，有个叫李向东的，来到黄细妹的厂里打工。自李向东来厂里后，黄细妹的嘴里时不时地会冒出两句古怪的东北腔。比如这天临下班时，老板黄细妹对李向东说：那啥，向东，下班了别回家，和我一块儿去陪客户喝酒，今晚来的系东北银，你老乡，东北银都他妈贼能喝！黄细妹是粤西化州人氏，一口粤语在广州人看来尚显稀其古怪，在广东热播多年的电视剧《外来媳妇本地郎》中有个阿娇，说的便是化州方言；化州人说话有一特点，仿佛在舌根下夹着一块石头，每句话的音又都莫明其妙往上扬，往后拖，拉腔拉板，做唱歌状；黄细妹从粤西到珠三角打工多年，他的称呼从化州仔到黄姑娘、黄师傅、黄主管、黄经理、黄总，这一过程花了近十个年头，口音也由过去的化州音变成了广州音，再变成一口带着浓重化州音的普通话；可以想象，操化州口音的黄细妹尖着嗓子学说东北话是什么调调了。他愣是把“东”“家”“户”“酒”“乡”“喝”这几个字从广州拖到了东北又从东北拐回了化州。说完，黄细妹自觉好笑，便也拊掌细笑，偏又伸出了一小指做兰花状，被李向东看到了眼里，李向东便在心里冷笑了一声。自从李向东来到，黄细妹就觉得心情格外好，有事没事，爱学李向东说几句东北话。李向东其实老早就说普通话了，说得还很到位，不敢说字正腔圆，但轻易听不出他是东北人。可黄细妹记住了李向东的东北口音，入心入肺，刻骨铭心，一辈子也忘不了。

话说这李向东，当时正自收拾东西准备下班。人还在厂里，心早回了家。家里一刮搭子的事，儿子的老师发来短信，说是晚上八点要来家访；南珠打来电话，说你是要你儿子，还是要我们娘俩，你自由选择。要你儿子，你今晚就别过来，以后也别再过来。李向东说，我怎么能不要你们娘俩呢？为了你们娘俩，我都落到这步田地了。南珠说，别别别，你千万别这样说，这样一说，我们娘俩倒成了千古罪人。李向东说，我不是那意思。南珠说，你就是那意思。李向东说，你怎么回事？你从前可不是这样，挺通情达理的。南珠说，你从前也不是这样。李向东说，手心手背都是肉，我能不顾儿子？南珠说，你的心里只有手心没有手背，只有儿子没有我们母女。李向东说，你这样说，当真是屈杀我了。南珠说，你把手放在心口再说话，我屈杀你了？你有多久没回来看我们了？你知道女儿什么时候长的第一颗牙？什么时候学会说的第一句话吗？我嫌你穷？笑话！我不是嫌你穷，我是气你连一句贴心的话都没有。呜呜呜呜……李向东说，你还让我怎么样，让我把心掏出来给你看吗？别哭了，我最见不得女人哭……兀自胡思乱想，猛听得老板黄细妹道：怎么，有困难？

李向东略一犹豫，说：没事的，黄总。

有事你说话。黄细妹说。嘴角噙一丝笑。

李向东有难处也没有说。不好说。你要老板的钱，老板就得要你的命。这理，他懂。十多年前，他初出门时就懂。他一直觉得，他这辈子，无论成功与失败，有一点是很可以自负的，那就是他很懂自己是谁。人生如戏，有时你是主角，有时你是配角。当主角时就好好演主角，当配角时，好好守着配角的本分，不去抢主角的戏。现在正上演的这一出戏中，他是配角。他要守着配角的本分。黄细妹问他是否有困难时，他是不会说有困难的，有困难又怎么样？有困难自己去解决。还能指望老板来帮你解决？老板需要的是能帮他解决问题的人。譬如今晚，他就需要李向东帮他陪客户。陪客户肯定是要喝酒的，老板需要李向东喝酒。当然李向东也可以说他有事，也可以说他不会喝酒。那么，好，老板也不会勉强，不会逼迫你去陪酒，这不是在旧社会。可是这年头，想跟老板套近乎的打工仔有的是，能喝酒的人到处有。李向东是过来人，这道理能不懂？因此老板让他去陪客户，他必须去。这是老板高看你，是无上的恩宠。儿子和南珠的事，都是次要的。除非你不想在这厂里混。

到得酒店，客人就到了。居然是陈彪。李向东、陈彪二人都愣了。黄细妹还要介绍呢，一看两人这神情，说，你们认识？

陈彪哈哈干笑了两声，拿手抹着小平头，咬牙切齿：认识，太认识了。我们是同省同县加同乡。

黄细妹兴奋了起来，一兴奋，声音就没有压住，嗓子便尖细了起来：那真是太好了。这就是缘分，陈经理你说系不系。黄细妹说“是”字总说不好，说成“系”字。

李向东没有想到，晚上要让他陪的东北客户居然是陈彪。早知是他，李向东也许会另做打算，最起码会有心理准备。这世界很大，这世界又太小。老话说，不是冤家不聚头，当真是这样的。聚头了也就罢了，无非是说一些难听的话，话中夹枪带棒的，这没什么。陈彪那小子，再怎么嘚瑟，能有几斤几两？没有我李向东，能有他的今天？想当初，他初到深圳时，说话做事，都带着一股苞米棒子味，不是我李向东给了他一个舞台他有今天？但话又说回来，这毕竟都是过去的老皇历了，好汉都不提当年勇，何况李向东乎？那就多喝酒，也没有什么。陈彪尚不至于当着黄细妹的面和他翻脸。李向东的酒量，曾经是不错的，刚来深圳那会儿，一斤白酒下肚，跟没事人似的。可是前几年应酬多，醉的次数也多，身体眼看着一日不济一日，酒量早就不行了。黄细妹不知陈彪和李向东的关系，而他们俩人的话面上，又都说得和和气气的，劲都使在暗处，也就浑然不觉了。

黄细妹说：向东，向东，那啥，你一定要多喝。

自从李向东来给他黄细妹打工后，黄细妹做的第一件事，就是在称呼李向东时，把李字去掉，这样显得亲切，显得没把李向东当外人。当然，如果往更深里究，这里还有着个身份和尊卑的问题。他叫李向东为“向东”，自然有着长辈对晚辈、上级对下级说话的意思。就像革命老首长称呼小兵蛋子为小鬼一样。而事实上，李向东比黄细妹大了整整十岁。但这年头，人与人之间不再是长幼之序了，银多者为长，银少者为幼，已渐成新的伦理。

黄细妹说：陈经理，向东，你们老乡见老乡，又系老熟人了，你要陪陈老板喝好，喝够。今天晚上陈老板就代表我，他说不让你喝了，你就不喝了。

陈彪当然是不会放过李向东的。陈彪其实也没有想到，黄老板说的找一个东北老乡来陪他喝酒，会是李向东。李向东心性多高，怎会委身到黄细妹的工厂？可是一想，这也很自然。毕竟一家人要吃饭，人穷志短，马瘦毛长。这叫向现实低头。李向东呀李向东，你也有今天。一个劲儿地让李向东喝。喝。喝。喝。李向东呢，知道现在的情形，人为刀俎，我为鱼肉。识时务者为俊杰。不就是喝酒吗？喝。喝醉了还没那么多烦恼。滋！滋！滋！李向东像喝水一样，来者不拒。喝得连黄细妹和陈彪都有些发怵。他这是死猪不怕开水烫啊！陈彪心说，再这样喝下去，也没什么意思了。毕竟李向东还是李让他爹，不看僧面看佛面。于是对黄细妹说：黄总，我看这酒就喝到这里。

黄细妹一惊，害怕生意要黄，说：怎么，陈经理喝得不高兴？

陈彪说：高兴，太高兴了。今天是我来深圳最高兴的一天。

黄细妹摸不准陈彪的意思。说他不高兴吧，看他喝酒时蛮来劲的。说他高兴吧，好像不那么真高兴，说高兴时，有点咬牙切齿的意思。遂又问道：陈经理还想玩什么节目，我来安排。

陈彪说：松骨？桑拿？玩得太多了，没意思，想看二人转，有得看么？

二人转？黄细妹说，你等着，我打听打听。打了电话给他的朋友，一会儿就得到了回复，知道富门酒店晚上是有二人转看的。马上转场。李向东自然是跟着，云里雾里的，走路像是在划船，觉得脚下软，心在飘。迷迷糊糊，听得陈彪拿单子在点戏。

上前来拉住了儿和女呀！哎，

我的儿呀！哎，我的儿呀。

娘的儿，娘的肉，宝贝的郎呀！

哎，我的儿呀。

眼见得一家人不得团圆。

……

李向东酒是喝高了，可心里明镜一般。知道陈彪点这《冯奎卖妻》是什么意思。不过他现在听得台上花花绿绿一唱这句“哎，我的儿呀。眼见得一家人不得团圆”，心里想的是儿子李让和女儿，还有南珠。他现在不也是“眼见得一家人不得团圆么”。又想到了南珠的电话，想到儿子老师要来家访，而他居然在这里喝这窝囊酒，心中竟有悲意，觉得苍天弄人。心里有了去意，因站了起来，走到黄细妹跟前道：老板，黄总，您陪着客……客人，我要先走了。

又唱：哎，我的儿呀，眼见得一家人不得团圆。

黄细妹笑，对陈彪说：他醉了，你看他真醉了。从来没见过他喝醉呢。黄细妹说时，又翘起了兰花指拊掌而笑。黄细妹自当上老板之后，身上的女气已渐渐淡去，但有时免不了因得意而忘形，露出一些蛛丝马迹。

陈彪也在笑：醉了好，醉了好啊！

黄细妹皱着眉对李向东道：陈经理还要看戏呢。你和陈经理告假，陈经理说让你走你就走。

陈彪冷眼看醉得东倒西歪的李向东，笑：我今晚高兴。黄老板，你那单子没问题，我说了就算。

黄细妹说：那太感谢陈经理了。你看他……怎么办？

陈彪说：唱段二人转，唱了就可以走。

李向东说：陈经理，您说，唱什么？您点什么我唱什么。怎么说我也是……李向东后面的话没有说出口。他的前妻，曾是专业的教师，业余的二人转演员。许多年前，两人在镇里就搭戏，唱出了十多年的夫妻情分。想到这些，李向东心里不禁有些凄惶。

陈彪说，就唱一段《杨八姐游春》。

好你个陈彪，你是得势不让人。李向东就着醉，扮了女腔，唱了起来：三、三、三月里刚交是清明，桃杏花开柳条又发青，杨八姐小九妹二人前去游春，东京皇城雾沉沉，汴梁郊外景色新，两匹快马咴咴地叫，马上端坐着两个人……八姐说谢谢大人多保奏，老包说全靠你杨家有能人。太君的礼单要的巧，八姐的大刀惊鬼神，这才是风雪难压松柏树，强暴也怕胆大人……

唱到"这才是风雪难压松柏树"时，李向东的酒已醒了三分。走出酒店，南国的海风一吹，他就清醒了七分。看时间，已是晚上十一点。拦了辆的士回家，家里黑漆漆一片，亮灯去看儿子，儿子不在。到处找，找到儿子留下的字条，很大一张纸，贴在墙上。上书几个龙飞凤舞的大字：

我去也，闯荡江湖，四海为家，不用找。

再看手机，几个未接电话，一个是儿子的老师打来的，一个是南珠打来的。慌忙拨了老师的电话，已关机。又拨南珠的电话，没人接。李向东倒是冷静下来了。南珠那边，有时间去解释，要紧的是儿子。脑子里把儿子这些天来的举动给过了一遍。儿子是个绝顶聪明的孩子，就是他那爱好让人头疼。这小子别的不爱，就爱鼓捣炸药。才上初二，早就把大学本科化学系的教材啃完了。自己弄一些原材料就能制出炸药来。李向东是见识过儿子所制炸弹的威力。前年夏天在东北老家，他曾用一颗自制炸弹轻松炸倒一堵墙。李向东担心儿子出事，上星期才捣毁了儿子的实验室，弄得儿子对他很是不满，大闹一场，多次扬言要离家出走。

李向东忙去翻儿子的抽屉，那本美国海军陆战队野外生存手册不见了。军用水壶不见了。还有那把从网上邮寄来的瑞士军刀也不见了。那把刀花了四百多块，差点没把李向东的鼻子气歪。李向东对儿子的生存能力倒是不担心，他担心儿子走邪路。翻出通讯录，打了儿子几个同学的电话，把一家一家人从梦中叫醒，没有问到儿子的消息。又跑到外面找了一家网吧，上了儿子常上的QQ群。这个群，李向东是知道的，儿子曾让李向东把他爆破的镜头拍下来，在群上炫耀。这个QQ群里聚集的，全是一群爆破发烧友。儿子是这个QQ群里传说中的高手。只要儿子一露面，那些粉丝就会把所有能想到的阿谀之词发上来。李向东希望能从这群里寻到儿子的踪影。登陆了儿子的QQ。那个样子酷酷的头像下，“拉灯”二字，让李向东的心里，本能地升起恐惧。他不知道儿子何时把网名改成了“拉灯”。近一年，他的人生正逢多事之秋，对儿子的关注是少了。让李向东感到心惊肉跳的，是儿子的QQ签名：“再过几十年，我们来相会，送到火葬场，全部烧成灰。你一堆，我一堆，谁也不识谁，全部送到农村当化肥。”

李向东的手都有些抖了。上了QQ。这个群里的头像都在闪着，一条一条的信息往外冒。这些孩子，都十二点过了，还没有一个睡觉的。李向东刚一上线，马上就有人冒出来打招呼。

：老大好。老大辛苦了。

李向东回复，我不是拉灯。

：你是谁?

：我是他爸爸。他晚上离家出走了，叔叔想问问你们，他有没有和你们联系过。谁有他的消息，请告诉我，这是我的电话：138××××××××

：耶！老大真棒!!!!!!!!!

：orz!（注：火星文，五体投地之意。）

：我太爱老大了，爱死了。

：我要跟老大私奔!

你们这些孩子啊。李向东回。

：哪来的老玉米棒子？？？？

一堆火星文、炸弹和狗屎出现在对话框里。

……

走出网吧时，李向东看了一下表，已是凌晨一点。想一想，还是拦了辆的士，讲了半天价，答应八十块钱去龙华。南珠和女儿住在龙华。李向东回到龙华时，已是两点，小区里安安静静的。他轻轻上楼，拿钥匙开门，门从里面插上了。轻敲几下，没有动静，怕把邻居吵醒，因不敢再敲。拿手机打家里的电话，电话打不通。李向东叹了口气，知道这次南珠是真生气了。他不怪南珠，也理解南珠，可是有谁理解他？儿子李让是他和前妻陈丽所生，这小子，性子本来就烈，他亲妈的话都难得听上一两句，陈丽那么要强的女人，没少被他给气哭。让他到龙华和南珠一块儿住，那几乎是不可能的。就算真过来了，也只会让他和南珠的冲突升级。加之儿子在宝安上学，李向东也在宝安这边上班。一个星期也难得回龙华来陪南珠母女一回，有时前脚刚回，黄细妹的电话后脚就追来了，说是有急事，让他赶快回厂里。又匆匆忙忙往厂里赶，赶回厂里，却并不是什么急事、大事，有时甚至只是一些鸡毛蒜皮的小事。一次两次，李向东还没有多想，次数多了，李向东就明白，黄细妹是在故意折腾他。折腾就折腾吧，李向东想，谁叫自己是打工仔呢。

李向东侧耳听了一会儿屋内的动静，里面似有声音，知道南珠并没有睡着。便将身子一蜷，蹲在门口。他太知道南珠了，是个服软不服硬的脾气，你和她硬顶，她脾气一上来，九头牛也拉不回，你先服了软，她的心比嫩江的水还要温柔，比嫩江平原还要宽广。哦，那遥远的嫩江……李向东靠在墙上。开始还只是想装一下可怜，眼一闭，酒劲儿就上来了，加之这一天东奔西走的，从早起到现在就没有合一下眼，毕竟是四十岁的人了，这一闭上眼，不到两分钟工夫，就打起了呼噜。

行文至此，按下李向东、南珠夫妇如何赌气不表，单表老板黄细妹。

黄细妹和陈彪在李向东走后，又听了一回二人转。黄细妹对二人转毫无兴趣，他一直不明白，这样土里巴叽的地方小戏何以就能红遍全国。说毫无兴趣还不准确，应该说是有点深恶痛绝。当年他还在当打工仔时，老板就喜欢二人转，厂子里还专门弄了个二人转小剧团，工人没有事了，就要排练二人转。由老板娘亲自担当指导。厂里一些精灵鬼马的家伙，工作不怎么样，倒很会讨老板和老板娘欢心，把那方手巾甩得滴溜溜转，二人转唱得有板有眼，因而深得老板的信任。黄细妹的工作是很出色的，进厂不到一年，他就成了U形拉上的技术尖子。可是他那一口化州话，让他根本没办法去学唱哪怕一句二人转。他其实也是下过一些功夫的，没人时偷偷跟着录音机练，可是怎么练也没有用。后来干脆就不练了，不练也就罢了，还专挖苦讽刺那些二人转唱得好的工友，说他们是马屁精。工友们笑他，说他吃不到葡萄说葡萄是酸的。有一次，是厂里的元旦联欢，老板大约是听说了，黄细妹愣是可以把二人转唱出粤语歌曲的味道来，就点了黄细妹的名，让他唱。他红着脸，像一只煮熟了的虾。最终他还是唱了，唱了两句，全厂都笑爆了。老板笑得更开心。这一切，对于老板来说，也许只是一次与工人打成一片的成功故事，是他亲切和气没有老板架子的体现，而对黄细妹来说，却是很深的伤害。当然，那一次的表现也让老板记住了黄细妹，关注起了黄细妹。进而发现了他的技术才华，把他调到了技术部，给厂里最出色的工程师当起了助手……而每一次厂里有联欢，黄细妹的二人转就成了保留节目。他带给了老板、工友们多少欢乐，老板和工友们就带给了他多少耻辱。后来黄细妹曾说过，正是这深深的耻辱感让他发奋，成为一个不再被人羞辱、被人贬损的人。

后来，在他工厂开业的那天，他面对五十名工人，做了一番热情洋溢的讲话，他讲了他的打工生涯，讲他打工过程中受过的羞辱与贬损。讲他所经历的没完没了的加班，当然也讲了他唱二人转的故事。然后他对那五十号人做了保证，说正因为他的这些经历，让他并没有把自己当成是老板，因此也希望工人们不要把他当成是老板。黄细妹说：我们是兄弟姐妹，是革命同志，我们一起干事业。我充分尊重每一位员工的价值与尊严。黄细妹说：我希望大家对我无话不说，有意见就提，可以当面提，也可以书面提。我在这里给各位许下承诺，如果有一天，我违背了我的承诺，你们可以推翻我。黄细妹的讲话赢得了员工最热烈的掌声。员工们干劲十足，他的小厂，在不停地创造奇迹。这与他和员工的关系是分不开的。当上老板后，他的厂里并没有分灶吃饭，他、经理，主管和员工吃一样的伙食。他睡在厂里，有一个员工没有加完班，他决不会先回去睡觉。有些订单，按他的生产能力，是根本接不了的，接了也不能按时完工。他就去征求员工的意见。员工们说：老板，接下来吧，我们多加点班就是。于是单接下来了，员工加班，他也加班。他的小厂以惊人的速度发展，到了现在，拥有了三条U形拉，一百五十名员工。马上还要搬新厂，要再上三条U形拉。

黄细妹是聪明人。就说这晚上的饭局吧，一开始，他还以为李向东和陈彪只是老乡的关系，喝了一会儿，他就觉出了不对劲。陈彪的每句话里，分明是带着暗箭的，而李向东，好像是做了什么亏心事，任着陈彪斩割。陈彪是谁，是他黄细妹的客户。客户是什么，客户是上帝。上帝要不高兴了，有他的好日子过？而李向东呢，李向东不过是他黄细妹手下的一个打工仔，就算做到了经理也还是打工仔，不过是高级一点的打工仔。黄细妹很快看出了“上帝”和“打工仔”有过节儿。他自然是帮着上帝收拾打工仔了。看着打工仔被收拾得狼狈不堪丑态百出，他的心里自然是高兴的。心里高兴了，还不忘了拿眼去观察上帝的表现，上帝的表情显示出，他也是高兴的。这下子黄细妹就放心了。打工仔走后，黄细妹不失时机地问上帝：陈经理，我这马仔还听话吧，要他往东他不敢往西。

马仔？陈彪一愣，随后哈哈大笑了起来。

黄细妹说：陈经理好像和我这马仔不是一般的关系。您要是觉得他在我公司碍眼，一句话，我立马让他滚蛋。

陈彪笑，说：这是黄老板您公司的事，我怎么好过问。

黄细妹说：陈经理您见笑了。其实呢，我也不喜欢这李向东。又说，不谈他了，陈经理还想要什么活动，现在回去也还早。

陈彪说：听黄老板你安排。

黄细妹如此热情，那订单自然是没有问题。趁热打铁。黄细妹叫来了领班，不一会儿，领班叫来了几个小妹，个个打扮得花枝招展，在二人面前一字儿站开。黄细妹让陈彪先点了，他也随手点了一个。安排好了陈彪，黄细妹就在陈彪隔壁开了间房。却掏出了二百块钱，打发那小妹走人。小妹奇怪地看着黄细妹。

黄细妹说：我很累，想休息，你走吧。

小妹说：老板，我有办法让你不累的。再说了，无功不受禄，既然收了您的小费，自然是要提供服务的。否则有违我的职业道德。

黄细妹说：你很幽默啊。

小妹说：一会儿你就知道，我不仅仅是幽默。

黄细妹说：那，你帮我按按背吧。

说是按背，按着按着就趴到他的背上，拿两只奶在他的背上蹭来蹭去，手也不老实地乱摸起来。

黄细妹说停停停，你要干吗？你走吧。

小妹看黄细妹生气的样子，像看一头怪物，盯着黄细妹，一脸鄙夷地走了。

开厂这么多年，黄细妹难得地保持着清醒。他能有今天并不容易，他知道，创业难，守业更难。在珠三角，每天都有工厂新开张，每天都有工厂倒闭。昨日是千万富翁，一夜间便变成千万负翁的也不少见，这些都警醒着黄细妹。因了客户的需要，有时这样的应酬是少不了的。他都是这样，帮客户点好小妹，他自己在隔壁开房休息。小妹一走，黄细妹就倒在床上，身子像散了架一样。不做生意，是体会不到做生意的难处的。所谓不当家不知柴米贵。黄细妹躺在床上，却还不敢睡着了，点了一支烟，让自己的脑子清醒了一点，他还要想一些事情。

黄细妹的机电厂，开起来还没有几年。生意做得倒还算顺水顺风。他正在谋划着搬厂，现在的厂子太小了，新厂选好了，那边的环境要比现在这厂子好得多，主要是租金要便宜。现在的问题是，将来生产扩大了，在管理上就要跟上了。他想着要在厂里推行"零次品管理"。现在流水线的工人并不缺，缺的是有水平的高管。所谓兵熊熊一个，将熊熊一窝。他急于寻找一位能干的大将。现在他的身边就有一位将才，那就是李向东。李向东无论是经验，还是管理能力，都是没话可说的。可是黄细妹心里总是有着顾虑。李向东不仅仅是一个将才，应该说是个帅才。要想让帅才老老实实当一个大将，不是一件容易的事情。如果到时不能驾驭他，那么干脆就弃之不用，免得到时出了问题不好收拾。

一支烟吸完，黄细妹有了睡意，迷迷糊糊地，刚睡下，却想起来有一件重要的事没有办，急匆匆离开了酒店，不分东西南北地走，走到一处空旷的地方，他想了好一会儿，才想明白，是一个重要的客户约好了，要在这里见面的。客户一口气订购了五十万台微马达。今天就要来签合同了。只是为何把签合同的地方选在这样的地方，他一时也没有想明白。正糊涂着呢，过来一位咨客，笑盈盈地，穿着旗袍，旗袍的岔子开得很高，露出修长雪白的大腿。他盯着那腿看得发呆，见小姐在看他，发觉自己的行为举止不端，顿时面红耳热。跟了咨客，走了不知多远，但见烟雾重重，进得一处花园，花园里有一硕大戏台，台上台下空无一人。咨客让他等等，转入台后便不可寻。

黄细妹便在那台下四处闲走，忽见一边立着几个塑料模特。看上去分外眼熟。为首一个精瘦、面黄，和自己一般高。盯着那模特细看，忽然醒觉那模特居然是自己。吓了一跳，又去看另一个肥肥壮壮，身高马大，面白无须。分明是李向东。黄细妹伸手去捏李向东的鼻子，正觉有趣。猛听得锣鼓声响，台下突然间齐齐地坐了数十人，都在欢声鼓掌。黄细妹一一看去，他的客户，张、王、刘、李、陈……众位老总都已来齐。台上又有人在叫他的名字，让他上台。黄细妹迷糊间觉得有人牵他上台了，将两方红手帕塞在了他的手中。有人又往他的鼻子上扑白粉，扮了个小丑。台上站着一女子，模样儿似曾相识，认真一看，分明就是刚才在酒店被他拒绝的小妹。小妹盈盈一笑，高声道：下面请欣赏东北二人转，表演者，黄细妹。却先唱了起来：人情冷暖凭天造，谁能移动她半分毫。我正不足她正少，她为饥寒我为娇……分明不是二人转，却是京剧《锁麟囊》的段子。女子唱罢，该着黄细妹唱，黄细妹却怎么也唱不出，嗓子里仿佛塞了一把草。转身欲逃，突见李向东冲上台来，大喝一声：丢雷老母！不唱炒你鱿鱼！黄细妹惊出一身冷汗，顿时醒了。原来是梦。细数了梦中情景，历历在目。又回忆那女子的唱词……人情冷暖凭天造，谁能移动她半分毫。我正不足她正少，她为饥寒我为娇……黄细妹若有所思，呆了一会儿，看时间，已是清晨六点。想到还要去广州见客户，便打了李向东的电话，让李向东开车来接自己，一起去广州。

却说当晚之事，李向东料南珠并未睡着，假意睡在门外，不意真睡着了。他是睡着了，南珠哪里睡得着？和李向东结婚这一年多来，当真是多事之秋。就没有过上几天安生的日子。原来对生活那许多美好计划仿佛一场梦，一夜间，梦就醒了。其实过点穷日子倒没有什么，南珠也不是个贪图富贵的人。只是穷日子得夫妻同心，才能把苦日子过出甜味来。夫妻不同心，再富的日子，过出的还是一把苦涩。现在他们是又穷又苦了。白天，南珠去了一趟房产中介公司，想把这房子卖了，然后她和女儿搬到宝安住。这一年来，深圳的房价发了疯地往上涨，这时出手，还真是舍不得。当然，这事她还是想和李向东商量一下。白天打了电话，两口子话赶话，有点不欢而散的意思。挂了电话，南珠反省了半天，觉得现在这关口，李向东其实比她还要难，还要脆弱。能去给黄细妹打工，这对于李向东来说，已经是很不容易了。南珠想，她在这时得给李向东最强大的心理支持，做他的精神后盾。她知道，今天晚上李向东是一定会回来的。她做了李向东爱吃的菜，一直等着丈夫归来，电视机开着，耳朵却听着门外的动静。抱着女儿，和女儿说话，说宝贝，爸爸一会儿就要回来啦。等到十点钟，李向东还没有回来，女儿早睡了。南珠想想，还是给李向东一个电话吧，男人嘛，要的是面子，给他一个台阶下。谁知电话居然没人接。她想，可能是没有听到，隔一会儿再拨，还是没有人接。南珠睡在床上，也不吃饭，看着女儿，泪就下来了。等到十二点，李向东还没有回，她就把电话线拔了，把门反锁上。可是心却还是关心着门外。李向东一开门，她就听见了，当时就从床上坐了起来，可是她又睡下了，她不想开门，她要让李向东再急一急。

女人的心思，就是这么奇怪，她听见了李向东敲门的声音，心里一激灵，可是门响了几声，居然就没有了动静。南珠等了十几分钟，还是没见动静，她实在忍不住了，轻轻开门，李向东蜷在门口睡得正香哩！又气又疼，说了声我真是前世欠你的，今世要来还债了。去推李向东，却怎么也推不醒。去抱他，李向东一百六十斤的块头，她哪里抱得动，摇又摇不醒，抱又抱不动。南珠都气哭了，可哭也没有用，跑进家里，舀了一碗水，倒在了李向东的脸上，李向东这才猛地醒过来。见李向东醒来了，南珠转回屋，倒在床上就睡。

李向东俯身床前，去亲熟睡中的女儿，被南珠一把打开，说去去去，别把女儿弄醒了。

李向东在女儿的小脸上再吻一下，又去哄南珠。

南珠没好气地说，一身酒气，去洗洗，不洗别上我的床。

李向东去洗了澡，酒也醒了，瞌睡也醒了。睡在床上，从后面抱着南珠，南珠把他的手拿开，李向东的手又环了过去，南珠便不再反抗了。夫妻之间，床头打架床尾和，这话是真理。做完了爱，李向东问，还生我气？

南珠却说：我今天去房产公司了，想把这房子卖了，我们搬到宝安去住。

李向东说：卖房子？

南珠说：也省得你一天到晚走到街上都提心吊胆的，欠别人的总是要还的。

李向东说：钱是迟早要还的，只是这房子不能卖，你们也不能去宝安。现在还没有人知道你住在龙华，我不想让那些人来打扰你的生活。不想让你们跟着我受这份罪。

南珠说：你这说的什么话，夫妻本是同林鸟。

李向东说：大难临头各自飞。

南珠说：我不是这个意思。

李向东说：我知道，再说了，这房子，是我最后的退路，没有了这房子，我就没有退路了。南珠还想说什么，李向东说，知道我晚上干嘛吗？南珠说，老板为难你了。李向东说，去帮他陪客户喝酒了。他现在是在故意折磨我。南珠说，他不是那样的人。李向东说，他就是那样的人，不过你放心，他那点小把戏，玩不过我的，我现在是死猪不怕开水烫，他怎么折腾我，我都由着他。南珠说，也不怪他，你当初是怎么待人家的。李向东说，我知道，在他面前，我还是有心理优势的。对了，知道今晚陪的客户是谁吗？南珠问，谁？李向东说，陈彪。南珠没有说话，转过身，抱着李向东的头，像抱着个孩子。说，肯定说了很多难听的话吧？李向东说，也没有，就是让我喝酒，让我唱二人转。我就喝，我就唱。李向东忽然就想到了儿子。这会儿，儿子不知身在何方。想：天一亮，就要去报警的。想：这事，还是暂时不要对南珠说，说了徒增她的烦恼。想：……。听得南珠还在同他说话，他却不想再说。

天刚亮，李向东本打算给黄细妹一个电话，请假。儿子丢了，这是天大的事。没想到这么早，黄细妹就把电话打过来了，只说，七点半，把车开到富苑酒店门口等我，今天一道去广州。挂了。李向东想请假都没来得及。想再打过去，把电话号都按了，却没有拨。见南珠睡得正香呢，不忍把她弄醒。站在漱口台前，发了半晌呆。换上了工衣，去酒店接黄细妹。赶到酒店时，黄细妹还没有出来，李向东候在门口，七点二十八分，黄细妹夹着个包，从酒店门里步出。见李向东穿着工衣，略微一愣。李向东弯下腰，把车门打开。黄细妹便躬身坐入车内。李向东开车，很快便出了宝安。车上广深高速，黄细妹才说：向东你脸色好差，昨晚醉得厉害吧。李向东说是喝多了。黄细妹说，四十出头的人，不能喝还是少喝一点。我的话是那么说，你也不必来者不拒。不过话说回来，昨晚多亏了你，客户喝得高兴，顺利拿到了订单。到时是要给你发奖金的。李向东说：谢谢黄总。

车开得很快，一会儿就到了望牛墩。但见窗外水网连绵，香蕉林一望无际。香蕉林的再远处，是高高低低的灰色厂房。这厂房绵延数百里，将广州和深圳连为一体。百里之间，仅此一片水域，和这香蕉林，尚依稀透着乡村的影子。当然，这是南国的乡村。这植物的叶片是如此丰硕，水色自然没有了从前的清澈，不过这许多的沟沟岔岔，倒是像极了李向东家乡的风景——嫩江平原那一片水草丰茂的湿地，植物也是如此肥美。农民们春种秋收，植物们夏长冬藏，闲时节打鱼摸虾，吹牛扯白。李向东并不怀旧，看着这连绵的香蕉林，他也不会有怀念故乡的心情。怀旧是一种很奢侈的事情，基本上属于吃饱了撑着无事可做的闲人们的事情。要是放在两年前，李向东尚有这等闲情。带着儿子，或是带上南珠和女儿，去到大小梅沙、大鹏湾，或者是更远的丽江。当然，还有故乡的湿地。李向东就曾带着南珠回到湿地，看那湿地上生息的无数水鸟。家乡已没有什么人，四野之空旷，仿若李向东的儿时。天地之间有大美，身边有佳人，况他饱而且暖，自然有男女之思。和南珠在野外疯狂，回到深圳，南珠怀上了。南珠说她不在乎名分，只想给他李向东生一个女儿。

南珠说，女人生儿子，是一件很龌龊的事情，生女儿，才显美丽。

李向东觉得南珠的想法很奇怪，他喜欢南珠的这奇怪。在南珠还是工厂里的一名普通文员时，李向东就发现了她的这奇怪之处。果然生了个女儿。取名李想，乳名珠珠。李向东替她们母女在龙华购置了一处房产。没想到，这事不知为何竟让李让的妈妈、李向东的妻子陈丽得知。没有闹，这么多年和李向东一起经风经雨，早已不是当年的乡村女教师兼业余二人转演员，处事果断。说离就离了，弄得李向东的心里反倒空落了许久。仿佛陈丽早就有离婚之心，只是没有借口，现在李向东给了她这个借口，正遂了心愿。李向东如是问陈丽，陈丽冷笑，是又如何，许你拈花惹草，不许我红杏出墙？这一说，对李向东打击不小。夫妻分了财产，三一三十一，夫妻每人三分之一，余下三分之一算儿子的。问儿子跟谁，儿子说谁都不跟，要单干。夫妻二人一合计，儿子跟了李向东。儿子那一份财产自然也归了李向东。李向东被陈丽的宽仁与大爱感动不已，一度回心转意，说不离婚，要离开南珠母女。陈丽冷笑，说你若这样，当真不是东西了。好好过你们的小日子吧，祝你们幸福。又说，从此她要游山玩水过完后半生，要把地球上最美的地方都走一遍，再也不会去牵挂什么了。儿子她也不想要，谁她都懒得管。陈丽这样说时，眼泪在眼圈里打转，终究没有掉下来。李向东没想到事情会如此发展，倒觉得很对不住陈丽。毕竟是这么多年的夫妻，一块儿有难同当来的。陈丽一走，李让的舅舅们都造起了反，个个欲置李向东于死地。当着众人的面，将李向东暴打了一顿。妻舅们的作为，让李向东寒心，想当初，没有他李向东，那两个家伙……一个个都只有当打工仔的命。

当然，这些，都是过去的事了，不想也罢。现在让李向东焦心的是李让，不知这小子跑到哪里去了。不过李向东相信儿子的生存能力，两年前的一个夏天，这小子拿了三十块钱，一路坐汽车扒火车跑回了东北老家。出火车站时，因逃票被铁路公安给抓了，没想到公安一没留神，又让他逃了。出车站就打了辆的士，一百二十公里路从省城直奔老家县城，到了县城给他姨电话，让他姨过来付了车费。那一次，倒是把李向东夫妇吓得不轻。经过了那一次，李向东惊慌之余也甚感欣慰。这儿子，比同龄人要早熟得多，虽说刚入初中，生存能力，比有些大学生都要强。

一夜没睡好，加之心里有事，一走神，差点追尾。车猛地一刹，差点没把黄细妹给撞出挡风玻璃。黄细妹的一句骂就脱口而出：丢雷老母！骂完，黄细妹突然住了口。李向东也不说话。

丢雷老母！这是广东人的省骂，相当于北方人说我操的意思。本无特殊之处。但对于车里的两个人来说，这句话，却有着不同寻常的记忆。因此当黄细妹突然骂出这句“丢雷老母”的时候，两人都不再说话。这样便略显有些尴尬。黄细妹说，开车小心点。放点音乐提提神。李向东便拿起一只碟，音乐响起，是东北二人转的旋律。

黄细妹说：我一直弄不明白，这二人转有什么好听的，两个人扯起了嗓子喊，奇了怪了，现在是全国人民都知道了东北二人转。

李向东说：黄总，您不也爱听二人转么？

黄细妹淡淡地说：不是爱听。是必须听。有时做梦都是站在台上唱二人转。当我遇到过不去的坎时，我就听听二人转，想想自己打工时受的苦，受的……辱，咬咬牙，这坎就过去了。向东，你二人转唱得好，什么时候，你也在咱们厂里组织个二人转班子吧，业余时候，丰富一下工人的文化生活。文化生活很重要啊。马上要搬新厂了，搬到新厂，管理要正规了，工人的文化生活，也要抓好，教工人唱戏的事就交给你，如何？

黄细妹说得漫不经心，李向东却听得汗如雨下。不过李向东毕竟也是老江湖，不动声色：谢谢黄总。

说话间，前面就到收费站了。李向东的心里还在琢磨黄细妹刚才这话的意思呢。不过他现在很是坦然，黄细妹爱怎么折腾自己就怎么折腾自己，只要给自己开工资，管他是开车还是唱二人转，无所谓。当然，说李向东的修养当真如此之高，那也是不对的。自从给黄细妹打工，他几乎每一天都是在羞辱中度过的。表面上，他是不动声色，在心底里，却给黄细妹狠狠地记下了一笔。心里有事，没想到就违章了，要命的是前面正有交警候着，对他的车打手势让停车。

黄细妹急着去见客户呢，知道被交警缠上，一时半会儿走不了，说：冲过去。

老板有令，打工仔哪敢不听。一踩油门，想冲过去。交警很勇敢，挡在了车前。

吱！车刹住了。

交警冲过来，很生气的样子，拿手拍着车窗。李向东放下了车窗玻璃。交警用普通话说，干吗呢，叫你过来，你还想跑！李向东用粤语和那交警打招呼了，说：阿色，搞么也啊。

交警听李向东说白话，也用白话，说：丢雷老母，雷开咯快搞么也，着急仆街！

李向东是老江湖了。脸色突然一正，用普通话道：我违章了，你处罚我就是，该怎么罚就怎么罚，你怎么可以这么野蛮执法呢？

交警一时没有反应过来，急着脸，也使上了普通话，说：我怎么野蛮执法了？

李向东说：还不野蛮执法，你过来给我敬礼了吗？不敬礼也就算了，你为什么要骂人，我妈妈今年快七十岁了，老人家在家里吃斋念佛，一辈子没有得罪过人，是招你了还是惹你了。你还骂什么，那什么街，你以为我听不懂吗？现在的交警，怎么都这素质呢？

交警解释说：我听你说了广东话，我才说那句话的。丢雷老母，这哪里算是骂人呢？

李向东说：你看看，你还在骂人。

交警急得脸红脖子粗：广东人说话不都这样吗？这不过是一句口头禅。兄弟之间这样说，连父子之间也是这样丢来丢去的。这哪里是骂人了？

李向东说：那这句话用普通话说是什么意思？

交警一时语塞。

他们这一吵，后面的车很快就排成了长龙。喇叭摁得乱叫。

交警说：你先把车开到边上再说。

李向东说：你先把骂人的事说清楚。你的警号是多少，我要给你们的警督打电话。

交警说：你打吧，反正我没有骂人。

李向东说：操你老妈还不是骂人的话吗？那要什么样的话是骂人？

摸出电话，摆出要投诉的样子。

这事不仅出乎交警的意料之外，也出乎黄细妹的意料之外。最后不仅没有罚款，没有拖车，连分也没有扣，倒是交警给李向东赔了礼，求他快点走人了事。李向东得意地对黄细妹说：我就算准了，我一说白话，他就会说这句话的。

黄细妹心里自叹不如，想，李向东这人太精明了，遇事不慌，谋事老成。这样的人留在身边，用好了是自己事业上的好帮手，用不好，养虎为患。以两人过去的关系与身份，想要用好李向东，只怕是不可能的。当时就下了决心，新厂的生产管理要另外考虑人选。

车到目的地，客户代表早候在了酒店门口。李向东把车泊稳，快速下车，帮黄细妹把车门打开，说，黄总您请。黄细妹钻出车门。李向东又接过了黄细妹的包，不紧不慢地跟在黄细妹的身后。客户代表的目光，不时在李向东的身上扫来扫去。黄细妹笑着对客户代表说，这是我的助理，向东，李向东。

客户代表说：难怪。

黄细妹说：我和他走在一起，是不是他看上去更像老总，我像是马仔？

客户代表说：黄总您真会开玩笑。

黄细妹没有开玩笑。李向东的身体有些发福，白白胖胖的。重要的是他说话时的样子，一举手一投足，眉宇间流露出的自信，说话时的武断，都带着一个成功商人的影子。反倒是黄细妹，瘦瘦小小的，说话的语速又快，和李向东刚好形成了反差。好在李向东是个聪明人，每次和黄细妹一起出来办事，他都会专门穿上工厂的工衣，这样既自然，又恰到好处地表明了他的身份。这些细枝末节的东西，黄细妹自然是看在眼里的。心里的感觉，却是说不出的复杂。想想人生真的是有意思，人生就像是一个小小的舞台，大家都是这台上的戏子，你方唱罢我登场。此处关节，有曹公雪芹《红楼梦》判词为证："说什么脂正浓，粉正香，如何两鬓又成霜。金满箱，银满箱，转眼乞丐人皆谤。正叹他人命不长，哪知自己归来丧。训有方，保不定日后作强梁；择膏粱，谁承望流落在烟花巷。乱哄哄，你方唱罢我登场，反认他乡是故乡。甚荒唐，到头来都是为他人作嫁衣裳！"

行文至此，读者对黄细妹、李向东二人关系，大约也明白了八九分。作者不再遮遮掩掩，以免弄巧成拙，此处一并交代了事：却说几年前，李向东是老板，也开一间微马达厂，规模并不比黄细妹现在的厂子小，而黄细妹，其时却只是李向东厂里的一个打工仔。那时的李向东，年轻气盛，少年得志，鲜衣怒马，何曾把他黄细妹放在眼里，哪里想得到，那个经常被他呼来唤去"丢"来"操"去的广东仔，被他赠了个"姑娘"绰号的黄细妹，几年工夫就变成了老板，而昔日的老板，工厂说垮就垮了，欠了一屁股的债，被人追得东躲西藏，到末了，还是昔日他厂里的打工仔收购了他的那些设备，接过了他的那些工人，加之看在南珠的面子上，又让他在黄细妹这里谋得一份工作，受尽屈辱。早知如此，何必当初。当初是怎么样的呢？这些，李向东差不多是忘记了的，李向东那时哪里会把一个小小打工仔的感受放在心上？他的心有多大呀！那时他的厂刚开张不久，几十个工人。他心里一心想着的都是怎样多拉业务，扩大生产，就像现在的黄细妹一样。可是那一件件，一桩桩，黄细妹可没有忘记。他牢牢地记着呢，这是他人生路上的耻辱。可以说，正是这强烈的耻辱感，造就了他黄细妹。也是这耻辱感，让他出了高出别人的价钱，从法院拍得李向东厂里的设备，用着他新增的三条U形拉。

黄细妹记得，那时，食堂里烧的是煤油灶。灶里的喷油嘴坏了，不出油。李老板到食堂大发脾气。刚好黄细妹到食堂打水喝。李向东指着黄细妹，说，你过来。黄细妹过去了，李向东就命他用嘴把油嘴吸通。黄细妹面有难色。李向东骂道，丢雷老母，这是煤油，又不是毒药。黄细妹不敢违命，含着油嘴吸，油嘴是吸通了，他的嘴里，好多天吃饭都有一股煤油味。而他李向东呢，连一句感谢的话都没有说。李向东那时有句口头禅就是“丢雷老母”。这是李向东来南方后学会的第一句话。李向东喜欢对工人们说这句话，一天到晚丢来丢去的。后来厂子略大一些了，李向东身上那种粗鄙气自然收敛了不少，人也渐渐变得像个成功企业家了。他妻子陈丽，喜欢二人转，他也爱唱。厂子里就搞了一个二人转的表演队。他们的意思，那是与工人同乐呀，他哪里想得到，就是这二人转的表演，也在黄细妹的心里烙下了如此深的仇恨种子呢。诸如此类，当真是太多了。这一切，对于黄细妹来说，都是不可磨灭的印痕。他没有想到，老天爷会给他这样好的一个一雪前耻的机会。

李向东是到了黄细妹的厂里之后，才慢慢忆起过去的点点滴滴的。现在，人家黄细妹是在把过去的点点滴滴，一一还施给他呀。李向东就清楚，现在的情况，是人为刀俎，我为鱼肉了。可是有什么办法呢，现在他李向东倒霉了。不过李向东相信，风水轮流转，他李向东现在不过是在进行人生的冬眠，过了冬天，他会苏醒过来的，积蓄了能量，他迟早会翻身，会反扑也未可得知。

这一次的大变故，让李向东的性格，与从前发生了一百八十度的大转变。也让他看清了许多的事情。在他风光的时候，他的身边，有多少朋友啊。他手上资金有点困难了，多少人争着抢着借钱给他。他说，借是借，我付你高的利息。朋友们会说，李大哥您这是骂人，我们哪能要您的利息。您能借我们的钱，那就是看得起我们。可当真等他的厂子败了时，那些个朋友，一个个跑得比兔子还快。最可恨的，是有些朋友借了点钱给他，他的厂子倒了，那些朋友马上就翻脸了，天天追着他讨债，打也打过，骂也骂过。还拿刀子抵在他的胸口过，拿枪抵在他的脑袋上过，相比起来，只在他的厂里打了四年工的黄细妹，在这关头肯收留他，算是不错的了。一文钱难倒英雄汉，秦琼尚有卖马时。李向东想。

黄细妹在里面开会时，李向东就走到走道里打电话，又把儿子李让的同学们找了一个遍，没有消息。又打电话给前妻陈丽。好久没有通过电话了，电话通了，却一时不知说什么是好。陈丽倒没有给他任何的嘲讽，毕竟一日夫妻百日恩，何况是十多年的夫妻呢。

陈丽柔声问：向东，现在怎么在过？还是东躲西藏的么？要躲就躲远一点，你人在深圳，迟早被那些阎王找到的。

李向东说：还好。我现在给人打工呢。

陈丽说：是吗？你受得了这份苦？

李向东说：没有什么。又说，你呢，现在过得可好？

陈丽说：我要说过得不好，你会关心吗？

李向东说：怎么能不操心呢。

陈丽说：我要说过得很开心，你又该不快乐了。

李向东说：你这人呀，什么都好，就是太聪明。男人还是喜欢笨一点的女人的。

陈丽笑：你的意思，我是没有男人会喜欢的了？

李向东不说话。陈丽说：说吧，什么事，没有事，你是不会无缘无故给我打电话的。

李向东说：也没有什么事，就是咱儿子，李让，离家出走了，我想问问，他和你联系过没有。

是吗？儿子离家出走了。报警了没有？陈丽惊讶地问。

儿子没有和你联系么？李向东说，要是和你联系了，你给我电话，免得我操心。

你还知道操心，当真是太阳从西边出来了。还有什么事没有？陈丽的话又变得冰冷了起来。

李向东说：你现在，怎么过，一个人过么？

陈丽说：不一个人过怎么过。我还在等着和你复婚呢。

李向东说：……

陈丽笑：看看，把你吓坏了吧。

李向东说：……

陈丽说：好了，儿子和我联系了我会告诉你的。还有，李向东，我警告你，儿子若有什么闪失，我和你没完。

挂了电话。李向东若有所失。他当真是有些后悔了，如果不是和陈丽离婚，陈丽就不会抽走他那么多的流动资金。陈丽不走，陈彪、陈虎兄弟也不会离开。他们兄弟二人不离开，那几个大的客户，也不会流失。李向东人生失败的多米诺骨牌，自陈丽发现了南珠的存在起，就倒下了第一块。天地良心，李向东并没有想过要和陈丽离婚的。就像他刚才所说的那样，陈丽这人太聪明，太要强了，这让李向东有一种压抑感，他都是个成功商人了，可是在陈丽的面前，还是抬不起头来。陈丽仿佛长了一双透视眼，能把他的心思看个底掉。南珠可不是这样的，南珠会有一些奇怪的想法，南珠更像是一个无知的小妹妹，什么事都相信他，都听他的，在李向东的面前，她很少拿出自己的主见。南珠也说过，跟着他，只想给他生一个女儿，然后自己把女儿养大。南珠说她不争名分。这对李向东来说，是多么兴奋的事啊，家里红旗不倒，外面彩旗飘飘。特别是女儿珠珠出生后，让中年得女的李向东，感觉像换了一个人似的。连做爱都像是回到了劲头十足的二十多岁时。没想到，这事怎么就被陈丽知道了。当真是没有不透风的墙啊。是谁把这消息透给陈丽的呢？李向东有时想，找出那个人，要把他千刀万剐才解恨。

李向东想了一会儿陈丽，怀念着和陈丽一起相识的过去，一起在家乡唱二人转的日子。他突然觉得，过去的日子其实很美好。怀念和陈丽双双闯深圳，一起创业的日子。这样想了一会儿，长叹口气，想到得给南珠一个电话了。电话打到家里，南珠不在家，打南珠的手机。问南珠在干嘛，南珠说没干嘛，在外面逛商店。李向东说，在外面注意安全。南珠说知道了。挂了电话。就接到黄细妹的电话，劈头盖脸一句，你干吗呢，打这么久的电话，电话一直打不通。

李向东说：家里出了点事。

黄细妹说：快点过来。

李向东跑到会议室门口，不见黄细妹，又跑进会议室，里面空无一人。再给黄细妹打电话，黄细妹没好气地说，在大堂。李向东就去摁电梯，要下到大堂，偏偏电梯故意和他作对一样，一个劲地往上行，到了上面，好半天才下来。李向东下到大堂，黄细妹大声骂：丢雷老母，跑哪里去了，大堂里顿时射来众多的目光。李向东不停地弯腰说对不起对不起，就打了几个电话，没想到您的会开得这么快。

李向东一路小跑过去，把车开到了酒店门口，问：老板，去哪里？

能去哪里，回深圳。黄细妹说。

李向东估计黄老板这次会开得不顺利，大约是订单没有拿到，在拿他撒气。他从前也是这样的。在客户那里受了气，或者心情不好了，他就爱到车间里转悠，然后找个倒霉的工人骂一顿出气。弄得后来工人都知道，老板一骂人，肯定是在外面被客户骂了。有没有骂过黄细妹，他想不起来了。大约，也是骂过的吧。后来离了婚，陈彪兄弟也走了之后，他骂人的次数就更多了，简直是家常便饭了。直到最后，终于有工人忍无可忍，拍着桌子说老子不干了，你他妈的赶快给老子结工资。李向东心里这样想着，不想前面一个绿灯没有过去，连续遇上了两个红灯。黄细妹没好气地骂，丢雷老母，你会不会开车。李向东的火，一下子也蹿到了脑门顶上。心想你黄细妹也不要太过分，骂一两句就算了，我也能理解。再说了，我李向东虽说给你打工，我可不是一般的打工仔，我是当过老板的人，还是当过你黄细妹的老板的人，你多少要给我留点面子。心里这么想，却把心头的火强压了下来。

车上了高速，黄细妹的心情略为平静了一些。刚才他是受大气了，好好的一桩单，被半路上杀出的人给抢了。正没有人撒火呢，自然是拿李向东开刀了。心情一平静，也觉得刚才对李向东的态度有些过了，便说：向东，刚才我骂你，是太难听了一点。可我是没把你当外人才骂的，别人我也不敢骂呀。好好的一笔订单。你是做过老板的人，应该能理解我的。

李向东说：我能理解。

黄细妹说：别往心里去。

李向东说：我不会往心里去。

到了宝安，黄细妹说：向东，有什么难处你对我说，能帮的，我也会尽力的。

李向东心想，你别把我呼来喝去，别把我当杂工使，就是对我最大的帮助。

余下数日，无事可述。黄细妹依旧经营生意。搬新厂在即，许多工作，千头万绪。而如何使用好李向东，也一时难以决断。李向东依然是四处打听儿子李让的下落。报警，四处打电话。家里的事，也无甚可述。无非是南珠又提了两次要卖楼的事，被李向东劝阻后，也没有再提。这些日子，儿子不见了，李向东倒还有了更多的时间陪南珠母女，这难免让南珠生出了想法，觉得李让是她们一家幸福生活的挡路虎。有时也为李让担一点心，有时又会想，最好李让从此失踪，再也不回来。这样一想时，她会接着想许多未来的生活，她相信李向东迟早会有东山再起的一天，就算没有那一天也无所谓，一家人在一起，生活依然是甜蜜而幸福的。但最后，她都会为自己有这样的想法感到羞愧，然后自责。晚上，在与李向东云雨之后，她便对李向东检讨了她内心的这些阴暗之处，希望李向东能原谅她的想法。李向东听罢长叹，没有觉出南珠这想法可恨，倒觉得南珠是一个可爱的人。提到儿子，难免又会长吁短叹一番，这不是李向东的性格，可自从工厂倒闭以来，他渐渐爱叹息。有时，南珠睡到半夜，从梦中醒来，见李向东还躺在床上，不出声，两眼呆呆地，很久，长叹一声。南珠此时，便偎在李向东的怀里，那时，南珠就明白了相依为命是什么意思。现在的她和李向东，就是相依为命。

李向东前妻陈丽的电话，打破了这短暂的平静。当时，李向东和南珠正在温存。这些天，李向东每天都回家睡觉。南珠幸福得要死，每天的功课，就是煲李向东爱喝的汤。抓住男人的心，先要抓住男人的胃。这话果然不假。李向东在外面，受了一天的累，受了一天的气，回到家里，有女儿的笑，有南珠的温情，还有可口的饭菜，鲜美的汤羹。自然是对李向东这颗疲惫的心最好的抚慰。这样的平静生活，甚至让李向东产生了放弃东山再起的念头，天天能如此生活，他觉得很是满足。

手机响起，一看是陈丽的。李向东犹豫了一下，挂了没接。

谁的电话？南珠问。

……李向东说，不理他。

电话又响起。

南珠说，是陈丽的吧，还是接一下，怕是有李让的消息呢。

李向东接过电话。陈丽在电话那端坏笑，但笑里分明带着酸楚：怎么？不接我的电话，打扰你的好事了吧。

李向东说：什么呀，我刚才在卫生间。

陈丽说：儿子找到了没有？

李向东说：没有，不过你放心，儿子现在肯定没事。

陈丽说：你怎么知道他没事？他给你电话了？

李向东安慰陈丽：我每天都要上一次李让的QQ，这两天有好几次都上不了，说是此号码已被占用。这说明什么？说明这小子在上网，上网说明什么？说明他还活得好好的。所以你就放心吧。

陈丽说：你要把儿子真弄丢了，我活剥了你。

李向东说：还有什么事。

陈丽说：怎么，没事就不能聊聊？一日夫妻百日恩呢，这么快就恩断义绝，连和我说说话都不耐烦了？

李向东说：没有没有。你说吧。李向东这样说时，不停地看着南珠。南珠扭过头，假装不关心，李向东的每一句话，都钻进了她的耳朵，并根据李向东的话，推理着电话那端的陈丽说了些什么。开始他们在谈儿子的事，这个南珠放心，可是说到后来，就只听见李向东不停地在嗯，嗯，你说，嗯。南珠的心里，自然就酸了起来。她无法推断他们在谈什么，但女人的直觉告诉她，陈丽对李向东并没有死心。李向东挂了电话之后，过来安慰南珠。南珠把肩一扭，不理他。李向东说，没什么，我们只是谈孩子的事。南珠说，你这叫此地无银三百两，我又没有说你们有什么，你这么紧张干嘛。李向东便说，睡吧睡吧，别看电视了。南珠说，你睡，我睡不着。南珠睡不着。当初，她也只是想和李向东好，后来，只是想给李向东生个孩子，再后来，她想，为了孩子，也要整个儿地拥有李向东，她不能和别的女人分享一个男人。她问李向东，要是陈丽知道我们的事了，你怎么办？李向东说，你放心，这事天知地知你知我知，没有别人知道。南珠说，我是说万一，女人的直觉是很准确的。南珠说，要是有一天，你只能在我和陈丽中选一个，你选谁。李向东说，当然选你。有了李向东这句话，南珠放心了，她也相信李向东会选择她。她很巧妙地把消息透给了陈丽，谁想到根本用不着李向东选择，陈丽很果断地和李向东离了婚。

第二天晚上，差不多又是昨天的这时刻，南珠早把昨天的不快给忘记了。可是陈丽的电话却又来了，好像故意在提醒南珠似的。这一次，南珠干脆不在一旁听，扭身去了客厅看电视。人在客厅，心却在卧室里，默数着时间。李向东和陈丽的通话，整整持续了八分钟。八分，她这是在故意气我，当我不存在么？南珠对李向东说，你们要打电话别当着我的面打，你当我是什么，是空气？我是人。李向东说，她要打来，我有什么办法？第三天，南珠多了个心眼儿，把李向东的手机给关了。这一晚，终于是安静地过去了，可是李向东却魂不守舍。南珠心里明镜一样，却不点破，只是对李向东温柔无限。然而这种平静只持续了一日，次日晚，陈丽的电话准时到来，不再是打李向东的手机，而是直接打房间里的座机。南珠再好的休养，终是克制不住，待李向东通完电话，南珠冷着脸问道：她怎知家里的电话？你把家里的电话给她了？

李向东说：我也不晓得她怎么知道的。

南珠说：不是你给她的？

李向东说：不是。

南珠说：别装了，你当我是三岁小孩？你不给她，她怎么会知道，这个电话除了你我和李让，再没有人知道的。

李让？李向东心里一动，想，难不成……？

南珠说：她一天到晚电话不断，是想和你复婚吧？

李向东一愣，心想原来只知陈丽是个聪明的女人，任何心思瞒她不过。没想到南珠的心思也是如此细密。口中却说：你放心吧，我穷光蛋一个，她躲我还来不及呢。

南珠说：她真没提复婚的事？

李向东说：你呀，我们现在是合法夫妻了，和她复什么婚。你放心吧，她打电话来，无非是想报复你一下，故意气你呢，你要真生气，和我一闹，那不是正中了她的意？

南珠想想，觉得李向东的解释合情合理，没有深究。只是陈丽知道家里的电话号码一事，颇为费解。

这一晚，李向东的心却是真的乱了。这几天，陈丽的电话每每不约而至，弄得南珠十分不快，也弄得李向东很是为难。不过夜深人静时，李向东又止不住细想了陈丽的话。陈丽当真是提到了复婚。陈丽说本来她的心境还算可以，可听说李向东破产后，就再也无法平静。陈丽说厂子是她和李向东共同创下的，现在厂子倒闭了，她很心痛。陈丽还说她手上还有钱，只要李向东离开南珠和她复婚，他们很快就可以把厂子开起来。而陈虎、陈彪也会回到厂里来，并且是带着大量订单回厂里来。陈丽说，以她的个性，是万不会动这复婚的念头，只是看在儿子李让的分上。如何选择，你自己考虑。李向东的心就乱了。对陈丽，他是有感情的。可是南珠呢，南珠母女，他又如何能舍下？如果和南珠离婚，再和陈丽结婚，他很快就可以摆脱困境，可以不用再受黄细妹的羞辱与报复，也不用害怕那些个如狼似虎的债主了。以他的业务能力，他要东山再起，那是指日可待的事。李向东一时间，心里是两边权衡，取舍不下，看南珠睡得正熟，小床上的女儿睡得香甜，伸手摸一下女儿的小脸，心顿时软了。想，李向东呀李向东，好马尚不吃回头草。

次日晚，南珠又有了办法，关了李向东的手机，又把家里的电话线给拔了。这一下，看你陈丽能奈我何？李向东没有反对。不料次日，李向东刚到厂里，就被黄细妹劈头盖脸一顿骂，都骂出了兰花指，什么难听的话都用上了。昨晚黄细妹真找李向东有事，结果怎么也联系不上。李向东无话可说，听凭黄细妹用言语对他施暴。黄细妹骂够了，李向东事后才知道，新厂搬迁的事遇上了麻烦。日子都定好了，这边的厂房也退了租。可新厂那边的村委和供电局发生了矛盾，供电局卡着迟迟不送电。恰又有一批货被客户退了，黄细妹心急上火，一早赶到厂里，在车间把拉长、主管们召集在一起一通臭骂。黄细妹骂完又去办事了，李向东的心里却越发不是滋味。又想到陈丽提出复婚的事。想，我有阳光大道不走，守在这里受辱受屈，这是何苦来着。南珠要是知道我的苦处尚值得，要是不知，那当真是屈死了。是否复婚，终究了难决断。

老板的事业遇上了麻烦，厂子里的人都提心吊胆的。所谓大河涨水小河满，大河落水小河干。老板生意好了，坐流水线的，一个月工资能多拿三两百。主管经理们，自然也会多拿些奖金。老板日子都难过了，还能看着打工者们吃香的喝辣的？骂骂人发发脾气，心里也多少平衡一些。所谓光阴似箭，转眼间，旧的厂房到期了，村委把旧厂房租给了一家服装厂，服装厂的人天天来催黄细妹搬厂，人家也等着开工呢。迟搬一天，这损失谁出？可新厂那边的电还没有落实，是万不能搬过去的。厂子里停一天产，损失不可估量。少赚了钱事小，不能按时交货，坏了信誉事大。黄细妹现在也顾不了许多，开始玩起失踪。一边派人和新厂那边的村委沟通，一边躲着服装厂和老厂村委的人，只说马上就搬，迟搬一天给你一天的租金，又不会少你一文钱。村委倒不是十分上心，打了几年的交道，村官们和黄细妹的关系，已是千丝万缕，成了利益攸关方。倒是那边服装厂的人，脾气是一日日坏，说话的语气也是一日比一日强硬。

却说这天，黄细妹厂里的工人才上班，写字楼的员工们在电脑前坐下来准备开始一天的工作。一排小车无声地驶到厂门口。保安一看，以为是老板的客户，随意问了一下，便开了门。车在工厂中间的空地泊好，一溜下来八九人，人手一根大棒。保安一见心中叫苦，心想自己是失职了。慌忙给老板打电话，说话都哆嗦了起来，没头没脑一句话：黑社会！老板——黑社会！

黄细妹正在新厂那边同村委的大爷们磨嘴皮子呢，接到保安电话，皱着眉说，有话你慢慢说，没人把你的舌头割了。什么黑社会？

保安说：老板，厂里来了黑社会。十几个，拿着大棒子。

黄细妹一听头都大了，骂：你们干什么吃的？让他们进来？嗯！

保安慌忙解释，说我以为是老板的客户。保安没有说的是，上一次有客户来厂里，结果保安盘查得严了，客户老大不高兴，给了黄细妹的脸色，事后黄细妹自然把保安们教训了一顿，让他们把眼睛放亮一点，脑瓜子灵醒一点，保安站在门口是防止那些小偷小摸的人，哪里有开着宝马的小偷？

黄细妹骂：丢雷老母，快点去看着，别让他们砸坏了东西。

在保安和黄细妹汇报的工夫，那一行九位大汉，已闯进了写字楼。为首一个，上穿皂色对襟唐装，下穿宽大米白府绸裤，脚蹬千层底八字鞋，寸板头，大脑袋，两片圆溜溜的墨镜遮住了眼，一根大棒扛在肩上。后面跟着的大汉，倒是一个个西装笔挺，白色的衬衣领很有型地翻着，一溜儿站开，高矮胖瘦几无区别，这场面，让人觉得似曾相识，依稀在某部电影里见过。后面众人，一声不发。为首穿对襟唐装的那位，先是把写字楼给扫视了一遍，慢条斯理地问：黄细妹在哪？

语音不高，却字字如刀。

文员心惊肉跳，指了指黄细妹的办公室。

正巧这日，李向东没有跟着黄细妹去新厂，在办公室里帮着整理东西，猛见进来一行大汉，心里一惊。李向东终是见过大世面的，闯荡江湖多年，什么阵势没有见过？一惊之后便镇定了下来。

你就是黄细妹？对襟唐装拿棒子指着李向东。

李向东不承认，也不否认，反问：你们有什么事？

我就问你是不是黄细妹？对襟唐装道。

是又何如？李向东问。

对襟唐装一挥手，上来两个大汉，一把就揪住了李向东，把他的头摁在大班桌上。李向东倒没有反抗，任那两大汉处置。两大汉没遇到反抗，倒是有些意外，准备好了的拳头与大棒，一时倒不好下手。

什么事？对襟唐装不理会被摁着的李向东，左转转右看看，手中的棒子东戳坏一块玻璃西捣坏一只杯子。其他的人，都背着手，八字儿排开，棒子竖在身后。写字楼里的文员们，老早就吓得跑到了外面。保安都来到了门外，见李向东被摁在大班桌上，却没有一个人敢进来相救。李向东面对着那一群大汉，倒是面不改色，心不快跳，依然微笑着，听凭那对襟唐装倒腾了半天，他自平静如水。

什么时候搬？对襟唐装问得慢条斯理，也问得杀气腾腾。

什么什么时候搬？这些人一进来，他就知道来者所为何了，偏偏明知故问。

你是揣着明白装糊涂啊，黄老板。李向东的冷静，大约大大出乎了对襟唐装的意料之外，因此他的语气也客气了一点。叫了一声黄老板，又加重了语气说，我只问你什么时候搬走。

李向东说，这个不好说，也许明天就搬，也许十天半月，也许……

一只拳头呼地落在了李向东的鼻梁上，两条血虫子一样从李向东的鼻孔里爬出。李向东想起了，他破产之后，那些个债主们，一次把他给揪住了，也是这样一顿暴打，想起了他和陈丽离婚后，李彪、李虎兄弟当着他厂子里那些打工者的面，把他的头也是这样摁在大班桌上，在他的鼻梁上来了一拳。而这一次，他是在代黄细妹受过。他本是可以说清他不是黄细妹的，可李向东也是个倔性子，这样的时候把自己撇清不是他李向东所为。

对襟唐装朝后面做了个手势。只听“噼里啪啦”一阵响，办公室里的玻璃碎了一地。黄细妹那喝工夫茶的紫砂壶和茶杯也被打成了碎片。黄细妹平时倒没有别的爱好，就爱喝茶。品茶功夫据说不错，茶具自非俗物。真正的黄花梨木，又是名家雕镂，价值不菲。李向东进厂之后，黄细妹偶尔也会叫上他，两人一起喝茶。李向东对茶道一无所知。黄细妹便教李向东品茶。黄细妹的手指捏着紫砂小茶杯，小茶杯像装了滑轮一样，在他手指尖滴溜溜转动。洗杯、煮茶、点茶，动作娴熟。做这些时，他的小指一直成兰花状。黄细妹点好茶，说，点茶也有讲究，同样的一壶茶，点茶的手法不同，出来的味道不一样。黄细妹说着分别用三种手法从同一壶茶里倒出了三杯茶，让李向东品。说，你品品，看这三杯茶有什么区别。这茶杯本就小如桃核，李向东喝一杯，又一杯，再一杯，说，没区别。黄细妹就得意地笑，说你这不叫品茶，叫牛喝水……

想到这里，李向东扭过头，鼻血流到了嘴角，双手被反剪着，略一动弹，那摁着他的四只胳膊就加上了劲道。李向东说，有话好好说，又说，你们知道这茶具值多少钱吗？

对襟唐装冷笑：多少钱？

李向东说：单这茶壶就花了五万。这桌子是黄花梨的，花了十二万买回的。

对襟唐装笑，拿棒子在那黄花梨木的茶桌上戳，然后一脚把那桌子蹬翻。上来两个西装，三下五除二，就把那桌子脚给踢断了。

李向东心里闪过一丝快意。

对襟唐装做了个手势，手下又都站立不动。

什么时候搬？对襟唐装再问。

李向东哈哈大笑，说，我可不是吓大的。

对襟唐装冷笑，那我就好好吓吓你。兄弟们，给我砸。

李向东依然冷笑。不说话。但听得一阵乒乓乱响，片刻工夫，办公室里已是一片狼藉。李向东见时机差不多了，再砸下去，黄细妹的办公室就没得砸了，他们该去砸写字楼了。写字楼里是千万不能被砸的，黄花梨的茶具价钱明摆在这里，电脑里的资料一毁，对黄细妹来说，将是毁灭性的打击。

李向东说：各位还是见好就收吧，一会儿防暴警察来了，各位想走也走不成了。

对襟唐装一愣，盯着李向东，说：你他妈的敢报警，老子做了你！

李向东笑。

对襟唐装看看也差不多了，他们不过是拿人钱财，替人办事。客户只说了吓唬吓唬黄细妹，并没有给废掉他的价钱，话虽说得狠，再强悍的主也是怕警察的，扔下几句狠话，带队鱼贯而出，一阵风走了。他们一走，保安和文员们都进了写字楼，有文员开始收拾地上的资料。有人来关心着李向东。

李向东抹了一把脸，脸上一脸的血，找了点卫生纸做成纸球塞在两个鼻孔里。瓮声瓮气地说：大家不要动，就让他这个样子吧。

这边对襟唐装刚走，后面黄细妹就赶回了厂里。见到办公室一地狼藉，心疼不已。拾起紫砂壶的碎片，说我的壶。扶起断了腿的茶几，说我的黄花梨啊……骂保安，丢雷老母，要你们这些人是吃干饭的，滚，都给我滚。保安们并不滚，站在一边不知所措。又骂文员，说你们这些贪生怕死的家伙，我是怎么对你们的，现在厂里遇到事了，你们一个个都成了缩头乌龟。再骂李向东时，见李向东一脸的血，脸上却挂着笑，可是话到了嘴边，还是骂了两句,，语调却轻了许多，话也没有那么难听了。

李向东倒为文员和保安们解围，说：老板你不要骂他们了。其实他们是想保护工厂的，是我制止了他们，没让他们这样做。

黄细妹盯着李向东，不明白李向东是什么意思。

李向东说，这些人肯定是服装厂派来的，目的是想让咱们早点搬走，要是我们的保安上来阻止他们砸东西，他们会砸得更起劲，办公室砸了无所谓，不过几万块钱的东西，紫砂壶碎了可以再买新的，要是把写字楼的电脑砸了，那些资料弄丢了损失可就大了。现在他们是一拳打在了个软棉袋上，有劲也没有使出来呢。

黄细妹气得脸色铁青，想想又觉得李向东的话说得有理，那些混蛋，你真要和他们对着干，只会把损失扩大。因此问道，你的脸，是他们打的吗？

就有快嘴的文员，说了来的打手们本是要找老板您的，是李向东帮您挨了这顿打。黄细妹便说，卫东，刚才我是气糊涂了，把你也给骂了，别介意。

李向东说：老板也别急，我看这是一件好事。您想啊，现在工厂面临的头等大事是搬迁，搬又没处搬，不搬呢，这边又催着咱们走。本来是我们理亏的事，现在好了，服装厂派人这么一闹，理亏的反倒是他们了，我估计十天半月，他们不会再来逼我们搬了。黄总您想一想，十天不搬的利润，和这间办公室的损失，哪个大哪个小？

黄细妹说：你怎么知道他们不会再来闹了？

李向东说：将心比心，我要是服装厂的，既派人来砸了你的办公室，无非是出一口气，气也出了，哪里会得势不饶人呢。都是做生意的，正经人，不是黑社会，我想他们也是气急了才出此下策的。

黄细妹还是心疼不已，却问：那要不要报警？

李向东说：我看这警也不要报了。你一报警，服装厂那边必定不会善罢甘休。

黄细妹心里暗暗服气李向东处事的方法。未来十天，果然服装厂再也没有派人来捣乱。而新厂那边，也终于协商好了，通了水电，可以搬迁了。黄细妹越发觉得李向东这人不简单，这次若不是李向东处理得当，损失不可估量，至此，对李向东客气了许多，虽说依然没有给李向东实权，但在处理一些重大的问题时，却爱处处征求李向东的意见。李向东俨然成了黄细妹的高参。对李向东的关心也多了起来。因问李向东，有什么需要他帮忙的，这一次，他是真心想帮一帮李向东。过去的事，毕竟是过去了。李向东过去羞辱过他，这几个月，他也羞辱了李向东，再说了，人家李向东还替他挨了打，因此有了和李向东一笑泯恩仇的意思。李向东见黄细妹问得真诚，这才对黄细妹说了他儿子离家出走的事。黄细妹一听跳了起来，说家里出了这么大的事你怎么不早说？

李向东苦笑：早说也无用，厂里那么多事，我不能给黄总您添乱。

黄细妹心里感动，觉出了自己的小，这么多年来，一直记恨着李向东。这几个月来，一直想方设法羞辱李向东。没想到李向东却是处处为他黄细妹着想。这样一想，心里觉得，自己终究是比李向东差了一截，那滋味，真是五味杂陈。

李向东说：黄总要是想帮我，就给我几天假，我去找找儿子。

李向东其实知道了儿子的去向。从前妻陈丽突然打电话到家里起，他就有这个怀疑。南珠以为是李向东把电话给陈丽的，李向东心里却想，肯定是儿子李让告诉陈丽的，否则她再无知道这电话的道理。再想，陈丽每次打电话来，都催着他找儿子，可是听陈丽的口气，却是一点也不着急，不是真急，她的那急是装出来的。夫妻十几年，他太了解陈丽了。还有，那天他对陈丽说儿子在上网，次日，儿子就从 QQ 上消失了。种种蛛丝马迹，都让他断定，儿子李让跑到陈丽那里去了。有一次陈丽再提到复婚，李向东说，可是现在儿子都丢了，哪里还有心事复婚？陈丽明显愣了一下，说，儿子总是能找到的。又一次，李向东突然说，你叫李让来听电话。陈丽随口就叫了一声李让，然后又不说话了。李向东说，儿子在你这里，我知道的，你们也不用瞒我了。陈丽这才实话实说，儿子李让离开李向东后，坐车就去了广州，在广州玩了一天，就把手上的钱用光了，在一家网吧，把军刀也换了钱花光了，这才打个电话给陈丽，说了他上网的地方。陈丽当日就飞到了广州，把在网吧里泡了两天两夜的李让接回了她安在杭州的家。

李向东回到家，对南珠说他想去找儿子。南珠说又不知道李让去了哪里，从何找起？

李向东说：我猜他是回东北他外婆家了，我想去一趟东北。

南珠说：我和你一起去。

李向东说：现在北方很冷了，你去不打紧，就怕咱们的宝贝女儿冻感冒了。

南珠说：那，你每天给我电话。找到找不到，快去快回。

李向东说那是自然。次日就离开了深圳，直接飞往杭州，见陈丽母子去了。不说南珠在家如何操心，单说李向东去杭州，那心情，却似当初瞒了陈丽和南珠约会一样。想想觉得人生真是充满了荒诞，如同书中写的一样。走出接机口，陈丽和李让母子都候在那里。自与陈丽离婚后，这是二人第一次见面。陈丽显然是精心打扮了，头发不是从前那样的长发，剪短了，挑染了几绺浅啡色，显得精气神十足，一身白蓝相间的休闲装束，看上去显得年轻了几岁。李向东在心里暗暗将陈丽与南珠比较了一下。南珠的身上，更多的是一种小女人的气息，是南方的温情，而陈丽怎么打扮，却干练依然，透着商场拼搏过的锐气，暗自叹息，恨自己无缘同时拥有这两个女人。当然这想法只是一瞬间的事。陈丽也知道李向东在看自己，倒是大大方方，笑而不语，让李向东看。李让却拿胳膊肘拐了一下李向东，说老爸看我老妈是不是越来越漂亮了？李向东拿手在李让的后脑勺上拍了一掌，说你这个小混蛋，你吓死我了。说跑就跑，也不吭一声。李让说不是给你留纸条了吗？我又不是三岁的小孩。

陈丽也笑：顺手接过了李向东手中的包，说，李让，给你爸拿包，这孩子，一点也不知道心疼你爸。

李让说：有老妈心疼就行了。

陈丽道：我心疼得上么？

话里一股酸味。

李向东说咱们不说这些好不。李让却说老妈你就别虚伪了，天天嘴里都念着我老爸，老爸来了，你又这样说。老爸你知道不，昨天老妈听说你要来，高兴得……

陈丽嗔道：你这孩子，尽胡说八道。

这样说时，拿眼望着李向东，眼里却什么内容都有了。李向东心里一乱，不知说什么是好。见到了儿子，心是放下了，南珠母女却浮上了心头。陈丽开车，三人去了陈丽在杭州置的家，离西湖不远处的一个小镇。陈丽说，今天的饭就在家里吃了，我买了你喜欢吃的羊肉。

你下厨？李向东问。

怎么？陈丽笑，人总是会变的。

陈丽在厨房忙活时，李向东就把陈丽的家打量了一遍。看到陈丽的卧室里，挂着有男人的睡衣，心里莫名地酸楚了起来。想一想，人家现在是独身一人，为何不能有男人呢？理是这个理，心里的滋味终是不好受。和陈丽复婚的念头，顿时就淡了下去。接下来的饭，羊肉烧得再好，也吃得寡淡。陈丽感觉到了李向东情绪的变化，却不知所为何事，想自己今日处处表现不至于有不妥之处，心知李向东必是在念着南珠母子，被李让说动起来的热情也淡了。李让从中再怎么拉拢，两人都有些淡然。吃饭时，便只有说李让。问李让到底是跟老妈还是跟老爸。李让说要和老爸、老妈一起过。不然他就不读书了，去打工，自己养活自己。李让说老爸我就不知道那个南珠有什么好。李向东冷下脸，说，南珠是你叫的？李让说，她有什么好？你知道老妈有多关心你吗？李向东说，小孩子，大人的事，你怎么会懂。李让说，我怎么不懂，你不就是看南珠……她……年轻一点吗？人总是要老的。陈丽忽然叹了口气，这一口气叹得倒是百转千回了，一时三人无话可说。埋头吃饭毕，李向东说要去找家酒店住下来，明天就回深圳了。老板工厂刚搬了新厂，厂里的事很多。

陈丽说：你真打算老老实实当个打工仔？你真甘心老老实实当个打工仔？听李让说，黄细妹经常为难你。

李向东说：人是环境的产物，到什么山砍什么柴。再说了，黄细妹现在很信任我，对我也比之前好了许多。再说了，给黄细妹打了这几个月的工，我也明白了许多事理，我要再开厂，一定会对工人好。从前我一直认为，是我们给了那些打工的人一份工作，赏了他们一碗饭吃。现在我才明白，我们赏了一碗饭给工人吃，工人也赏了一碗饭给我们吃。

陈丽说：可是你欠那么多钱，明白了也是白明白的，你还能东山再起？

李向东不说话。

陈丽说：那，我们不说这些了，你现在也是困难时期，李让就留在我这里上学吧，也好和我做个伴。

李向东想问什么，又没有问。去了酒店。晚上一家人一起在西湖边的楼外楼吃了饭。点了许多的菜，却没怎么吃。夫妻两人倒是喝完了一罐楼外楼花雕，有了几分醉意。步行回宾馆时，夜已深沉。西湖在灯光与月光下，闪着幽暗的光，显得深不可测，宽广无比。经过苏小小墓时，陈丽突然轻轻地嗯了起来。分明是李向东和陈丽恋爱时常唱的二人转小帽《游西湖》：

悲悲切切哭了一声夫啊，

哎咳哎咳呀，悲悲切切哭了一声夫啊。

全然哪不念以往当初。

想当年游西湖，你我二人船搭船头，搭船借伞成夫妇啊，哎……

许郎你是寒儒啊，哎……

许郎你是寒儒啊……

二人转的唱腔本是高亢有力，这一段，在陈丽轻声哼来，却低婉沉郁，让人柔肠寸断。李向东也合着唱，“哎咳哎咳呀，悲悲切切哭了一声夫啊。想当年游西湖，你我二人船搭船头，搭船借伞成夫妇啊，哎……”一段唱罢，陈丽说，我听陈彪说了，那天他们让你喝醉了酒，还唱二人转来着。你别记恨陈彪，他是个粗人，别跟他一样见识。

李向东说：我哪里会记恨他，他恨我也是应该的，毕竟是我的不是。

次日，李向东就飞回了深圳。陈丽没有送。李让和李向东打的去的机场。李向东说，李让你还是和爸一起回深圳吧。李让说为什么？李向东说，你妈还年轻，不能总是一个人过，将来总要嫁人的。你还是跟我回深圳的好。李让说，我妈说了，要么和你复婚，要么就和我一起过，她是不会嫁人的。李向东说，你这孩子，你懂什么。这样说时，陈丽衣柜里的那件男式睡衣，又在他的脑海里浮起。李向东想问问李让，终觉不好问。李让坚持不跟他走，李向东想想觉得儿子跟了陈丽比跟着他要合适，便不再勉强。坐在飞机上，李向东突然觉出了不对劲，觉得自己是多心了，那睡衣，也许就是陈丽专门为自己准备的呢。这样一想，又把这两天来见陈丽的前前后后都想了一遍，越发觉得自己错怪了陈丽。心想事已至此，也是天意。回到深圳，先回了龙华。南珠一愣，问李向东怎么这么快就回来了。李向东便说，找到儿子了。南珠问在哪里找到的？李向东没有说实话，只说在孩子外公家。南珠狐疑地问李让呢？李向东说他不愿意回，就随他去了。南珠知道李向东必是有事瞒着自己，也不多问。李向东却是心事重重，想着自己错怪了陈丽，是否要打个电话给她赔个礼，又不时在心里把南珠和陈丽在做比较，一会儿觉得陈丽好，陈丽是他事业上的左膀右臂，而南珠，却半分也帮不上忙，一会儿又觉得南珠好，南珠能把家操持得温馨舒适，和陈丽在一起时，家更像是办公室，像是个旅馆。

南珠试探道：向东，我看你有心事。有事你对我说，我虽帮不上你，却可以分担你的担心，我们是夫妻，夫妻就该有难同当的。

李向东说：没啥，就是为儿子的事。

是夜无非做爱睡觉，无话可叙。次日李向东上班途中，想想还是给陈丽打了个电话。陈丽却没有接。李向东因此一直心事重重的。总觉得有什么事要发生，每日里眼皮跳得紧，左眼跳了右眼跳，心里慌慌的，害怕陈丽出事。一连数日电话总是关机不接，心想这次自己伤陈丽，比上次离婚伤她怕是更甚。不想陈丽没有出事，他自己却遇到了麻烦。晚上黄细妹在一间东北饭馆单请李向东吃饭，说今天他这顿饭，一是谢恩，感谢李向东当年收留了他，让他在厂里学到了一技之长，二是赔礼，这几个月来，有得罪之处，望多多包涵。

黄细妹这样一说，李向东慌忙站了起来。黄细妹也站了起来，说，你坐下，坐下说。

李向东说：黄总，您这样一说，我哪里还敢坐呀。再说了，要说谢恩，该我谢您才对，您也知道，我破产后，没有一个朋友愿意帮我，个个都躲瘟神一样地躲着我，黄总您不计前嫌，高价拍得我厂里的设备，让我多抵了不少的债务。又收留我，再说了，过去我开厂时，对你也多有得罪之处，要赔礼也是我给您赔礼才对。

黄细妹说：那咱们就什么话也不说了，喝了这杯酒，一笑泯恩仇。

李向东狐疑地说：黄总，您叫我来，就为了这事？

黄细妹说：还有个重要的事，你知道，新厂现在开始生产了，但厂子一下子大了一倍，管理也跟不上来。我想请你帮我把厂里的生产管起来。工资嘛，可以是月薪，也可以是年薪。咱们这一行，我这样的规模，厂长什么工资你也是知道的，我给你开最高的工资。当然了，我们得签一个合同，你最少要在我这里干上三年。

李向东沉默着。说实话，在这里打工，也只是一个权宜之计，他每天心里梦想着的是如何东山再起。如果把这合同签了，三年的工资还不够他还债的。东山再起的那一天只怕是遥遥无期了。可是不签，拂了黄细妹的意，只怕再也不好在他这里做事了。

黄细妹见李向东似有难言之隐，自然明白李向东的心思。说我也不强求你，你今晚回去好好想一想吧。你是个人才，我总不能让你在我这里打杂。

黄细妹的意思很明确了，要么签合同，当三年的厂长，要么走人，这里不能留你了。

李向东说：感谢黄总信任，我回去和南珠好好商量一下。

从酒店出来，二人分手。李向东走在宝安的街头，其时已近年关，街道两旁紫荆花开得灿烂，商铺里火红的中国结悄悄透出了年味。过去李向东喜欢过年，过年以前总是天天赶货，总有大笔资金回笼，过年时节，他可以与那些打工者同乐，过年时，他请经理主管们一起吃饭、派红包，接受经理主管们诚惶诚恐的谢意，唱二人转……李向东的思绪飘浮着，一会儿是过去的锦衣玉食烈火烹油，一忽儿是未来的前途未卜困难重重，可他总觉得有些不对劲，可到底是哪里不对劲，一时又说不上来，心里想着黄细妹的话，知道现在到了该抉择的时候了。跟黄细妹打工三年，他心有不甘，可是不给他打工，明年就要失业。他又想到陈丽，想到陈丽衣柜里的那件男式睡衣，想到自己的多心多疑，算是把后路给断了。可是不断这条路又如何，难不成真的要和南珠离婚，然后和陈丽复婚？那他将如何面对南珠？

李向东苦涩一笑，觉得他现在当真是英雄落难，日暮途穷了。从宝安到龙华的公汽到站了，候车的人蜂拥而上，李向东没有挤，待人上得差不多了才上，已没了座位。李向东便站着，身后又挤上了两个人，不时地朝李向东看一眼，李向东去看他们时，他们却把眼光忽闪开了，眼里有贼光。李向东本能地摸了一把口袋，这年头，小偷是越来越猖獗了，年关岁末，更是要大捞一笔好过一个丰裕的年。李向东想看那两个人如何下手，然而却一直没有看到。倒是车到石岩时，上来了两个年轻后生，一高一矮，皆精瘦，看上去也就十七八岁的样子。高个拿了一张百元大钞，说是到大浪。售票员刚接过百元大钞，验了真伪，正要找零，矮子说，等一下，我这里有零钱。高子便收回了百元钞，矮子掏出几张零钞，问多少钱。售票员说两人八元，矮子面有窘色，说，不好意思，只有六块。高子说，那还是我给，把刚收回的百元钞复还给售票员。售票员接过，只摸了一下，顿时叫骂了起来：我操你妈，换假钱。竟然骗到老娘头上来了。司机，不要停车，把这两个王八蛋拉到派出所去。

司机却停了车，开了门。两个瘦子仓皇下车。下到路边，放出狠话：老子记得你。

售票员冲到门口厉声骂：记得又怎么样，老娘还怕你不成，王八蛋，出门被车撞死，生个孩子没屁眼！

一车人哄地笑了起来。车厢里居然有了节日的氛围。许多人还未明白怎么回事呢。李向东站得离那两人近，看得真切，那高个子先是给了一张真钱，后又换了一张假钱给售票员。心里惊叹着那两人手法和双簧编排之高妙，也为售票员的反应之快，处事之泼辣而称奇。一车人都笑。售票员英雄般地讲述着那两人换钱的过程。车到龙华时，李向东下了车，发觉身后有两个人跟着，回头一看，那两人马上装作若无其事的样子。李向东却认出了，正是车上坐在他身边的人。李向东心里一凛，加快了脚步。他快，那两人也快，他慢，那两人也慢。很快就到了小区门口，李向东心念一动，并没有进小区，继续往前走，东拐西拐，背后的两个人，一直死死地跟着他。李向东灵醒过来，哪里是贼人？分明是要命的债主大耳窿找来了！趁二人不注意，拦了辆的士，在龙华转了一个大圈，确定没有人跟踪了才敢回家。细细一想，那两人从厂门口开始，似乎就在跟着他，也就是说，债主知道了他在黄细妹的厂里打工了。回到家，也不敢对南珠说有人跟踪之事，只是交代南珠白天没事尽量少出门。又谈到黄细妹请他做厂长之事。

南珠说那是好事啊。

李向东把他的顾虑说了。

南珠说，现在哪里顾得了那么远，走一步算一步吧。

李向东心有不甘，又想到了陈丽，只说心情烦闷，要出去走走。独自走到小区，再次给陈丽打了电话。电话依然是关机。这才死了那份与陈丽复婚的心。次日去到厂里，和黄细妹把合约签了。合约是黄细妹拟定的，问李向东有什么意见可以提。李向东没有提什么。黄细妹开出的薪水让李向东无话可说，黄细妹拟出的违约条款，李向东自然也无话可说了。签了三年合同，李向东感觉像是被卖了身一样。想到这些条款，当年都是他用来限制黄细妹这样的技术骨干跳槽时惯用的手法，如今二人掉了个个儿，心里的滋味当真不好受。黄细妹笑眯眯地伸出了手，和李向东握了握，说：李厂长，祝我们合作愉快。

李向东有些心不在焉，但事已至此，也只有安心打三年工了。

黄细妹问李向东，是打算住厂里的高管楼，还是住龙华。

经理厂长们是配了家属房的，两房一厅。

李向东说还是住龙华的好。黄细妹说那每天上班来去挤公交也不是办法。于是给李向东配了一辆皮卡，说先将就着吧，是个代步工具。

至此，李向东每次出门，总是格外留心。连续几日，再未发现有人跟踪。加之进出厂里都开着车，渐渐也就放松了警惕。转眼就要过年了，工厂里已开始安排过年之事。晚会自然是少不了的，今年又搬了新厂，又新招了员工。黄细妹交代了，年三十的晚会，要搞得隆重一些。有表演才华的员工已从生产岗位上抽调了出来，天天在排练节目。节目的组织，是办公室的文员们在负责。上次服装厂的人来闹事，李向东为文员和保安们包揽过一次过失，加之她们又听说李向东原来是大老板，还是黄总的老板，因此对他都很是尊敬。要上节目了，求着李向东，无论如何要上一个节目。也不知从哪里听说了，李向东是会唱二人转的，便说李厂长，您就表演一个二人转吧。

李向东说：二人转总是要两个人才转得起来，我一个人，还是算了吧。文员们哪里肯依。李向东拗不过，只好答应了。倒是很快进入了角色，把那一份东山再起的雄心也淡了，只是想，如此下去，那些个债务猴年马月才能还清啊。这样东躲西藏，都不敢堂堂正正做人，也终究不是个办法。心下甚是不安，每日里生活得提心吊胆。然而日子过得却甚是平静，债主们一直没有再出现。这日刚回到家，南珠兴奋地对李向东说女儿会识字了。说罢便拿出了一叠卡片，上面有老虎、豹子、狼、狗……各种动物，还有字，一叠不下百十张。南珠让珠儿认，果然认出了好多张。南珠说：我只教了她三遍，真的只教了三遍。她就认得这么多字了。李向东笑，她是认得图片嘛，哪里是认得字。南珠说：你看看，她居然能分得清狼和狗、老虎和豹子。李向东也来了兴趣，拿了狼和狗、老虎和豹子、驴和马等让女儿认，女儿居然一次都没有错，喜得李向东抱着女儿亲了又亲，又抱着南珠亲了一口。想到今天收到的那个莫明其妙的短信，便翻出来的短信和他的回信给南珠看。

发信人：想知道你老婆陈丽是怎么知道你和南珠的事的吗？

李向东：你什么意思？

发信人：没什么意思，就问你想不想知道。

李向东：知不知道无所谓。

发信人：你不恨那个人吗，是那个人害得你落到现在这田地。

李向东：来说是非者，便是是非人。

南珠的脸色一时如土。背后出了一身冷汗。李向东说，你怎么了？南珠说，没什么，可能是饿了。一饿就浑身一点劲都没有，手也发抖，只要吃一点东西就好了。李向东说，那是低血糖，你要去医院看一看。南珠说，也没什么，只要吃点东西就好了。南珠说，你不恨那个把你我好的消息透给陈丽的人吗？李向东说，我干嘛要恨。南珠说，要是陈丽不知道，你也不会落到现在这样。李向东说，现在这样怎么了，有你，有女儿，有得必有失的。南珠说，你这样想，我当真很高兴。李向东的心里，却时时有一种紧张感，觉得他的幸福危如累卵，脆弱得不堪一击。看南珠那幸福的样子，心想，南珠说到底，还是个简单的小女人。

年三十那天，李向东把南珠和孩子都带到了厂里。这是南珠第一次到厂里来。黄细妹很是热情。南珠说，谢谢你了细妹，哦，不，黄总。

黄细妹说：别叫黄总，你一叫黄总，我觉得生分了，还是叫我细妹吧。

南珠笑：说，那还不如叫姑娘呢。

黄细妹一时无语，一边的李向东，更是窘得满脸通红。南珠知道无心揭了二人心头的旧伤，一时也不知如何是好。倒是黄细妹先打破了尴尬，说时间过得真快呢，一晃，你都是做妈的人了。想当初我们一起给向东打工时，你还是个不懂事的小丫头呢。

南珠也笑，说：你呢，像个女孩子，秀秀气气的，我们写字楼的女孩都喜欢和你说话，好像觉得你就是个女的。

这事一说开反倒都坦然了。就都有了点笑看过去的意思，也感慨着世事的沧桑。正说话间，主持人报：下一个节目，东北二人转，表演者，黄细妹总经理，李向东厂长。

李向东一愣，见黄细妹正对他笑呢。起身上台。黄细妹在表演之前，先说了一通感激的话，说李厂长过去是我的老板，是李厂长培养了我，让我一个打工仔学会了一技之长，我才有今天。下面的员工掌声雷动。黄细妹做了个手势，音乐就响了起来。李向东唱男角，黄细妹尖着嗓子唱女声。赢得了这一晚最多的掌声。

二人下台刚坐好，李向东的手机有了短信：

向东、南珠，我们在遥远的温哥华，祝福你们新年快乐，万事如意。陈丽，李让。

李向东把手机给南珠看了。南珠一时无语。

晚会结束，李向东开着那辆皮卡出了厂，他并未意识到，有两辆车从他出厂时，就一直尾随着他。

再过一个小时，就是二〇〇七年了。李向东说。

南珠看着怀里沉睡的女儿，拿指头点了一下女儿的脸，说：你这小不点啊，又是一年到了，你也长了一岁了。

过年的气氛分散了李向东的警惕，尾随的人一直跟着他到了小区，又跟着他上了楼，直到他们打开门，跟踪他们的人一拥而入，把李向东摁倒在床上，李向东还以为是遇上了打劫的呢。

打劫？切！你他妈的有什么可劫的？我看看我看看，狗日的，欠了一屁股债不还，小日子过得还蛮不错的嘛。这房子也值百十万的吧。躲，躲得了初一躲得过十五吗？连大耳窿的债你也敢躲，当真是不想活了。

一拳打在了李向东的鼻子上。

南珠尖叫，你们要干吗？

干吗？杀人偿命，欠债还钱，你说干吗？嗯？

一巴掌，掴在了南珠的脸上。

女儿被惊醒，顿时大哭了起来。新年的钟声，就在这时敲响了。这南方小镇顿时热闹了起来。鞭炮声把小镇的夜淹没，也淹没了孩子的哭声和南珠的惨叫，淹没了罪恶与黑暗。

2008年1月2日完稿

创作谈：

一 些 人 事

我做工的第一个老板是位画家，在八五新潮时期，是响当当的潮头人物。提到八五新潮美术运动，不得不提的有南京的“红色·旅”“江苏新野性画派”“北方艺术群体”，浙江的“池社”“云南艺术群体”，厦门“达达”“南方艺术沙龙”。我这位老板，就是“江苏新野性画派”的组织者。八十年代末，他去到海南经商，九十年代初，在武汉开厂，后来满世界乱跑，我有幸在他的手下打过两年工。他没有传说中的老板架子，浑身倒是充满了艺术家的激情。记得一年五一，经理让我带画工画完八匹布就放假，我带画工起了个大早，不到早上八点就画完了。经理说，还这么早，再画几匹吧，不然老板会发脾气的。我一听，气得把手中的画笔和染料从五楼扔了下去。经理去找老板告状，老板呵呵一笑，说：这小子很有个性嘛。后来，老板对我很厚爱。我因此成了他画室的常客，那些上千元一本的书，也可让我随意翻阅。是他让我知道了巴尔扎克、左拉和雨果，知道了塞尚、凡高、马蒂斯和康定斯基。他和我的关系，是老板与打工仔，是老师与学生，是兄长与弟弟，更是挚友。

另一位老板徐工，是中科院湖北分院物理所的一位研究员，在计算机方面，他是中科院公认的一号人物。他的阅读很广泛，看到什么好书，必推荐给每一个员工看。在他那里，读了不少好书。我是从那时知道霍金，喜欢上了佛家的典籍。徐工身体不好，换了一只肾。他很清楚自己生命的长度，因此常说他开公司不是为了赚钱，是为让余生过得更有意义，他觉得和我们这些年轻人在一起很开心。公司不像是公司，更像是一个大家庭。我们这些员工，在心里，更多地把他当成一位父亲。

后来我到南海打工，在一个叫南庄的小镇，一间酒店用品厂。厂不大，老板只读过小学，因此对读过几句书的人很是敬重。我也只上过初中，但能写会画，他一直认为我是个大学生，那时厂里只有三个“大学生”：我；一个来自湖南的包装设计师小唐，小唐其实是中专毕业；还一个会计，听说也是中专生。但老板对我们三个“大学生”厚爱有加。那时候，我开始迷上了写作，上班时，安排了工作，就伏案写一些豆腐块，时常在《南海日报》上发表，有时上班，老板见我在写作，笑笑，也不说我。

2007 年 5 月，接宝安区宣传部给的任务，为一位亿万富翁作传。我的初衷，大抵只是写点文字，混点稿费生活而已。可是和这富翁接触后，从心里被他征服。他把两千多人的工厂办成了一所爱心大学校。正是这位亿万富翁，五年前曾经失败，负债累累，不得已去给自己曾经的工人打工，为他的新东家开车、洗车。用他的话说，是“认认真真做一个合格的打工仔”。

说说他们的现在吧：我的第一位老板，后来跑了许多的国家，搞艺术，做生意，一不小心成了负翁，被债主追打。在他最困难的时候，我们又延续了失散多年的友谊。他寻了个僻静的地方，闭关画画。现在出关，他的画成了收藏界的新宠。我的第二个老板徐工，在我离开公司之后的第三年，他的生命走到了尽头，来于宇宙又归于了宇宙，如一粒尘埃。如果有天国，他现在该在天国凝望着我们这些工人吧，他的孩子们吧。前年，中央电视台为我拍一个专题片，我又回到了南海的那家工厂，工厂搬了新厂，规模大了许多，厂里管理得很好，很气派，像星级酒店一样。厂里有了许多真正的大学生。老板盛情地接待了我们一行数人，所有拍摄都大力支持。再说那位我们为其作传的企业家，得了一种罕见的癌症，这种癌症在世界上三年的生存数为零。他正在与病魔顽强地做斗争，并把工厂的股份给了自己的员工。

当然，我也遇到过一些不那么好的老板，甚至是恶的老板。当然，这些好老板，也有过对员工发脾气的时候，遇上烦心事，拿员工开骂。在当时，我也恨过他们。觉得那是我人生的耻辱。人生说短暂很短暂，说漫长又很是漫长。这过程中充满了变数。如同中国太极图中的黑白双鱼，那是一个转动的未知。许多的事，穿过了时间来看，会看出不一样的感受。我们会生出许多的理解、宽容与淡然。说了这些，似乎与现在这个小说有关，似乎又无关。我一直觉得，小说不是讲故事，而是写生活。生活如流水，行于所当行，止于所当止。有时一切有根有据，有源有尾，有时却是横生枝节，来似朝云无觅处，去如春梦了无痕，全然没有道理可言。小说也像生活一样，是一脉流水。同样的一件事物，看的人心境不同，所见亦不同。我不知道自己到底看到了什么，什么是人生或者说人心的真相。也许永远也参不透。我的写作，大抵只是忠实于我的所见所感。至于这所见所感的高低，是另外的一码事了。

痒　啊

就像有的人对花粉过敏，有人对酒精过敏一样，格里高尔对紧张过敏。偏偏他又胆小，特别爱紧张，一紧张浑身就痒得难受。抓。浑身上下抓得满目疮痍，惨不忍睹。因了这个毛病，这么多年来他一直没能结婚。格里高尔是个打工仔，在楚州关外的工厂里打工差不多十年了。他为人朴实，小伙子长相也精神，倒是得到过一些女孩子的欢心，问题是，他不敢对心仪的女孩表达自己的喜欢，因此也就错过了良缘。都说湘女多情，格里高尔发现厂里有个湖南妹子，经常用异样的目光看自己，妹子的目光中水波荡漾，情意绵绵。这给了格里高尔以勇气，他终于鼓起勇气，蹭到女孩面前，想对湘妹子表达自己的爱慕之情。女孩呢，对他也是有意的，看见他红着脸，似乎有话要说，她大约是知道格里高尔想说什么的，甚至有可能，她早就在等待着这一刻的到来了，然而到了关键的时候，格里高尔又紧张了，嘴张了几次，脸由红变黑又由黑变紫，却一句话也没有说出口。后来的结果可想而知，他当着女孩的面，开始在身上上下左右胡乱抓，把女孩吓得尖叫了起来。这样说吧，他有几次完成第一梦想的机会，都因了过敏的毛病泡了汤。渐渐地，他对完成第一梦想就不抱什么希望了。那就打单身吧，有时，睡在铁架床上的他，会这样恨恨地想。光棍有什么了不起的呢，不是有一首歌里唱着的么，“光棍有酒喝，光棍有烟抽，光棍的好处说也说不完”。可他终究是不甘心的，何况，父母年纪也大了，总是操心着他的婚事，二老最大的心愿就是抱一抱孙子然后再去阎王爷那儿报到，抱不到孙子，二老死也不甘心。

格里高尔这过敏的毛病，是来楚州打工后才患上的。说起来，也有十多年的历史了。揪住历史不放，似乎并不应该，心灵鸡汤不是常教育人们要放眼未来么。不过有些历史，是不能忘却的。那么，就交代一下格里高尔的得病史吧：其时格里高尔刚从乡下来到城里，和所有进城务工的民工一样，格里高尔把这次进城的意义看得相当重大，他认为，只要离开了乡村，他就会有一个广阔的天地，就会做出一番惊天动地的事业来，事实上，情况却并非如此，他进工厂后，差不多就变成了流水线上的一个机器零部件，每天的生活是极为单调的，上班下班。格里高尔做了一段时间的流水线后，发现这样下去不是办法，他想改变这种现状，于是就辞了工，他希望找到更好的工作，于是他不可避免地遇上了治安队……看看，这里又说到治安队了，对楚州生活比较了解的人一定会批评我，说你干吗抓住治安队这个问题不放呢，这都是陈年老皇历了，现在的楚州，警察执法是极为文明的，而且，现在也不再有收容遣送的问题了。问题是，这是造成格里高尔过敏症的直接病因，或者说，是诱发格里高尔过敏症的直接病因，因此在这里就显得极为重要，少不得要交代清楚了。长话短说，格里高尔在一次逛街时，遇上了治安队，要查暂住证。格里高尔是有暂住证的，因此他并不害怕治安队，他也没怎么把那些治安员放在眼里，这就太不应该了，为此，他付出了应有的代价。格里高尔说他有证件，这样说时，他是有点嚣张的，简直就是有恃无恐，一个治安员接过了格里高尔递过去的暂住证，冷笑了一声，随手就撕成了碎片，一扬手，手中就飞起了一群蝴蝶。治安员问格里高尔，暂住证呢？格里高尔就急了，这一急，就感觉到背上出了一层细密的汗，有些痒痒的。不过格里高尔没有注意到这一细微的生理变化，他急于证明的，是这个治安员把他的证件给撕碎了。治安员笑嘻嘻地问格里高尔谁可以做证。格里高尔找不到证人，和他一起逛街的工友，在治安员指着鼻子时都摇了摇头，说没有看见谁撕了他的证件。治安员冷笑了一声，用楚州的州骂骂了格里高尔，给格里高尔安了一个污蔑治安员罪，把他关进了收容所。在收容所里的经历倒没有什么出奇之处，和所有经历过收容的人的经历大同小异。只是他出来的方式不一样，别人出来都是要交钱的，他没有交钱。他进收容所的第二天，皮肤开始过敏，先是在背后起了一些小红疹，痒，他拿手去抓，谁知越抓越痒，抓到哪里痒到哪里，不一会儿，他就把全身的皮肤都抓破了，他的样子吓坏了收容所的人，也因此获得了自由，他以为自己捡了个便宜，不想却落下了过敏这个病根，开始时，他是只要看见治安员就过敏，他就尽量少上街，甚至不上街，可他的病情却在一日日加重了，只要略微一紧张就会过敏。偏偏他又是个胆小如鼠的人，生活中有点风吹草动，都会让他莫明其妙地紧张，比如说吧，走在工业区，见到一个留着大胡子的，或者剃着光头的人，他就会赶紧躲开了走，倘或那大胡子或者光头朝他多看一眼，他就会过敏。主管或者老板在他的工位前多站一会儿，他也会紧张。为此，格里高尔也没少去看医生，中医、西医，药没少吃，屁股都被扎成筛子眼了，病丝毫不见好转。这些年来，格里高尔就一直都生活在“打工→挣钱→看病→打工→挣钱→看病”的反复中，后来，格里高尔通过收音机里的广告，找到了一位心理医生，这位医生在听完了格里高尔的述说之后，认为他这病是心病，心病还得心药医。医生建议格里高尔去找个治安员，然后拿大嘴巴子抽他一顿，这样他的病就会好了。医生的这个建议，是有理论根据的。当然，这里略过根据不表，具体到这一治疗方案，要实施起来却有一定的技术难度，一是现在楚州城基本上没有治安员了，自从那年收容所里出了人命案后，治安员就光荣地退出了历史舞台，其二呢，就算能找到治安员，也没有谁会具有这样的奉献精神，心甘情愿拿自己的脸来给格里高尔抽。医生说他倒是可以联系到一个为了钱愿意拿自己的脸不当脸的人，但是收费比较高，抽一嘴巴要收费一千块。格里高尔问医生，大约要抽多少嘴巴才能治好自己的病，医生说这个没准，也许抽一嘴巴就成，也许要抽十多二十嘴巴才能见效。这个谁敢保证呢？医生摊开双手，耸了耸肩。格里高尔问医生还有没有更好的主意。医生想了想，说要不你回到乡下老家，这样也许病会慢慢好起来。医生说你可能是对城里的空气过敏，回到家乡，生活压力没有这样大，病大约就会好起来的。格里高尔觉得这个主意不错。不过医生说的话太模棱两可了，他用的都是一些不确定的词，要不、也许、可能、大约。也就是说回到老家，也不一定就能慢慢好起来。不管结果怎么样，格里高尔想试一试。经过了激烈的思想斗争，格里高尔终于说服了自己，并做好了年底回家的打算。

这位读者说了，为什么做回家的打算要经过激烈的思想斗争呢？别说你感到奇怪，连格里高尔自己也觉得奇怪，出外打工一晃都十几年了，格里高尔早就感到很累了，这么多年来，他在城里并没有过上一天舒心的日子，也未成为城里人，还落下了这怪毛病，钱也没有挣到，然而一想到要离开这里时，却又变得恋恋不舍了起来，觉得还是城里的日子好，因此他下不了决心。格里高尔知道，他这次回到乡下，只怕就要永远告别打工生活了。这样一想，格里高尔就觉得有些感伤。生命中最美好的青春年华，是在这个城市关外的流水线上流走的，现在，他将要两手空空，带着病痛回家，一下子就觉得空落落的。这时候，格里高尔的第二个梦想，就变得迫切了起来。前面说过，格里高尔的第二个梦想是去楚州城里看看。来楚州打工十多年，还从来没有进入过那高高的城墙内去看过。格里高尔觉得，只有去楚州城内看过了，才不枉来城里打工这么多年。他没心思打工了，上班总是走神，琢磨着怎样进关。这样的结果，是经他手下流出来的产品，次品一下子多了起来，主管走到格里高尔的跟前，抓起一把产品，左看看、右看看，然后盯着格里高尔冷笑。要是放在以往，格里高尔会吓得出一身冷汗，弄不好又会过敏，可是现在，格里高尔已经没有再把这份工作放在心上了，他甚至根本就没有注意到主管的冷笑，也没有意识到自己工作出了差错。这样，格里高尔的表现就有点超乎寻常了，这让主管相当不满，他用手指敲了敲格里高尔面前的工作台，说格里高尔呀格里高尔，你看看，这是你做出来的货么？这些，这些，还有这些，都必须返工！为什么返工？你还问为什么返工？你今天是怎么啦格里高尔，你平时不是挺胆小的么？今天吃了熊心豹子胆？学会了顶嘴啦？主管这样说时，期待着格里高尔开始出现那惯常的一幕，把自己的浑身上下抓一遍，这样，主管一天的心情就会变得莫名地愉悦起来。可是现在，格里高尔明显是让主管失望了。主管于是说，那好，你现在不用做事了，你被炒鱿鱼了。

格里高尔来到楚州的城门口。他抬头望望高高的城墙，又看看城门口验证进关的人排起的长龙，长龙从城门口一直排过护城河。格里高尔知道，想要蒙混进关，几乎是没有可能的。可是格里高尔没有楚州城的居民证，也没有出入楚州城的通行证，这正是他十多年来一直未能进入楚州城的原因。格里高尔开始在楚州城门外徘徊。这一来，格里高尔有了新发现，和他一样在城门外徘徊着，想趁守城士兵换岗，或是上下班人流高峰时守城士兵大意蒙混过关的人为数不少。这一发现，让格里高尔受到莫大的鼓舞。要是在平时，格里高尔是很警惕这些徘徊在关口的流民的，他总是觉得，这些人并非善类，可是现在，格里高尔觉得，这些人都是他的同志，是同道。于是他有了吾道不孤的感觉，看着这些人就觉得亲切。这时，过来一个士兵，士兵手里拿着高音喇叭，呜里哇啦地驱散着聚集在关口的流民，士兵一过来，流民们就开始朝后撤退，退过了二十多米宽的护城河，聚集在河边榕树下。格里高尔听清楚了，士兵在提醒大家，说近来有些不法之徒，利用带人进关为掩护实施抢劫，提醒大家不要上当。士兵叫了一阵子后，看见人都被驱退到护城河边，就拿着喇叭转了回去。他的身上仿佛牵了根线，他往回走，后面的流民就潮水一样跟着他往城门口涌。士兵转过声，叫喊一嗓子，后面的人像中了魔法，停下来，士兵像赶小鸡一样，朝流民们挥着手。嘴里发出“雀雀雀”的声音。于是，一场敌退我进、敌进我退的人民战争在城门前上演。这是格里高尔从来没有见过也没有想到过的事。刚开始，他被赶过了护城河，并不敢加入流民队伍，只是远远地看着流民和士兵间的游戏，可是后来，格里高尔渐渐发现，这样的游戏并不危险，首先是士兵手中并没有武器，只是拿了只喇叭，其次，士兵并没有对流民发起攻击，他只是一遍又一遍苦口婆心地劝大家散去，不要聚集在城门口，这样堵塞了交通，而且，他提醒大家，不要对蒙混进关心存侥幸，这是不可能的。格里高尔站在一棵大叶榕树下，眯着眼欣赏着这场游戏，直到天渐渐黑了下来，他依旧没有勇气加入游戏之中。一天很快就这样过去了，格里高尔没能进关，却也觉得这一天过得相当充实，格里高尔想，要是能加入游戏中，肯定更有意思。格里高尔就恨起了自己的无用，也恨起了自己这过敏的毛病。天黑了，楚州城上亮起了辉煌的灯火，远远望去，像一条灯的长龙盘旋在楚州四周。流民们在渐渐散去，一些穿着灰色工衣的打工妹，开始往护城河边的草地上聚集，她们三五成群，脸上荡漾着欢乐，这让格里高尔一下子觉出了深深的失落。他摸了摸胸前，胸前空荡荡的，平时这里是挂着厂牌的。这时格里高尔就觉得，这个城市是真的美，他有些恋恋不舍了。然而，格里高尔发现了不对劲，一个留着长发的家伙，似乎在跟踪他。这一发现，让格里高尔大吃一惊，他快步离开，靠近一群打工妹，想让那个长发家伙觉得他格里高尔是有同伙的，他和那些女工们是一起的。果然，那长发转身离去了。不过刚才这一惊吓，还是给格里高尔造成了麻烦。痒，先是从背后开始，像有只蚂蚁在那里爬，格里高尔抱住了路边的灯柱，咬着牙，想把这一阵痒挨过去，这些年来，他一直在和这该死的过敏作斗争，他也总结出了一些经验，痒的时候，千万不能去抓，只要一抓，痒就会迅速扩散，一发不可收拾，如果挨过了最初的痒也就好了。然而，这最初的痒，往往是最难挨的。格里高尔抱着灯柱，牙咬得咯吱咯吱响，身子在古怪地扭动着，他的动作，吸引了一些人好奇的目光，于是，有人开始在离他不远处站了下来，欣赏着他的扭动。另外的人发现了格里高尔的古怪姿势，也停下了脚步。不到一会儿工夫，在格里高尔的周围就围起了一圈人，他们叽叽喳喳指指点点，格里高尔再也忍不住了，拿手去抓背，去抓脸，抓胳膊，开始张牙舞爪浑身乱抓。格里高尔这一抓，围观的人就忽地一下散开了，他们中有的人，也感觉到身上开始发痒。一个人不由自主地跟着在背上抓，接着，几乎所有的人都不由自主地往身上抓。还好，他们只是抓了两下就不痒了。

格里高尔狼狈逃离。第二天，他起了个大早，以为早晨是可以蒙混进关的，没想到，早上进关的大都是车辆，人却更少，几个士兵守在关口，他只是远远地看了一眼，就知道今天又进不了关。上午十点钟的时候，昨天上演过的流民与士兵周旋的游戏又开始了，这一次，格里高尔对自己说，不要怕，有什么好怕的呢，不就是玩个游戏么，没什么大不了的。他鼓起勇气想汇入人群，可两条腿没来由地软。这样说罢，格里高尔在楚州城门口游荡了四天，他对自己说，再试一天，实在不行，就回老家算了。不就是楚州城么，进去看一眼又能怎么样呢？听说楚州大道是全国最美丽的大道，那又怎么样呢？听说里面有狂欢谷，有万国园，那都是顶好玩的地方，可是到那些地方去玩，是要花很多钱的，听说光万国园的门票就要二三百呢。格里高尔这样想时，心里依旧是不甘的。第五天，格里高尔终于鼓起了勇气，加入到了与士兵游戏的队伍中。然而，格里高尔没有想到的事发生了。就在他们和士兵们玩着你进我退的游戏时，从城门里跑出了一队士兵，他们都执着枪，在迅速朝流民靠拢。有些机灵的见势不妙早就溜了，格里高尔发现身边的人突然在往后跑，还没有明白过来哩，一愣神，就落在后头了。格里高尔也不清楚那些人跑什么，反正他也跟着跑。然而从护城河的外面，也包抄过来一队黑衣警察。警察边包围过来边高声喊“站住，不许跑”。大多数的人都站住了，然而那些警察和士兵并没有理会流民。倒是有几个沿着护城河没命地跑的人，才是士兵和警察围捕的对象。格里高尔当时是吓慌神了，一乱就出错，他没有停下来，跟着那几个人，也没命地跑。接着，他听见身后有人在喊，站住，不站住就开枪了。接着他听见了“砰”的一声枪响。子弹从耳朵边尖叫着划过。格里高尔吓出了一身汗，感觉有些东西从身体里往外挤，要穿破皮肤往外冲。格里高尔也顾不了这么多，他完全被吓昏头了。前面说过，格里高尔是个胆小如鼠的人，胆小的人遇到事就会惊慌失措，他失去了冷静判断的能力。他要是略微冷静想一想就不会跑了，他又没有做什么坏事，士兵和警察们干吗要抓他呢？可现在格里高尔没这样想，他来不及想，只是拼命地往前跑。迎头也冲来一队警察，前后夹击，他想往左跑，左边响着警笛，而右边是宽阔的护城河。格里高尔就朝护城河跑去，他管不了那么多了，他从小就是游泳高手，家乡那烟波浩渺的上津湖他都能游过去，何况这区区二十来米的护城河呢？他加快了脚步，很快就冲到了河边，护城河岸离水面有十来米高，格里高尔望着深不可测的河水，吸了一口气，纵身就往河里跳。就在他纵身一跳的时候，格里高尔感觉到身体里那些涌动的东西一下子喷了出来，那是一些轻柔的东西，它们像是降落伞一样，把格里高尔托了起来，格里高尔投向护城河的身影像一片枯叶，在空中飘飘悠悠往下坠。格里高尔不由自主地挥动着胳膊，他感觉到了一股气流在身体下面涌动，他的身体随着胳膊的挥动，居然停止了下坠。格里高尔也来不及细想为什么会出现这样的现象，他又用力挥动了几下胳膊，感觉心脏急速下沉，身体却开始像风筝一样往上升。格里高尔的胳膊停止挥动，身体又开始像枯叶一样往下降。天啦，妈妈呀，我飞起来了？！格里高尔想。他又开始挥动着胳膊，并且不是简单地上下挥动，而是将胳膊略略斜着前方挥动，这样，他的身体不仅仅是上升了，还开始向前移动。格里高尔的飞行动作还相当笨拙。他飞得很慢，飞了一会儿，就感到胳膊很累，酸痛酸痛的，挥动的速度就变慢了，这一慢，他的身体就开始往下沉，现在，他的飞行高度只有两米多高了。在身后围追他的士兵和警察们，还有那些围在护城河边看热闹的闲人，猛地看见一个人飞了起来，都愣在那里。现在，他们看见那个飞人开始往下降，立刻从发呆中回过神来，像潮水一样跟在格里高尔的身后疯跑，也分不清是士兵还是流民，是警察还是楚州的居民。进城的关口一下子乱了起来，所有的车辆都停了下来。所有的人都跟在格里高尔的身后尖叫着、疯跑着。格里高尔越飞越低，终于，他落在了地上，大口大口地喘着气。身后追他的人猛地也停下了脚步，可是后面的人并不知道前面发生了什么，还在往前拥，前面的人站立不稳，被后面冲上来的人压倒在地上，于是，在格里高尔的身后，叠起了一个巨大的人堆。压在底下的人发出了凄厉的尖叫，后面的人还在不停往前面的人身上压。格里高尔回过身来，冷漠地看了一眼他身后的人堆，不知道他们这是在做什么。他跑了几步，挥动着胳膊，又飞了起来。这一次，格里高尔觉得他渐渐有点适应了飞行，而且学会了掌握方向，他的身体飞到了比护城河边的树还要高的高度，他在空中盘旋了一圈，然后，飞向了城墙，飞进了楚州城内。

突然飞起来了的格里高尔，觉得生活对他展开了全新的一页，现在，再也不会有什么鸿沟和城墙阻挡他进入楚州城了，他想进来随时就可以进来，就像进入自家的菜园子一样。想到菜园时，格里高尔的心里依稀掠过了一片绿意，那是远离楚州城的乡村，那里有他的父母、亲人。不过，那片绿意只是一闪而过。现在，格里高尔打消了回家的念头。他想在这楚州城里好好看看，他现在还没有降落下来的打算，他时而高飞，时而低飞。他是个聪明人，几乎没有费多大的劲，就熟练掌握了飞翔的技巧，现在，他知道怎样借着气流飞行，这样，他的胳膊——现在再称之为胳膊似乎不太准确了，因为上面长满了羽毛，称之为翅膀似乎更为准确——他的翅膀不会感觉到累了，他甚至掌握了张开翅膀、让身子在空中缓缓盘旋的技巧，像一只鹰。他觉得，他就是只雄鹰。他飞过了楚州最高的楼——天王大厦——这幢他无数次听人说起过的楚州第一高楼，但他现在并未觉出这楼的高来。想到从来没有一个楚州人从他这样的角度来审视过天王大厦，格里高尔会心地笑了，他笑出了声，可是他的笑声把自己吓了一跳。他刚才听见了一声古怪的鸟叫。这叫声似乎是从他的嘴里发出来的，他不敢相信这是真实的事，于是又试着小声地叫了一声妈妈，是他的声音，可这声音明显带了鸟腔，像电视里见过的高原上空的苍鹰的叫声。格里高尔这才意识到，自己变成了一个长满羽毛的怪物。格里高尔感觉到头有点晕，他把目光投向身下的楚州，东风夜放花千树，车如流水马如龙。格里高尔的心底里第一次升起了孤独感，他觉得底下的那个世界还是远离他的。他把翅膀向上张开，身子缓缓下降，保持着十来米的飞行高度。格里高尔的飞行，引起了楚州城的大乱，先是有行人发现了他，接着有司机发现了他。司机尖叫了一声，没有把好方向盘，车就撞向了路边的树，后面的车跟得紧撞在了前面的车上，一连十几辆车连环相撞，大街上立刻乱成了一团。有人在尖叫，有人跟在格里高尔后面奔跑。格里高尔飞到哪里，哪里就出现混乱，不到一小时，楚州的交通就全面瘫痪了。格里高尔第一次发现，这座庞大的城市，原来是如此脆弱，如此不堪一击。

警察开始出现在格里高尔的眼皮底下。他们如临大敌。而这时，楚州城各大小报馆和电视台的记者差不多都倾巢而出，他们把镜头对准了缓缓飞翔的格里高尔。格里高尔将身子飞得更低了，以便于那些记者拍摄，他不时在记者们的头顶上盘旋着，变换着各种角度，以便记者们拍到他的最帅的特写。格里高尔知道，明天，他将成为楚州城最为著名的人物。格里高尔觉得有必要让这些记者了解一下自己，比如自己姓甚名谁，何方人氏，以何为业，有什么梦想。于是他冲着记者们喊着，我叫格里高尔，我是个打工仔，我一直有个梦想，那就是进楚州城内来看看，可我没有进城的证件，没想到我突然就飞了进来。虽然他的声音带了些鸟腔，但比起一只八哥或者鹦鹉的表达还是要清晰得多。记者们兴奋了起来，他们没有想到这鸟人还会说话。记者们争相大声喊出自己的问题。对于那些五花八门的问题，格里高尔一时也回答不过来，倒是有个问题他非常乐意回答，居然有个漂亮的女记者问他有没有女朋友。格里高尔回答说他还没有女朋友，因为他之前得了怪病，皮肤爱过敏，和女孩一说话就紧张，一紧张就过敏。可是现在他不紧张了，也不过敏了，他想对那个女孩说他爱她。

就在格里高尔接受记者们采访的时候，楚州出现鸟人的事，已上报到了市长办公室。市长先是表示不信，可市长办公室的一位智囊团成员开始从人类的起源里找人变成鸟的理论依据了。市长打断了智囊团成员的话，现在关键的问题是，鸟人的出现，打乱了楚州人的正常生活，现在整个楚州城的交通都陷入了瘫痪之中。不断有新的消息汇报到市长这里，交通事故在急速增加，现在已经超过一百宗了，关于鸟人的最新录像也传送到了市长办公室。

一个农民工，一个飞了起来的农民工。

这样的问题，让市长有些措手不及。市长处理过各种各样的突发事件，他都成功应对了。可是谁会想到，一个农民工居然会飞起来哩？这是谁也不曾料到的事情。如何处理这种突发事件？市长一时间有些举棋不定了。公安局局长建议，派出防暴队，把这个鸟人打下来。从技术层面上来讲，这是件很容易的事情，但这个提议马上被否定了，其一，虽说这怪物是个鸟人，但他究竟是鸟还是人？如果是鸟，打下来了，大不了被热衷于环保的人士在报纸上撰文指责一通，如果从法律的意义上来说，这怪物是人，那么将其打下来，恐怕就会惹来无尽的麻烦。因为现在农民工的地位似乎有了上升的迹象。最高层的领导也密切关注着农民工问题。公安局局长坚持他的看法，公安局局长说，在农民工飞起来之前，他还是农民工，是弱势群体，可是现在他飞起来了，就不再是弱势群体了，他现在是个怪物，是只大鸟，是社会不安定因素，是异己分子，非我族类，虽远必诛，他扰乱了楚州人的正常生活，必须马上击毙。公安局局长说，现在已经有数十人在鸟人引发的车祸中丧生。就算他是个人，可是为了大局着想，也要果断击毙。公安局局长的话遭到了楚州科学院院士们的反对，他们认为一个人变成鸟，是不可思议的基因突变现象，是人类从未见过的奇观，有重要的科研价值，是无价之宝，建议将鸟人捕捉，送到科学院进行研究。另外一位院士则反驳说鸟人可能引发禽流感或冠状病毒。总之，各种各样的意见都有，七嘴八舌，各种意见听起来都有道理。最后，市长决定派出谈判专家，想办法把这只鸟人诱捕，这是第一方案，如果这一方案实在行不通，那么就按公安局局长的方案办，当然，要派出本市最高明的神枪手，不要打死鸟人，把他翅膀打折，然后再活捉。市长说，活捉鸟人后，他要和鸟人对话，要电视直播。

谈判专家赶到现场时，格里高尔已被下面的镁光灯照得头晕眼花了，他觉得再接受采访已没有意思了，那些记者关心的都是些八卦问题，没有一个人真正关心他内心的痛楚。他将翅膀一振，飞向了高处。消逝在夜色中。这一夜，楚州无人入睡，大家都在谈论着这个神奇的鸟人。格里高尔的工友和老乡们，这天晚上也看到了新闻。他们先是为格里高尔变成了鸟人感到吃惊，接着还有些羡慕，为他一夜成名，而且进入了楚州城内。但冷静下来之后，老乡和工友们又开始为格里高尔担心，他今后可怎么办呢？他今天晚上在哪里睡呢？他吃什么呢？等等等等。这样的问题，让他们无法入睡。但工友和老乡们也有些失望，作为农民工中的杰出异类，格里高尔现在有了表达自己心声的机会，可是这个格里高尔，居然只热衷于回答他自己的恋爱问题，工友们认为，此时此刻，格里高尔应该表现得更为高瞻远瞩一些，要谈一谈打工生活的艰难，要为打工者代言，要提出实质性的问题让政府解决。这样一想，他们又开始有些忌恨起格里高尔了。整个楚州，只有一个人在默默流泪，她就是曾经喜欢过格里高尔的那个湖南女孩。只有她知道格里高尔的孤独缘于什么。电视里一遍又一遍地播放着格里高尔接受记者访问时的画面。而此刻，格里高尔却孤独地飞在楚州城的上空，他感觉到有些累了，毕竟飞了几个小时，他现在感觉到翅膀越来越沉重了，肚子里开始咕咕响，他努力想让自己飞高一点，可是身子却越飞越低。低到离地只有几米高了。刚刚开始有所缓解的交通，一下子又阻塞了起来。

格里高尔不知道该如何是好，就这样一直不停地飞下去，直到累死为止么？这时，他听到了身下有人拿着喇叭在喊，格里高尔，格里高尔，请你不要害怕，我们不会伤害你，我来传达市长的指示，尊敬的市长大人想邀请你去市政府做客，想和你好好谈谈，有什么要求你只管提，只是不要再这样飞来飞去，这样严重影响了楚州人的正常生活。格里高尔一听，心里一块石头总算落了地，他想，和市长谈，谈什么呢？提出什么样的要求呢？他还真不知道，对于这个世界他还有什么样的要求？他这样的人，似乎从来就没有要求过什么。那么，就让他过几天正常的楚州人的生活吧。格里高尔觉得，这就是他的要求了。就在格里高尔想降落下来时，他突然发现，在下面，有几支黑洞洞的枪口正瞄准他，这让格里高尔对市长的代表产生了怀疑，他开始拍动着翅膀，想要离开这个是非之地，他的身子在气流的作用下，越升越高。就在这时，格里高尔的翅膀被什么东西猛地撞击了一下，一阵剧痛直逼心肺。接着格里高尔听到了一声枪响，他知道自己中弹了。身子开始晃晃悠悠往下降。格里高尔知道自己是不能掉下去的，他用尽力气，忍着剧痛挥动翅膀越飞越高。格里高尔在高空中举目四顾，他发现在楚州城里没有可以供他落脚的地方，于是朝城外飞去。

格里高尔降落在楚州城外的山林里，他强忍着伤痛，往林子的深处走去。现在，他的翅膀已失去了飞翔的能力，只要轻轻一动，就钻心地痛。他查看了一下伤口，翅膀上出现了一个黑洞，现在已结成了黑痂。格里高尔想，要是发炎了，那就麻烦了。现在，他已顾不上思考未来的问题了，当务之急，是要止住痛。他希望天早点亮，天亮了，他还可以在山林里寻一些草药来涂抹伤口，在乡下的老家时，他曾经做过这样的事情，那时，常有一些收中药的商人住在村里，收购他们从山上采来的草药。他认识很多种草药，七叶一枝花、穿心莲、车前草、夏枯草。格里高尔想起了童年时和伙伴们一起上山割夏枯草的情景，他们满山一跑，跑到了村后面最高的老虎山顶上，那是他第一次发现世界原来是如此之大，老虎山的西边，还是连绵起伏的山，一直延绵到太阳落土的地方。太阳在山的背后落下去了，把山峰都染成了橘红色，又染成了青灰色，最后，山峰都变成铁黑色了。他们一起往回走，可他们迷了路，于是，几个小伙伴吓得哭了起来。是他安慰着伙伴们，说不要哭，哭鼻子不算英雄好汉。他带着小伙伴们走下了山，后来，村里的老人们都夸他，说他将来是会有出息的。是的，他也似乎应该是有出息的，他聪明，几乎所有的邻居们都相信，他将来是会考上楚州大学，成为楚州城里人的。邻居们经常用羡慕的语气对他的父母亲说，你们这个儿子呀，是个精怪，将来读了大学，进了楚州城，你们两个老不死的就等着享福吧。他的母亲听见这话，就笑，眼眯成一道缝，拿针在头发上光了光，继续纳鞋底。父亲呢，却板着脸说，读个鬼大学，读农业大学，将来照样是摸牛屁股的命。他不喜欢父亲，父亲总是否定他，打击他。别人认为他能成为城里人时，父亲总是泼他的冷水。父亲的打击，让格里高尔渐渐开始讨厌这个家，也让他变得沉默少言，变得胆小如鼠。后来，睡在楚州工厂的铁架床上，格里高尔经常会怀念起那个少年时的他，那个勇敢地把小朋友们带下山的格里高尔。然而，那个天真的勇敢的格里高尔从什么时候消逝了呢？高中毕业后，他没有考上大学，在家玩了两年就出来打工了，他其实是抱着做出一番事业的雄心出来的。一晃，他的雄心壮志都成了梦幻泡影。想到这里，格里高尔悲从中来，坐在一棵树下，呜呜地痛哭了起来，他的哭声古怪而尖厉，吓得林子里的鸟儿们都扑棱棱四处乱飞。格里高尔想，算了，也不用去治伤了，现在变成了这个样子，人不像人，鸟不像鸟的，活着还有什么意思呢？他打定了死的主意，反倒不悲伤了，他靠着一棵树，静静地坐着。他忘记了伤痛，思绪开始乱飞。童年往事，还有打工生活中的一幕幕，开始在他的脑子里浮现。渐渐地，他就睡了过去。

事实上，说他睡了过去也不准确，应该是昏迷了过去。格里高尔醒来的时候，已是第二天的黄昏，他从昏迷中醒来，发了足足有十分钟的呆，才想起来他是怎么睡到这山林里面来的。他摸了摸翅膀，翅膀上的伤口居然愈合了。这时，格里高尔听见林子里好像有人说话，格里高尔心里一喜，想，这下有救了，可他很快反应过来，他差点忘记，自己现在已不再是人，而是怪物。格里高尔用力飞到了树上。他看见，有三个人，背着猎枪，在树林子里搜索，他吓得不敢出声，将身子隐在树叶间。三人朝他栖身的大树走来，一人说，累死了，歇歇吧。另外两个说，歇歇。三个人坐在大树底下，从背包里掏出矿泉水，还有吃的东西，边吃边聊了起来。妈的，也不知那鸟人躲在哪里去了，这样找下去能找着吗？另一个说，老兄，坚持，坚持就是胜利，那鸟人受了伤，我估计十有八九是躲到这林子里来了，他不大可能躲在楚州城里，城外只有这片林子可藏身。另一个说，这林子这么大，到哪里去找。领头的说，你们别忘了，要是找到了，这一辈子就不用愁了，吃香的喝辣的，住豪宅睡美女，什么都有了。说到这里，其他两个人也来了精神，他们把没吃完的东西又收进了背包里，三人开始向树林深处搜去。看着这三个人走远了，格里高尔长长地松了一口气。他听明白了，这三个人是在寻找自己。格里高尔知道，自己现在面临的处境是多么凶险了。

现在，他已经把昨天晚上那份要死的想法给淡忘了。求生的本能，使得他想好好活下去。他的肚子开始饿得咕咕乱叫，他咬住一片树叶，在嘴里嚼着，嚼出一嘴的绿泡沫，又吐了出来。他不清楚，在楚州，现在有多少人梦想着抓住他卖个好价钱。他躲在树冠里，不敢有丝毫大意，这样一直挨到晚上，他才悄无声息地摸出了树林，直到夜深人静了，他才敢偷偷蹭到街边。在一个垃圾箱里，他翻到了些可以充饥的食物。开始他还以为他吃不下那些垃圾箱里翻出来的东西，没想到，那些脏兮兮的东西吃起来倒还很可口。一对男女搂着脖子从他的身边走过，他将身子蜷起来，他听见那个男人咦了一声，朝他看了一眼，那女人捂着鼻子说，恶心死了，快点走。男人边走边回头。他听见那个男人对女人说，这个疯子好奇怪，看着怪眼熟的。女人笑着说，真是奇怪了，一个疯子还眼熟。男人和女人不再讨论他了，渐渐远去了。格里高尔找了个垃圾袋，装了些可以吃的东西，然后快速朝树林子里跑去。就这样，白天，他藏在树林更深处，晚上，他趁夜深人静出来寻食物。在森林里休养了十来天，他的伤也彻底痊愈了。在这养伤的这些天里，格里高尔想了很多，关于楚州，关于这些年的打工生活，还有，爱情……格里高尔知道，他现在的这个样子，身上长满羽毛，手变得像鸟爪，连嘴也开始变得尖而且硬了起来，爱情就不要再奢望了。奇怪的是，格里高尔发现，他的过敏症居然好了，这么多天，他再也没有感觉到痒了。格里高尔想，从前皮肤爱痒，大约是埋在身体里的羽毛在生长的缘故吧。当然，这些天来，格里高尔想得最多的还是父母，是家。现在，他的心里，那一片绿色越来越宽阔了。现在的格里高尔，不再理会楚州人对自己的看法和议论，他要回家。促使格里高尔回家的另一个原因，就是他发现了来山林里寻找他的人越来越多了，他知道再在这里待下去，迟早会落入那些人手中。事实上，情况也正是如此。自从鸟人在楚州惊鸿一现又消失之后，楚州城里就多了一个群体，这个群体的组成相当复杂，有商人，有科学家，有环保人士，有冒险家，有动物园的工作人员，还有下岗工人和打工者，这个群体组成了一个名叫“楚州鸟人搜寻研究协会”的组织，简称鸟搜协。楚州市市长担任了鸟搜协的名誉会长，楚州科学院的院长担任了鸟搜协会会长。他们分工明确，计划周密，开始在城里城外搜寻着格里高尔的踪迹。他们进行了精确的计算和分析，在一切鸟人可能出现的地方进行搜寻和守候。这就使得格里高尔的处境越来越不妙。好在格里高尔长着鸟的外形，却有着人的头脑，他意识到了危险之后，白天躲进树林里，晚上开始往家的方向飞。所谓昼伏夜行，他知道，只有飞回故乡，飞到父母身边，他才算安全。

格里高尔终于在一个凌晨飞回了故乡来家铺。故乡沉睡在梦中。一条狗感觉到了他的羽毛划破空气的声音，对着天空胡乱叫了两声，引得一村子的狗都跟着叫起来。狗们叫过一阵之后，并没有发现什么异常，将头伏在地上，村庄又恢复了平静。在黑暗中，格里高尔看到了自己的家。他在房子上空盘旋着，飞了好几圈，最后，还是下定决心，翅膀向上张开，缓缓降落在门口的禾场上。他真想大声地叫喊，像十多年前第一次打工回家时一样，远远地就叫着爸妈，然后，母亲接过了他背上的背包，父亲眯着眼笑，说长胖了，长白了。然而，现在，格里高尔不敢发出任何的一点声响，他蹑手蹑脚，像小偷一样摸到了父母的窗前，他无法想象，当父母猛地看见他变成这鸟不像鸟人不像人的怪物时的情景。他悄悄地走到了父母的窗前，居然听见了房间里传来了父亲长长的叹息声。接着，就听父亲在说，睡吧睡吧，你这样一宿一宿地不睡觉怎么行。也许，那个变成了鸟的人并不是咱们的儿子哩，你别听隔壁的那些人瞎嚼蛆了，人怎么会变成鸟哩？接着，他听见了母亲也发出了一声长长的叹息。父母的房间里安静了下来。格里高尔在父母的窗前默默地站了一会儿，他想，算了，还是白天再和父母见面吧，现在这个样子出现在父母的面前，会吓坏他们的。格里高尔坐在了大门口，倚着门，等候着天亮。也许是回到了家的缘故，他内心那根紧绷了太久的弦终于松开了，他居然坐在门槛上安然地睡了过去。这是近一段时间来，格里高尔睡得最安稳的一个觉。他甚至轻轻地打起了呼噜。甚至，还做了一些梦。

天刚麻麻亮，格里高尔还在睡梦中，习惯早起的母亲就起床了。随着吱呀一声的开门声，母亲看见了倚在门口的格里高尔。母亲的眼神不太好使了，并没看清倚在门口的是格里高尔或者说是一个鸟状怪人，她还以为是一件蓑衣，于是嘴里嘟哝着，说这个死老头子，越来越不像话了，把个蓑衣放在门口，吓死我了。这年头，人是越来越坏了，东西哪敢放在外面？要是在早些年，晚上睡觉都不用关门的。母亲揉着眼，打着哈欠，随手就去拿那件蓑衣，想把它挂在屋里，手刚摸到格里高尔的身上，就快速地缩了回去。母亲往后退了一步，疑惑地盯着那件蓑衣，刚才，她明明感觉到了，这东西摸上去滑滑的，还有些温温的，不像是蓑衣。可是她的眼睛实在是太不好使了，她盯着那东西看了一会儿，发现还是一件蓑衣，于是骂自己，老了老了，倒怕起死来了。再次伸手去提蓑衣，这一次，她正好抓住了格里高尔的翅膀，格里高尔在梦中，正梦见猎人在抓他，他使劲地打开了猎人的手，身子像弹簧一样弹了起来，嘴里发出了尖锐的鸟叫声。母亲没想到蓑衣会伸出手来打开她的手，更没有想到蓑衣会发出这样奇怪的尖叫声，她也跟着尖叫了一声，直挺挺地就倒在了地上。

格里高尔的父亲听见格里高尔娘在叨咕着蓑衣，接着又听见了尖叫。接着，外面就安静了下来，他喊格里高尔他娘，格里高尔他娘。没有人回答他，于是披着衣服出来，就看见了门前站着的怪物和倒在地上的格里高尔娘。格里高尔的父亲怪叫了一声，他也被眼前这个怪物给吓坏了。不过他是猎户出身，年轻时在森林里，什么样的怪物没有见过？他倒退了一步，冲着格里高尔挥动着拳头吼叫着。格里高尔还待那里不知所措。他父亲转身就从门里抓起一根扁担，朝格里高尔挥动着。格里高尔叫了一声爹。这些天来，格里高尔因为失去和人交流的机会，说话早已是与鸟叫无二，只是这一声爹，却还听得出是人声。父亲举起的扁担就软了下来。

爹！

格里高尔又叫了一声，说，爹，你别打呀，我是格里高尔，是你的儿子格里高尔呀！

然而，后面的那些话，他父亲是一句也没有听清。不过他父亲因事先听说了格里高尔变成了鸟的传说，现在又听见面前鸟状怪物叫爹，就大了胆仔细来看，果然是儿子格里高尔。格里高尔的父亲指着格里高尔，嘴张得老大，脸上的肌肉不停地抽动着，却一句话也说不出来。格里高尔以为爹认出自己来了，就没事了，于是去扶倒在地上的母亲，没想到父亲挥着扁担挡在了他前面，冲格里高尔大声吼着，命令他走开。格里高尔往后退了两步，退出门槛。父亲扶起了母亲，掐了一气人中，母亲缓过劲来了。缓过气来的母亲还在惊魂未定地说，蓑衣，蓑衣，蓑衣成精了。父亲说，没有什么蓑衣成精，蓑衣怎么可能成精呢？母亲指着站在门外的格里高尔说那是什么？父亲说那是咱们的儿子格里高尔，他回来了。格里高尔于是想凑近一点，让母亲看清楚。可是父亲朝他挥着手说，你这个怪物，你死远点，别再吓着你娘了。

母亲听说是格里高尔，一定要拉着儿子看一看。格里高尔把手伸了过来，母亲摸着格里高尔的“手”，不停地摩挲着，说，儿子，你真是我儿子？你怎么变成这个样子了，抱着格里高尔就痛哭。格里高尔的父亲在一边警惕地盯着格里高尔，害怕他做出什么伤害人的举动来。格里高尔伏在母亲的怀里，劝母亲不要哭，说，娘你别哭，儿子回家了，这一次回来，就再也不走了。母亲哭得越发凶了。格里高尔说，娘，儿子不孝，儿子没有本事，现在变成这个样子了，又要拖累二老了。然而，从格里高尔的嘴里吐出来的，却是一串叽叽喳喳的鸟语。格里高尔的父亲再也控制不住，也抱着格里高尔呜呜呜地失声痛哭起来。

一家人的哭声惊动了邻居，一会儿工夫，格里高尔家门口就里三层外三层围满了人。大家都远远对着格里高尔指指点点。格里高尔从父母的怀里抬起了头，朝他们打招呼，他们就哗地往后退。格里高尔说你们别害怕呀，我是格里高尔，然而没有人听得懂他在说些什么。这时，邻居家的狗看见了格里高尔，扑上来想要咬他，格里高尔挥动着胳膊想把狗赶走，然而一群狗都跟着朝他扑过来，格里高尔心里一惊，挥动着胳膊，就飞了起来，狗们扑起来就追，朝着格里高尔狂吠。不一会儿，全村的狗都听到了召唤，很快就聚集在了格里高尔的家门口。格里高尔不停地挥动着胳膊，将身子悬在空中，来回飞动着。母亲哭喊着让邻居们管好自己的狗。然而狗们这时已不听从主人的召唤，它们望着格里高尔，龇牙咧嘴，狂吠乱扑，穷凶极恶，格里高尔只好朝村外飞去，他身下跟着一群狗，狗后面跟着一大群人。飞到村外，格里高尔就越飞越高了，他绕了一个大圈，把狗和人都甩开了，然后又飞回家门口。父亲和母亲将格里高尔藏在家里，把门从外面锁上了。父亲对格里高尔说，儿呀，不是做爹娘的狠心，你也看到了，你现在的这个样子，是不能出门见人的了。

那些被格里高尔引到村外的人，又陆续回到了格里高尔家门口，他们问格里高尔回来没有，格里高尔的父母说没看见呀，于是他们就坐在格里高尔的家门口开始等待。他们相信格里高尔迟早会再回来的。这次，这些村民不再是简单地看热闹了，他们觉得，不能再次让格里高尔从他们的眼皮底下飞走。在村主任的指挥下，有人从家里抱来了鸟枪，有的拿来了粘猫头鹰的网。还有些小孩子拿来了弹弓和自制的箭。他们在格里高尔的家门口布下了天罗地网，只要格里高尔的身影在天空出现，随时就可以把他打下来。父亲黑着脸问村主任想干什么。村主任说不想干什么，我们只是想让格里高尔留下来。咱们村现在这么穷，又没有什么办法发展经济，如果留下格里高尔，咱们在这里搭个园子，把格里高尔养起来供大家参观，你想想呀，平均每天五千人来参观，每个人收五块钱的门票，一天的门票收入就是两万五千块，一个月就是七十五万。咱们还可以提供一些配套服务，比如卖土特产，卖甘蔗瓜子，咱们甚至可以发展农家特色餐馆，农家特色旅店，两年下来，咱们村就成为全楚州最富有的村庄了。格里高尔的父亲指着村主任，他的手在发抖，他的声音也在抖。放你娘的狗屁，你们这是要拿我儿子卖钱呀，门都没有。村主任冷笑着说，你这就不对了，你儿子作为来家铺村的村民，为了全村人的幸福做出一点贡献难道不应该吗？再说了，你儿子现在都成这个样子了，人不像人鸟不像鸟的，还能有什么用处呢？你们又一大把年纪了，能侍候他一辈子吗？还不如趁早赚点钱，村里可以请专人饲养它。我说错了，我混账，喂养，抚养总可以了吧，一个农民，哪来那么多的讲究呢？抚养，咱们请专人来抚养他。再说了，又不白让你儿子出来展览，咱们成立一家公司，你们家算最大的股东，一分钱不用投资，占百分之十的股份。你看怎样？要不百分之十五也行。

格里高尔的母亲只是不停地哭，而格里高尔的父亲没有再说话。格里高尔的父亲知道，现在最紧要的是把这些人打发走。于是他对村主任说，你这话说得有道理，我看倒是可行，一举两得。只是你看门口又是枪又是网的，这么多人守在这里，我儿子还敢飞回来吗？他在天上远远地就能看见门口有人，早就吓跑了。我看这样，你们先撤，等我儿子回来了，我把他骗进家，把他关起来，你们看怎么样。村主任想了想，说，你是个明事理的老汉，这话有道理，都散了吧。村主任让别人都散了，他可没有离开格里高尔的家半步，他继续对格里高尔的父亲描绘着他心中的美好蓝图。

格里高尔躲在家里大气不敢出，他害怕被村主任发现，要是真被发现了，那就意味着他将像野兽一样被他们关在笼子里供大家参观，格里高尔想，如果那样还不如死了的好。死！格里高尔又一次想到了这个词，可这个词只是在他的脑子里一闪而过，他想自己还年轻，父母年纪也大了，家里又没有别的兄弟姐妹，如果死了，父母亲将来怎么办？这样一想，格里高尔就打消了死的念头。他要好好活下去，要尽做儿子的责任。村主任还在对父母亲说着他的伟大计划。格里高尔觉得这个村主任还真是个人才，口才不错，他描绘的蓝图，让格里高尔听得都有些动心了。可是他听见母亲在厌恶地剁着猪菜，他心里知道，别说自己变成鸟，就是变成一只老鼠，母亲也不会把他交给村主任的。这让格里高尔疲惫至极的心，感受到了前所未有的温暖。果然，村主任在格里高尔的家门口坐了一整天。天黑了下来，父亲对村主任说，你看这天色也晚了，你还是回家去吧，我儿子是不会再飞回来的了，他要是回来，我一定会把他关起来的，你想啊，我们也是喜欢钱的嘛。村主任想想也有道理，再说他坐了一天，描绘的蓝图也复印了好多张，实在觉得有些枯燥无趣了。

村主任走后，格里高尔的父亲赶紧关上大门，又把所有窗子关上。他并没有过来给格里高尔开门，格里高尔的母亲也没有来开门，他们二人站在门外，母亲小声地问格里高尔是不是饿了，想吃什么，格里高尔说吃什么都行，只要是母亲做的饭他都爱吃，在外打工这么多年，想吃母亲做的饭。可他母亲和父亲根本听不清他在说些什么。他的母亲摇了摇头，去厨房给格里高尔做了一碗荷包蛋，把蛋放在了床上，然后转身把门又给锁上了。

晚上十点过了，村子里已安静了下来，这时，两个操楚州口音的陌生人来到了格里高尔的家。他们敲开了格里高尔的家门。格里高尔的父母看着门口的陌生人，问他们找谁。陌生人A说，您是格里高尔的父亲吧，我们来自楚州。说着，陌生人A就挤进了家里，自己拉椅子坐下了。陌生人B却站在门口警惕地张望着。格里高尔的父亲问两位陌生人来有什么事情。陌生人A倒是开门见山，拉开随身带着的包，从里面拿出了大大的一包用报纸包着的东西，放在了桌上。格里高尔的父母狐疑地看着那一包东西，问，这里面是什么？陌生人笑了笑，示意格里高尔的父亲自己打开一看就知道了。格里高尔的父亲又看了两个陌生人一眼，他从两个陌生人的眼里看到了鼓励，于是把目光转向那个包，可他还是不敢打开。陌生人A说你打开吧，放心，我们不会害你的。格里高尔的父亲于是用那粗糙的手去剥开了纸包，纸里包的全部是崭新的百元大钞。钱？！格里高尔的父亲说，他不敢相信自己的眼睛，因此把眼揉了揉。是的，钱。陌生人A说。格里高尔的母亲听说那一包东西是钱，她活了六十多岁，还从来没有见过这么多的钱，她小心地把手放在了那包钱上，摸了一下，很快又将手收了回来，有些拘谨地望着陌生人，脸上露出了苦涩的笑。陌生人A说，这些钱，都是你们的了，一共十万。格里高尔的父亲不敢相信自己的耳朵，就像格里高尔的母亲不相信她的眼睛一样，于是，在格里高尔的母亲鼓起勇气拿起一张钱对着灯光凑在鼻尖上看时，格里高尔的父亲又重复问了一句，这些钱都是我们的了？陌生人A说，对，都是你们的了。当然，我们不会白白给你这些钱，我们是楚州动物园来的，我是动物园的经理兼楚州鸟搜协的理事，门口这位，是我的助手。我们一直在关注着你儿子的行踪，我们算准了，他变成鸟之后飞离了楚州，一定会飞回家来。这些天，我们一直在这里守候着。我知道，您把儿子藏在了家里，也知道你们村主任想做什么，可我要告诉你，村主任的话是不可信的，你们村里拿得出钱来投资么，没有投资，怎么把这一切发展起来。再说了，我们楚州动物园是全楚州最大的动物园，如果您儿子到了我们楚州动物园，我们将会为他建一个专门的园区，不会少于五百平方米的活动区，我们还会为他配上专门的医生和营养师。他将在那里幸福地生活。陌生人A正说着，听见B咳了一声。A把那包钱推到了格里高尔父亲的面前，说有人来了，你快把钱收起来。格里高尔的父亲迟疑了一下，就抱着那包钱进了房间里，将钱藏在了床底下的一只箱子里。

来的是村主任。村主任打量着两个陌生人，满腹狐疑，看着慌里慌张从房间出来的格里高尔的父亲，说，这两个人是谁？怎么这么眼生？格里高尔的父亲说是他的远房表亲呀。两个陌生人也附和说是远房表亲。村主任说，听你们的口音，不是本地人。两个陌生人说是的，他们来自楚州。村主任的神气就矮了一截，笑着问二人贵姓，来这穷乡僻壤有何贵干，又问了些楚州城里的事，问楚州城里的人平常都过什么日子。陌生人A回答了村主任的问话，说其实他们是来乡下散心的，现在的情况是，乡下的人都以为城里人生活在天堂，梦想着过上城里人的日子，却哪里知道城里人所受的压力。可是你这样说乡下人是不相信的，他远远地看不真切呀，于是削尖了脑袋想成为城里人，一旦真正过上了城里人的生活，又并不习惯，并不感到幸福。城里人呢，却又把乡村生活看成了田园牧歌，说你们乡下多好啊，吃的蔬菜是绿色食品，空气里面没有污染，早晨起来能听到鸟叫，还能看到蓝蓝的天空和满天的星斗，于是就开始往乡下跑了，但真正要让他们生活在乡下，又耐不了寂寞和清贫。人这一辈子，就这么糊里糊涂地过呀。村主任听完了陌生人的话，回过头来对格里高尔的父亲说，你看怎么样？我说了城里人是喜欢我们乡下人的生活的，你还不相信，还怕没有城里人来看……村主任把后面的字省掉了，他警惕地瞟了两个陌生人一眼，说，现在你相信了吧，城里人肯定是会来看的，到那时，咱们村就会成为楚州第一村了。然而，格里高尔的父亲，似乎并不认同村主任那绘声绘色的描述。再说了，如果真要拿儿子出来发展村里的经济，还不如把儿子交给这两个陌生人，这样他也不用操什么心，一下子就富了。想到这里，格里高尔的父亲就不怎么把村主任放在眼里了。村主任说了一会儿话，见大家都不怎么理会他，也觉得无趣，于是说他困了，回家困觉去了。说他出来没有别的意思，也没有什么事，就是困不着，出来走一走。村主任走后，陌生人 B 依旧在门口放哨，陌生人 A 对格里高尔的父亲说，我知道你们村主任在想什么，村主任是想把您的儿子拿出来展出卖票，这样做是行不通的，你想想，这十里八乡能有多少人来看呢？乡下人不要钱看一看热闹倒还罢了，要是花钱，估计是没有几个人会来看的，城里人倒是喜欢看个稀奇，也不在乎这几个钱，可是城里人都活得紧张，从楚州到这里路途遥远，何况你们这里交通又不方便。再说了，就算有人来看，他们怎么保障你儿子的生活、医疗呢？格里高尔的父亲说，这个您放心，我是不会把儿子交给村主任的。陌生人 A 说，那就好。于是提出要去看一看格里高尔。格里高尔的父亲有些为难了。两个陌生人说他们只是看一眼，确定格里高尔是否健康。他们的这一切交谈，都被格里高尔听在了眼里。自从长了翅膀飞起来之后，格里高尔的语言功能在退化，听力却在逐渐增强，遥远的地方传来的一点声音，都能清晰而准确地传入他的耳朵，父亲和陌生人，还有村主任之间的对话，一句不留地收入了他的耳朵里。他感到了绝望，也在心里期望着父母亲不要把他交给村主任，更不要把他交给这两个陌生人。现在，他听见了父亲和陌生人的脚步声往房门口来了，于是钻进了床底下。门开了，一束手电光射了进来，从床上扫到房梁上，最后落在了床底下。他听见陌生人压抑着兴奋说在这里！手电筒的光就射在了他的脸上，他慌忙用翅膀挡住了电筒的光，发出了愤怒的抗议。手电筒的光在他的身上停留了一分钟后熄灭了。房门重新又被从外面锁上。格里高尔听见陌生 A 人说，如果二位老人没有什么意见，就在这里签个字。格里高尔在心里喊，父亲，不要签啊。父亲沉默了一会儿，说你让我再想想，再想想。陌生人说，那好吧，不过夜长梦多，你们要早做决定。又让格里高尔的父亲把钱先还给他们。格里高尔的父亲说，不用这么麻烦了吧，先放在我这里是一样的。可是陌生人却坚持说在没签字之前，那钱是不能放在格里高尔的父亲那里的。格里高尔的父亲不情愿地回了房间，从床底下把钱拿了出来还给了陌生人。从格里高尔的父亲抓着钱不想松手的动作里，陌生人看到了他们此行的希望，两个陌生人相视一笑，对格里高尔的父亲说，这事你们要早做决定，到时弄得村里人知道了就麻烦了。

格里高尔的父亲让两位陌生人就住在他家里。两位陌生人说那再好不过了。这天晚上，格里高尔听见了二位老人一直没睡，他母亲在哭，翻来覆去一句话，我苦命的儿啊！格里高尔的父亲一直沉默着。母亲哭了差不多有半个钟头了，父亲才说，好了好了不要哭了，哭有什么用呢，哭能把儿子哭好吗？儿子都成这样了，再说了，这事说不定是好事呢，儿子不是一直梦想着成为城里人么，这下好了，他可以住在城里了。母亲说，你的意思，是要把儿子卖给他们。父亲说，别说这么难听，什么卖给他们，总不能让儿子一直留在家里，你没有看见村主任么，还有那些村民，他们要知道格里高尔在家里了，那还不闹翻天呀。母亲说，我们可以把儿子藏起来的。格里高尔听到这里时，心里升起了一股暖流。可是父亲说，我们总不能一直把儿子关在家里养吧，这样儿子会得病的。再说了，我们两人年纪都大了，活不了几年啦，格里高尔还年轻，他怎么办呢？我看还是让他们带走算了。母亲说，这样，好是好，总觉得对不起儿子，别人也会骂我们的。父亲说，管不了那么多了。只是，十万块，就买我一个变成了鸟的儿子，这个是全天下独一份的儿子，太便宜了，要和他们咬咬价。父亲说完这句话后开始了沉默，母亲也不再说话，也不再哭泣。格里高尔的心一下子凉到了极点。父母亲会做出这样的决定，是他没有想到的。他感觉到胸口里发闷，仿佛有一团破棉烂絮塞在了肺里，让他觉得窒息和压抑。他想大声地尖叫，可是，他又害怕他的叫声引起父母的惊慌和其他的麻烦。

格里高尔从床底下钻了出来，他想出去，想离开这个家。可窗子是紧闭的，门也是紧锁的。最后，格里高尔的目光落在了房顶上，要是在平时，上到房梁上对他来说是件很难办到的事情，现在，这样的事对他来说太简单了，他一振翅，就飞到了房梁上，然后用翅膀捅了捅屋顶上的瓦片，一块瓦片哗的一声就挪向了一边，他又轻轻地捅开了另外的一片瓦，这样，没有费什么工夫，屋顶上就出现了一个洞。格里高尔钻出洞外，他呼吸到了清新的空气，感觉到五脏六腑都清爽了起来，他站在屋顶上，抬头望天，满天星斗，乡村在银色的月光下静谧、安详。有露水沙沙在降落的声音，谁家的孩子在说梦话。格里高尔呆呆地望着远处铁黑的大山，他想，算了，算了，也许，那幽远的森林里才是他最好的归宿，那里生活着各种各样的鸟类，那里才是他的家。格里高尔想，那就做只自由自在的鸟儿吧。这样想时，格里高尔就飞了起来，他把身子飞得高高的，直朝月亮里面飞去。也不知飞了多久，他飞到了那片幽深的森林上空，在空中盘旋着，哀鸣着。天色在他的飞翔中开始有了一些亮，他看见太阳已在身子底下钻了出来。绿色的森林，我的家。他想，伸开翅膀，在空中优雅地盘旋着，越飞越低，他听见了欢乐的鸟叫声，各种各样的鸟，在树林子里自由自在地鸣叫、嬉闹。格里高尔兴奋地向它们打着招呼，说大家好，我叫格里高尔，不，我也是一只鸟，我是，人鸟。然而，没有一只鸟能听懂他的话，他飞到哪里，哪里的鸟就吓得惊慌失措。格里高尔叫，你们别怕呀，我不会伤害你们的。格里高尔的叫声很大，声音在森林上空来回奔跑着。然而，刚才还欢快热闹的森林，现在变得死一样寂静，只有他尖厉的叫声在森林上空孤独回荡，撞到了对面的山峰又折了回来，再撞过去再折回来。格里高尔在森林上空孤独地盘旋。终于，他看见远处飞来了一群硕大的黑影，黑影越来越近，越来越近。他朝那些黑影飞了过去，他大声地介绍着自己。飞来的是一群雕。那些雕并不理会格里高尔的招呼，挥动着巨大的翅膀，朝格里高尔冲了过来，强大的气流打得格里高尔的胸口生疼。格里高尔没想到，他的到来会冒犯那些凶猛的雕们，他吓得转身就逃，然而雕群却追着他不放，他奋力地往回飞，翅膀也因用力过猛而旧伤发作，这影响了他的速度，一只雕用铁钩子一样的嘴，狠狠地在格里高尔的背上啄了一下，格里高尔的背后飞起来几片羽毛，一阵剧痛钻心入肺。格里高尔本能地回击，他挥动翅膀打在了那只雕的头上，然而，其他的几只雕朝他身上同时袭来，他再也无心恋战，没命地朝上飞，没命地飞，飞到了云层之上，那些雕升到了一定的高度，再也飞不起来了。他们在格里高尔的下面尖叫着，盘旋着，守卫着他们的领地。格里高尔带着受伤的身子又飞回了他的村庄，落在自家屋顶上。翅膀上，背上，腿上，到处是伤，像刀割一样地痛，他强忍着痛楚，钻进了家里，又把屋顶上的瓦片盖好，重新躲在了床底下。

格里高尔知道他现在别无选择，也没有生路了。他想，还不如一死了之。这是格里高尔第三次想到了死。这次，他觉得，他真的是无所牵挂了。想到死，格里高尔的心倒是平静了下来。可是这时，他听见了开门的声音，是父亲和母亲，他们的脚步声他太熟悉了。他听见父亲和母亲开始唠叨了起来，说他们对不起他，说他们这样做也是不得已的，希望儿子能理解，他们这样做，也是为了他好，是为了给他找个好的归宿。格里高尔是打定了要死的主意的，然而父母亲的唠叨，把他的心给念软了，他想起了父母，这一辈子风风雨雨，一直在生存线上挣扎，从来没有过上一天好日子，自己每次回家，母亲总是给他做很多好吃的，想到了自己活了这么大，还从来没有报答过父母的养育之恩，心里觉得无比羞愧，他想自己这一死是不负责任的。格里高尔呀格里高尔，你一死倒是容易，让这两位老人依靠谁？格里高尔想，罢了罢了，让父母把自己卖给楚州来的人吧，这也算是儿子为父母尽的一点孝心了。

格里高尔的母亲说，儿呀，娘对不起你。你说的话，我们也听不懂了，也不知你听不听得懂我们的话，你要是不同意去楚州，你就叫一声。格里高尔听了，说，我同意的妈妈，我喜欢楚州，那是个好地方。格里高尔的母亲听见格里高尔叫了，又说，你要是同意，你就再叫两声。格里高尔就又叫了两声。母亲对父亲说，你看，咱们的儿子，真是咱们的好儿子啊。父亲就拉着母亲出了房门。这次，格里高尔听见父亲和陌生人达成了交易，不过在父亲的坚持下，楚州来的陌生人做出了一些让步，最后以十二万元成交。

格里高尔听见两个陌生人相互击了一下掌。然后，一个陌生人就开始打电话，大约是在指挥着让人把车开到格里高尔的家门口来。没多久，格里高尔就听见了汽车的声音，车喘了几口气，停在了家门口。门开了，格里高尔看见了一支枪口对准了他，他吓得往里躲，就听扑的一声响，感觉背上有点儿疼，接着，他的意识就模糊了。麻醉后的格里高尔，被人抬进了一个铁笼子里，铁笼子又被放进了密封着的车厢里。

载着格里高尔的汽车还没有走出村口就出事了。

还是村主任有先见之明，昨天晚上从格里高尔的家回去之后，他对女人说起了格里高尔家里来的两个楚州人，村主任为他能和两个楚州城里来的人对话而显得异常兴奋，他说到楚州人也认可他的看法，证实城里人其实是喜欢乡下生活的。村主任于是和女人商量着，在抓到格里高尔之后，要抢先把家里的那片竹林弄成一个景点，桃园也算一个，到时可以让城里人在看完了格里高尔之后来这里摘鲜桃吃，这些，村主任在电视里是看过的，桃子可以卖出平常几倍的价钱。村主任又对女人说，到时家里还要开旅店，开餐馆。城里人特别爱干净，家里要弄得干净点。还要请两位漂亮的村妹子来当服务员。两人谈到了未来有些兴奋。村主任搂着女人要办事。女人说，一说到漂亮女服务员你就来劲。村主任不吱声。女人突然说，你刚才说来了两个城里人？从来没有听说过他家有楚州的亲戚，怎么突然冒出来两个亲戚？女人这样一问，村主任也觉得，要是他们家有楚州来的亲戚，他们早就嚷嚷得全村人都知道了。这样一分析，村主任越发觉得有问题，他想起了那两个陌生人好像在防着他。村主任是个脑瓜子特别好使的人，他马上就想到了，这两个人是为格里高尔而来的。村主任就觉出了事态的严重性，也顾不上和女人办事，披了衣服急匆匆去了治保主任家里，和治保主任商量了一下，连夜安排了人埋伏在格里高尔的家门口，注视着他家的一举一动，一有情况，马上报告。两人又调兵遣将，如此这般地吩咐了下去，折腾完毕，已是鸡叫二遍了。

两个楚州来的陌生人把格里高尔装进车里的那一幕，被监视的人看得一清二楚，他们马上报告了村主任。当陌生人的车才开到村口的槐树下时，发现前面设了路障。陌生人知道遇上麻烦了，果然，一会儿工夫，就呼啦啦冒出一群手执鸟枪、铁锹、扁担、锄头的村民，他们把装有格里高尔的车团团围住。他们一声不吭，虎视眈眈，胆战心惊，跃跃欲试。这里的村民们世世代代受穷，现在好不容易出了个宝贝格里高尔，村民们总算有了盼头，可是现在，这些楚州城里来的人，却要到这里来掠夺他们的资源，他们既愤怒又畏惧。他们将手中的武器高高举起，将楚州来的人和车团团围住。开始的时候，陌生人还摁了几下汽车喇叭，希望前面的人让道，村民们一个个像木头桩子钉在车子周围。陌生人 A 一看情况不对，马上打电话向他的上级报告，说货已到手，但是现在被村民围住了，看样子不容易脱身。上级接到报告，命令他无论如何要想办法拖住，不要让村民们抢走了货物，他们马上想办法来支援。接到上级的指示之后，陌生人 A 把上级的指示对另外的两个同伙讲了，让他们坚守岗位，人在货在，人不在了，货也要在。陌生人 A 说得有些豪迈。不过，他们三人却缩在车里不敢出来，就这样僵持了几分钟，外面的人群开始有了动静，村主任和治保主任骑着摩托车赶过来了。村主任跳下摩托车，拿手拍了拍锁着的密封车厢，就走到了前面的驾驶室，敲打着驾驶室的门，命令陌生人下车。陌生人 A 一看，再躲在车里不出来是不行了，命令另外两人坚守在车里，他跳下了车去和大家周旋。

毕竟是城里来的人，村主任也不想一下子把事情弄得太僵，他笑着说，你们这么早就走了啊，不在亲戚家多住几天么？A 赔着笑说不住了，还要回城里上班呢，城里人比不上乡下人，自由自在，没有人管，我们不行啊，每个星期休息两天，其他时间都要受人管的。村主任说，是吗，车里装的什么宝贝呀，把车厢门关这么紧？陌生人说，哪里有什么宝贝，我们来这里，顺便收了点乡下的土特产，这些东西在这里不值钱，到了我们楚州城里可就值钱了。村主任冷笑了一声，是吗？那让我看看都收了些什么东西。A 拉长了脸，说没有什么好看的。村主任说，一定要看。A 说，有什么好看的呢？说了没什么的嘛。村主任回过头来问那些像木头桩子一样的村民，你们说要不要看一看。村民们举起了手中的武器，一齐吼着，看一看！看一看！陌生人 A 从来没有见过这样的阵势，他知道，这一劫怕是躲不过去了，不过他现在的任务是争取时间，他知道，他的援兵正在赶来的路上。于是他说，你们想看看我是能够理解的，可是，我想请你们也尊重我的意愿，我们不想让你看。村主任冷笑着说，现在不是你想不想给我们看的问题，是我们必须要看的问题，这样对你说吧，我们村里的一台抽水机昨晚被人偷了，我怀疑这件事与你们有关。陌生人 A 说，抽水机是什么东西？我们要它有什么用呢？村主任说，没有偷自然是最好了。可是有没有偷，不是你说了算，也不是我说了算，你打开车门，我们检查一下就清楚了。陌生人A说，检查？你们又不是司法机关，有什么资格检查？治保主任这时走到了前面，拿起拳头就在车上来了一家伙，说，司法机关，在这里，老子就是司法机关，老子上管天，下管地，中间管空气，老子说要检查就要检查。说着就一把抓住了陌生人A的衣领，把他提了起来。A语无伦次地说，你干什么，想要胡来，你不要。你们这样，违法。治保主任说，违法？你偷偷把鸟人运走就不违法？你们这些城里人真他妈的黑了良心，你们在城里过着逍遥自在的日子，吃香喝辣，吃着碗里看着锅里，现在把手又伸到我们乡下来了。村主任，咱们不用和他啰唆了。说着就把陌生人的衣领往上提，把他的脖子顶在了车门上，说，鸟人留下。陌生人A拿手去掰治保主任的手，然而治保主任的手像是一把钳子，有力地钳在他的脖子上。治保主任说，你不用白费工夫了，老子只要一用力，你这小细脖子，咔嚓，就断了。话是这样说，治保主任看见A的脸开始发黑了，也怕真把他弄死了，手上也就松了些劲。

快把鸟人放出来。治保主任说。

什么鸟人？陌生人A忠于职守，继续拖延时间。治保主任说，你他妈的少给老子装糊涂，什么鸟人，就是你车里装的鸟人。陌生人A说，你们是说格里高尔吗？告诉你，格里高尔可不是你们的财产。治保主任急红了脸，提高了嗓门，将陌生人A的脖子又用力摁在了车门上，陌生人A就发出了嗯嗯的叫声，两只手开始乱抓。村主任说主任你小心点，别把他弄死了。治保主任这一次手上并没有松劲，还加了一点劲，说，老子把这王八蛋弄死，大不了一命抵一命。村主任假意说，你千万别乱来，上去把治保主任的手拉开了。陌生人A的脸已涨成黑色，他的一只脚都迈进了地府的门口，他都听见了小鬼们的笑声。他只差一口气就过去了，没想到又把命捡了回来。现在，他捂着脖子，艰难地咳嗽着，大口大口地吸气。嗓子里像是塞满了鸡毛一样地难受。车里的两个人，这时早已吓得瑟瑟发抖，司机更是尿湿了裤子。村主任说，你看到了，我们这个主任，是个火爆脾气，他的脾气上来了，是不管三七二十一的，你还是把鸟人交给我们吧，这样你们走人，我们也不难为你。

陌生人A惊魂未定，可是一想到把鸟人弄回楚州，他就升官发财了，要他把已到手的未来拱手相让，他如何甘心？现在，他的命又回到了自己手中，他相信，这些村民们还是不敢真把他弄死的，只要再坚持坚持，等援兵到了，一切都好办了。这样一想，他又苦着脸说，村主任，不是我不给你，这可是我们花了十二万买来的。我们和格里高尔的父亲签了合同的。村主任说，签了合同不要紧，撕了不就完了，合同不就是一张纸么。格里高尔他爹收了你们的钱，我让他还给你们就是。村主任回过身来对治保主任说，你去把老倌子带到这里来。治保主任骑上摩托，日的就去了，不一会儿工夫，就把格里高尔的父亲给带来了。村主任说，现在你还有什么话说呢。陌生人A对格里高尔的父亲说，格里高尔是您的儿子，不是村里人的儿子，怎么处置他，您说了算。您可千万别让他们蒙蔽了，到时您会后悔的。格里高尔的父亲低着头不说话。村主任大声质问格里高尔的父亲，难道你为了一己私利，就把全村人都抛开不顾了吗？陌生人A说，咱们尊重格里高尔的父亲的意见吧，他要是说愿意把格里高尔留在村里，那就把钱还给我们，我们走，他要是不愿意把儿子留在村里，你们就请让开。村主任说，你说话算数？！陌生人A想，算不算数管他呢，先拖延时间吧。于是说，嗯哼。他的这个嗯哼，被村主任误认为是说话算数的承诺，村主任于是大声地质问格里高尔的父亲，问他是把儿子留给村里还是卖给楚州。格里高尔的父亲低声说，村主任，我，都收了钱，再说了，儿子在城里，会过得好些。陌生人A笑着说，怎么样，这下你们该让路了吧。这时，围着的村民们一起举起了手中的武器，大声吼着，留下来，留下来。更有一个脾气爆的，手中的鸟枪冲着天就放了一枪，枪声把大家都吓了一跳。村主任看着群情激奋了，说，老倌，你再想一想，好好想一想，你可是还要在这村里过日子的。陌生人A也说，老伯，您要坚持自己的意见，村里不让您待了，您可以去城里生活，您晚年的生活由我们负责。格里高尔的父亲被弄得左右为难了，他看看村主任和村民们，又看看楚州城里来的人，又想想那藏在床底下的十二万块钱，他实在是不好决定。把儿子留下吧，他舍不得那刚焐热的十二万。让儿子走吧，他又得罪不起全村的人。可是，现在他必须要做出选择了，村民们的高呼声还在持续，吼声在山谷里回荡，撞到了远处的山，又传了回来，晨起的鸟儿们，也被枪声和这回荡着的吼声惊得在林子上空乱叫，村子里的狗们也跟着呜呜狂吠。村子像是炸了锅一样。陌生人A觉得自己快支撑不下去了，他在心里急切地盼望着救兵的到来。然而，陌生人B打电话催了数次，说是救兵一下子来不了，本来他们指望县城里能派出人来干涉这事，没想到，县里也希望能把鸟人留下来，好发展本地经济，因此推说人手紧张，实在是抽不出人来管这事。而要从楚州派来救兵，最少要一天时间才能到达。上级在多方想办法，另外指示他们无论如何也要把鸟人带回去，就算带不回活的，把尸体带回去也是好的。陌生人B于是跳下车，附耳把上级的指示对陌生人A传达了。陌生人A的脸色一下子变成了死灰色。不过想到实在不行带回鸟人的尸体也行，有了这个指示，完成任务应该还是有些把握的。不过，不到万不得已，他是不会走这一步棋的。现在，他们都在等着格里高尔的父亲做出最后的选择。格里高尔的父亲在经过了痛苦的挣扎之后，还是选择了让儿子去楚州。陌生人长长地嘘了一口气，他对村主任说，村主任大人，这下你们无话可说了吧。我们带走格里高尔，是合情合法的，你们难道真的要做出违法乱纪的事来么。村主任理屈词穷，看着治保主任，治保主任也有些泄气了。不过，村主任没有想到的是，格里高尔的父亲，这位来家铺的村民，居然说出了一句深明大义的话来，格里高尔的父亲说他答应让楚州人把儿子带走，但是，不能是这个价钱，必需要给全村的父老乡亲们一个安慰，让楚州人再给村里补贴一笔款子。他的这个提议，得到了村民们的赞成。于是问题的焦点一下子转到了该补多少钱上了。陌生人A长长地嘘了一口气，对于这样的讨价还价，他们是再拿手不过的了。于是他们也答应了这个条件，并表示，可以拿出两万元来补给村民们。村主任冷笑了一声说，两万元？做胡椒都不辣！村主任说，咱们村有近一千的人口，补两万元有什么用呢？陌生人A说，你认为补多少合适？村主任说，一百万。村主任又说，别以为我们乡下人没有见过世面，没见过钱，一百万，少一分你休想把这鸟人带出这个村子。陌生人A说补这么多钱他做不了主，他要请示上级，于是他打电话和上级沟通了。上级说一百万也是可以的，但让他坚持再立新功，把价钱尽可能地压下来。于是，他对村民们说，不行，一百万太多了，上级不答应，最多只能给十万。十万是底线。不然咱们就上法院打官司，让法院来判决，到那时，你们别说是十万，一万，你们连一分钱都拿不到的了。我可是签有合同的。

这时，事情又出现了新的变化，村里一位读过很多书的人从人群后面走了出来，他冷笑了一声说，打官司，你知道你们这是什么行为吗？他指着楚州来的陌生人说，你们这是在买卖人口，你，还有你。他又指了指格里高尔的父亲，说你们在犯罪，知道吗？你们的犯罪行为，法庭不仅不会支持，还会问你们的罪，你们现在只有一条路可走，那就是把格里高尔留下来。读书人的这番话像一盏明灯，照亮了村民们的心。他们一下子觉得理直气壮了。现在，也不用再去讲什么价钱了，也不用担心格里高尔被带到楚州了，他们现在把格里高尔扣留下来是合理合法的了。至于楚州人和格里高尔的父亲签的那个什么鬼合约，就让它见鬼去吧。村主任和治保主任一下子又来劲了，他们现在也强烈要求把格里高尔留下来。陌生人 A 说，没有商量的余地了？村主任说，还商量什么呢？真是天大的笑话，你们买卖人口，还想商量什么呢，现在要把你们扭送到派出所，把你们法办了。村主任大声喊，来人呀，把这几个人贩子，还有老倌，都给我抓起来送到派出所去。村主任的话音一落，人群里就冲出几个人，七手八脚把老倌和陌生人按倒在地。陌生人 A 大声喊道，你们松手，我还有话说。村主任说，好吧，你还有什么话，你说。陌生人 A 说，你们别得意太早了，你们看看吧，我和格里高尔的父亲是怎么签的合同，我们是贩卖人口吗？不是，我们是把格里高尔请到楚州去帮他治病的，我们为他治病，还给他父母十二万元钱。我们在做一件合理合法功德无量的事情。陌生人这样一说，村主任和治保主任，还有那些村民都乱了阵脚。

就在这时，装着格里高尔的那辆车却开始晃动了起来，而且越晃越急，越晃越猛。仿佛里面装了一头怪兽，那头怪兽开始发疯了，发狂了，开始在里面伸胳膊踢腿了。这一变故，吓得所有的人都哗地往后退了十几米远，两个楚州人也吓得跳下了车，大家都躲得远远的。这时，车里传来了凄厉的尖叫声，一阵高过一阵，震得所有的人都捂住了耳朵，那些围在人群里窜来窜去的狗们吓得呜呜乱叫仓皇而逃。接着，车厢里发出了咚咚的巨响，仿佛有一头发疯的公牛在里面用角撞着车厢。有些胆小的吓得尿了裤子。可是没有人逃走，他们都吓得忘记了逃命。所有的人大气都不敢出，在等着车厢里面突然冲出一头怪物来。车厢里的巨响持续了有十来分钟，那坚固的铁车厢，也东一块西一块地凸出许多包。巨响又持续了几分钟之后渐渐安静了下来，车厢里没有了动静。这样又过了十几分钟，胆大的，开始渐渐往车厢靠拢，可是刚走到车厢跟前，又吓得尖叫一声转头就跑，后面的人，就咧开嘴笑了。更多的人表情严峻。没有人知道刚才这一阵巨响之后，车厢里发生了什么。这时，村主任命令所有的鸟枪都上火药铁砂，枪口对准车厢，只要从车厢里跑出来怪兽就开枪。陌生人 A 掏出钥匙，浑身筛糠一样抖动着，被人押着往车厢推过去。推到车厢跟前时，他感觉到自己的心脏都要跳出来了，两条腿没有了一丝力气，浑身打摆子一样发冷。好不容易扶着车厢，把钥匙抖抖索索插入了锁孔，却再也没有了力气把锁打开了。治保主任在一旁看得急了，过去推开了陌生人 A，然后打开了锁，又抽出了铁栓。

所有的人，都屏住了呼吸。

空气仿佛凝固了一样。

哗啦一声响。大家的心猛地一跳，仿佛一只无形的巨手，揪住了每个人的心脏，只要一用力，随时就会把它摘下来。呼的一声，车厢的门开了，扑面喷出一堆羽毛，羽毛在空中翻飞着，纷纷扬扬，遮天蔽日。治保主任的嘴里也扑进了一嘴鸟毛。有人吓得哭了起来，瘫在了地上。鸟毛落定后，大家看清楚了，车厢里并没有什么怪物。只有一个光着身子的人。光着身子的格里高尔！现在，他身上已没有一根羽毛，他的皮肤光洁，像绸缎，像瓷器，像玉。他肌肉匀称，面容姣美，双目如星，眉如柳叶。他迷茫地看着车厢外面的人，还有瞄准着他的十几支黑洞洞的枪口。一切都像梦，一个痛苦的梦。他还没有从那个痛苦的梦中回过神来。

格里高尔跳出了车厢，赤着身体。他一点也不为自己的赤身裸体感到不好意思。他觉得，现在的他是干净的，纯洁的。格里高尔的变化，把所有人都看呆了，他们比看见一头怪物从车厢里出来还要吃惊，还要害怕。

他们看见赤身裸体的格里高尔在朝他们走来，他的身上，泛着圣洁的光辉，像月的光晕。他前进一步，大家就后退一步。他终于认出来了站在他面前的那些人，都是他的父老乡亲。他说，你们这是怎么啦，你们不认识我了吗？我是格里高尔呀。他说的已不是楚州乡下的口音，而是标准的官话。然而，那些鸟枪手还是把枪对准他的胸口，他们颤抖着，尖叫着，狂吼着，让格里高尔不要过来。

不要过来！

不要过来！

你再过来就开枪了。

格里高尔像没有听懂大家的话一样，继续往前走。

枪声响了。几支鸟枪同时响起。枪声惊碎了乡村的清晨，惊碎了乡村与楚州人的梦。

格里高尔的手指向天空，身体直直地倒在了地上。血光随着枪声冲到了天空，把天空染成了红色，在天空中形成了一朵红云，红云又化成了红雨，红雨罩在每个人的头顶。所有的人都呆呆地望着从天而降的红雨，他们的脸上全部是僵直的表情。就在大家还没有醒过神来的时候，治保主任最先感觉到了那些沾到了红雨的地方开始发痒，他就用手去抓，可是他越抓越痒，他开始痛苦地尖叫了起来，他的手指开始在身上乱抓，嘴里大声叫着痒死我了，痒死我了。接着，村主任也开始叫痒，陌生人 A 也开始叫痒，陌生人 B 也开始叫痒，格里高尔的父母也开始叫痒，所有的人，都在喊痒：

痒啊。

痒啊。

2005 年于深圳宝安 31 区

图书在版编目（CIP）数据

无色界 / 王十月著. -- 北京 : 中国文史出版社，2021.7

（锐势力·名家小说集）

ISBN 978-7-5205-3071-2

Ⅰ. ①无… Ⅱ. ①王… Ⅲ. ①中篇小说－小说集－中国－当代②短篇小说－小说集－中国－当代 Ⅳ. ①I247.7

中国版本图书馆 CIP 数据核字(2021)第 133510 号

责任编辑：全秋生

出版发行：中国文史出版社
地　　址：北京市海淀区西八里庄路 69 号　　邮编：100142
电　　话：010－81136602　81136603　81136606（发行部）
传　　真：010－81136655
印　　装：北京温林源印刷有限公司
经　　销：全国新华书店
开　　本：787×1092　　1/16
印　　张：15.5　　字数：240 千字
版　　次：2022 年 1 月北京第 1 版
印　　次：2022 年 1 月第 1 次印刷
定　　价：49.80 元
